AF139856

ANGELIKA GEIER

DER TOTE AM WEIHER

novum ■ pro

Dieses Buch ist auch als
e-book
erhältlich.

www.novumverlag.com

Bibliografische Information
der Deutschen Nationalbibliothek:

Die Deutsche Nationalbibliothek
verzeichnet diese Publikation in
der Deutschen Nationalbibliografie.
Detaillierte bibliografische Daten
sind im Internet über
http://www.d-nb.de abrufbar.

© 2020 novum Verlag

ISBN 978-3-99064-891-9
Lektorat: Heinz G. Herbst
Umschlagfotos: © Krissikunterbunt,
Vladimir Sviracevic,
Dan Grytsku | Dreamstime.com
Umschlaggestaltung, Layout & Satz:
novum Verlag

Gedruckt in der Europäischen Union
auf umweltfreundlichem, chlor- und
säurefrei gebleichtem Papier.

www.novumverlag.com

Alle Charaktere, Orte und Ereignisse in diesem Buch sind frei erfunden. Jede Ähnlichkeit mit reellen Ereignissen, Orten oder Personen ist rein zufällig.*

FREITAG Nacht

Seine Füße bewegen sich wie ferngesteuert Richtung Büro. Er kennt den Weg mit geschlossenen Augen. Obwohl dieses hier nicht sein Arbeitsplatz ist, sondern das Büro seines Chefs, das von Dr. Koch. Er weiß, dass um diese Uhrzeit niemand da sein kann, schließlich ist es kurz vor Mitternacht. Also schlendert er gemütlich auf den Schreibtisch zu. Ein Tisch, der mitten im riesigen Büro thront. Dass keine Stolperfallen zu erwarten sind, das weiß er mit Gewissheit; er kennt den Raum selbst mit geschlossenen Augen. Und abgesehen davon weiß er mit Bestimmtheit, dass der Doktor großen Wert auf Ordnung legt.

Das Licht des Mondes strahlt hell in den Raum im ersten Stock hinein, so, als würde es ihm den Weg weisen.

Willi Fleischmann zieht den mächtigen Ledersessel beiseite und setzt sich gemütlich hin. Er genießt das Gefühl der Macht, das dieser Sessel ausstrahlt. Dann macht er die erste Schublade auf. Sie quietscht; und das so erbärmlich, als wäre da was eingeklemmt. Sei's drum, denkt er sich, das interessiert mich jetzt nicht. Der Universal-Schlüssel für die anderen Schubfächer befindet sich in dieser einen, hier oben. Das weiß Willi, da er den Doktor oft genug dabei beobachtet hatte, wie dieser seine Schränke abgeschlossen und den Schlüssel anschließend in die erste Schublade gelegt hat. Natürlich nicht ahnend, dass er dabei beobachtet wird. Er nimmt den Schlüssel heraus, ein großer Schlüssel, passend zur protzigen Büroeinrichtung, und setzt zum Aufstehen an. Die feuchten, schweißbedeckten Hände, die sich von hinten auf seine Schultern legen, lassen sein Blut gefrieren, und jedes einzelne Haar auf seinem Körper richtet sich auf. Sie drücken ihn nach unten, sanft, aber bestimmend. Langsam bewegen sie sich Richtung

Hals. Immer weiter, bis sie sich leicht um seinen Hals legen. Das Mondlicht wirft einen schemenhaften Schatten an die Wand, ohne jedoch genaue Konturen erkennbar zu machen. Willi weiß, dass diese Hände nicht die des Arztes sein können. Er hatte schließlich keine Geräusche vernommen, sicherlich jemand, der wie Willi nicht gehört werden wollte. Es passierte einfach zu geräuschlos. Abgesehen davon wurde auch kein Licht angeknipst. Die Rüge, die auf dem Fuß hätte folgen müssen, in etwa so: „Herr Fleischmann, was in aller Welt haben Sie in meinem Büro zu suchen?", blieb aus, und da hatte Willi sofort gewusst, dass er in Schwierigkeiten steckt. Die Person hinter ihm flüstert nur leise in sein Ohr: „Psst!", so, als würde sie einen Finger an die Lippen pressen.

Panik macht sich breit. Einen Moment lang ist er wie zu Stein erstarrt und unfähig, auch nur einen einzigen klaren Gedanken zu fassen. Jeder Zentimeter seines Körpers ist angespannt. Er traut sich nicht, den Kopf umzudrehen, aus Angst, das Gesicht des anderen zu erblicken. Wenn ich sein Gesicht nicht sehe, dann schont er mich vielleicht, überlegt er panisch. Sicher, auf der anderen Seite weiß Willi genau, dass er sich nur selbst Mut machen will. Er ist sich sicher, dass seine letzte Stunde geschlagen hat. Er weiß einfach zu viel. Er überlegt krampfhaft, wie er entkommen könnte, aber die Angst scheint ihn zu lähmen. Das Denken fällt ihm schwer. Er kann keinen einzigen klaren Gedanken fassen. Schweiß bricht aus allen Poren heraus. Die Hände werden nass. Der einzige Ausweg, der ihm einfällt, ist die Flucht. Aber die Füße scheinen Tonnen zu wiegen. Die Gedanken rasen. Er fantasiert und sieht sich schon am Boden, in einer Blutlache liegend. Nein, das lasse ich nicht zu! Adrenalin schießt durch seinen ganzen Körper. Die Gedanken rasen: Flucht! Aber was, wenn die Person nicht allein ist? Was, wenn jemand im Gang auf ihn lauert und ihm den Weg versperrt? Und kann er denn überhaupt flüchten? Seine Beine und Füße fühlen sich immer noch schwer an, als wären sie aus Blei.

Blei! Sicher! Das ist es! Der Schlüssel liegt immer noch in seiner rechten Hand! Eine angstdurchnässte Hand. Eine Hand, die halb in der Luft hängt, seit dem Augenblick, als sich die Hände des anderen auf seine Schultern gelegt hatten. Er spürt einen erneuten Adrenalinschub. Eine Idee nimmt in seinem Kopf rasch Gestalt an. Noch war nichts verloren … Aus einem Impuls heraus schwingt er sich mit dem Stuhl nach links und rammt dem Angreifer den Schlüssel ins Gesicht. Die Umklammerung um seinen Hals löst sich augenblicklich, und der verletzte Angreifer stürzt zu Boden. Der Schrei, der folgt, lässt einem das Blut in den Adern gefrieren. Kein schmerzerfüllter, sondern ein hasserfüllter Schrei. Ein langer, lauter Schrei! Er breitet sich aus, wird von den Wänden des Gebäudes wie die Wasserwellen nach einem Steinwurf weitergetragen. Der Schrei geht Willi durch Mark und Bein, lässt ihn kurz innehalten, dann setzt er sich wieder in Bewegung. Eine gelungene Reaktion, lobt er sich selbst, während er wegrennt. Er schafft es aus dem Büro heraus und auf den Gang. Die Schreie des Verfolgers sind nicht zu überhören. Willi hat Angst, sich umzudrehen. Er würde gerne wissen, wer ihm nach dem Leben trachtet, will aber gleichzeitig keine Zeit verlieren, er will entkommen, raus aus der Praxis und aus dem Gebäude, in der Hoffnung, dass kein Komplize ihm unterwegs begegnet und ihm den Weg versperrt. Auf der Flucht stolpert er über die eigenen Füße und fällt hin. Der Knöchel brennt. Benommen richtet er sich wieder auf und rennt unter großen Schmerzen weiter. Schritte sind hinter ihm zu hören, Schritte, die ihm folgen. Er rennt die Treppen hinunter, nimmt zwei, drei Stufen auf einmal, trotz Schmerzen im Knöchel.

Keuchend, nach Luft ringend, kommt er auf dem Parkplatz an. Er drückt noch im Laufen auf die Fernbedienung seines Autos, reißt die Tür auf und springt hinein. Die Hände zittern. Er schafft es kaum, den Schlüssel in die Zündung zu stecken. Dann endlich! Er lässt den Motor an. In diesem Augenblick gibt es ein lautes Krachen, als ein großer, schwerer Gegenstand die Windschutzscheibe seines Autos mit voller Wucht trifft. Jemand versucht, die Fahrertür aufzureißen. Willi legt den Rückwärtsgang ein, rammt ein dahinter parkendes Auto, schafft es dennoch, sich aus der Parklücke hinauszumanövrieren und zu entkommen. Er zittert am ganzen Leib. Die Zähne klappern. Als er sich endlich traut, in den Rückspiegel zu schauen, stellt er mit Erleichterung fest, dass ihm niemand folgt. Er weiß, dass er sich mit dem Falschen angelegt hat. Und leider nicht nur mit einem, sondern mit einer ganzen Organisation. Mit Kriminellen, die nur eines im Sinn haben: verzweifelten Leuten falsche Träume zu horrenden Preisen zu verkaufen.

Sie werden ihn verfolgen und ihn töten, dessen ist er sich sicher. Er muss untertauchen. Seine Wohnung ist jetzt nicht mehr sicher. Rasch zieht er seinen Geldbeutel aus seiner Jackentasche heraus, und während er mit einer Hand lenkt, versucht er mit der anderen, den Inhalt des Geldbeutels auf den Beifahrersitz auszuleeren. Die zwei Reagenzgläser, die er aus dem Brutschrank im Laufe des Vormittags entnehmen konnte, sind noch da. Die kleinen Gläschen im gekühlten Behälter sind glücklicherweise noch intakt. Auf einem ist deutlich zu lesen: Herr und Frau Pastor. Auf dem anderen steht wiederholt der Name desselben männlichen Patienten darauf, aber die zweite Angabe lautet nicht mehr wie erwartet, Frau Pastor. Diese kennzeichnen eine namenlose Person: blond, blaue Augen, 165 cm, Blut: A rh+, 24 J.

Im schummrigen Straßenlicht bemerkt er auf seiner rechten Hand Blutspritzer. Blut des anderen. Nicht viel, die Wunde, die er dem anderen zugefügt haben muss, dürfte nicht sehr schwerwiegend sein, überlegt er in Gedanken. Er versucht es wegzuwischen, aber es ist bereits eingetrocknet. Ein Gefühl des Ekels überkommt ihn. Er hält am Straßenrand an, lässt den Motor laufen, macht die Fahrertür leicht auf, übergibt sich und fährt sofort weiter. Der Geschmack von bitterer Galle macht sich in seinem Gaumen breit. Er versucht den Gedanken an das soeben Erlebte wegzublinzeln. Die Dunkelheit ist momentan sein einziger Freund. Er weiß nicht, wem er vertrauen kann. Willi überlegt: Wer konnte davon gewusst haben, dass ich vorhatte, heute Nacht in die Praxis zu gehen? Eigentlich niemand! Es sei denn, es gäbe doch noch wahre Gedankenleser! Soll das etwa nur Zufall gewesen sein, dass die Bösewichte auch da waren? Wie viele waren überhaupt da? Er kann es immer noch nicht fassen, dass er es geschafft hatte, ihnen zu entkommen. Vorerst natürlich, auch das weiß er.

Hatte mich vielleicht jemand beobachtet, wie ich die Reagenzgläser an mich genommen habe und es jemandem mitgeteilt? Dem Doktor Koch vielleicht? Oder der Organisation? Wissen eigentlich alle anderen Bescheid? Stecken alle unter einer Decke? Bin ich der Einzige gewesen, der nichts davon wusste und ahnungslos meiner Arbeit nachgegangen bin, oder sind die restlichen Labor- und Praxisangestellte genauso an der Nase herumgeführt worden wie ich? Lucia, die süße Lucia, die Chemielaborantin aus unserem Team, kann nicht dazu gehören. Sie ist einfach zu nett, meistens … Sie kann definitiv nicht mit denen unter einer Decke stecken. Ob ich mich trauen sollte, sie anzurufen? Aber was, wenn ihr dann was zustößt, weil es den Eindruck erweckt, sie würde mit mir gemeinsame Sache machen? Ich würde mir das nie verzeihen. Aber abgesehen davon: S ie können doch nicht jeden abhören und unter Beobachtung stellen, oder? Oder etwa doch?

Scheinwerferlicht blendet ihn und holt ihn in die Realität zurück.

Ich muss Geld abheben, so viel wie möglich, überlegt er. Mit meiner Kreditkarte kann ich es mir nicht erlauben, zu bezahlen. Sie würden sofort meine Spur aufnehmen. Willi schaut auf die Uhr. Es ist 1.24 Uhr. Vom Geldautomaten kriege ich höchstens 1000 € ausgezahlt. Wenn ich untertauchen will, reicht es nicht lange aus. Ich muss mir schließlich Kleidung und Necessaires besorgen, das Hotelzimmer bezahlen, und essen sollte ich wohl auch noch ab und zu. Die Gedanken rasen erneut und scheinen keinen Sinn zu ergeben. Wenn ich bis morgen früh hier in der Gegend bleibe, kann ich auf die Bank, sobald sie aufmachen. Die netten Damen in der Filiale kennen mich. Ich könnte eventuell auch ohne Vorankündigung das ganze Geld von meinem Sparbuch abheben. Mit großer Wahrscheinlichkeit sogar, schließlich reden wir hier nicht von Millionen! Leider … Auf der anderen

Seite: S ich so lange hier in der Stadt aufzuhalten wäre ziemlich gewagt, wenn nicht sogar dumm. Na ja, nennen wir es beim Namen: Es wäre der sichere Tod, überlegt er weiter.

Also gut, ich werde erst mal 1000 € abheben, am besten bei einer Bank außerhalb der Stadt. Dann werden die Ganoven meinen, ich würde versuchen, aus der Stadt zu fliehen. Vielleicht schicke ich sie damit sogar auf eine falsche Spur? Wer weiß? Ich würde mir somit einen kleinen Zeitvorsprung verschaffen. Ob sie darauf reinfallen, hmm?

Aber was, wenn sie mich gar nicht suchen? Ich bin nur eine unbedeutende Figur, nicht mal ein richtiges Rädchen im Getriebe. Okay, seien wir ehrlich: Den Eindruck hatte ich vorhin nicht, als ich in Dr. Kochs Büro eingebrochen bin. Wer weiß, vielleicht war ich nur zum falschen Zeitpunkt am falschen Ort, versucht er wieder sich selbst Mut zu machen.

Aber sogleich verwirft er den Gedanken: Nein, so naiv sind die nicht. Sie wissen ganz genau, wonach ich Ausschau gehalten habe. Sie wissen sicherlich, dass es mir gelungen war, was mitzunehmen. In was bin ich nur hineingeraten? Dabei wollte ich diesen Job nicht einmal!

Willi macht eine kurze Pinkelpause, steigt wieder ins Auto ein und sucht im Navi nach dem nächsten Bankautomaten außerhalb der Stadt. Er hält an einer Tankstelle an, tankt den Wagen voll, holt sich noch ein etwas alt und traurig wirkendes Sandwich und dazu Kaffee und Cola. Gerade als er heraus spazieren will, überlegt er es sich noch mal anders und holt sich noch ein Sandwich und noch mehr Getränke und für alle Fälle eine Zeitung, um sich die Zeit totzuschlagen. Natürlich bezahlt er alles mit seiner Karte, um die Verfolger in die falsche Richtung zu lenken. Sie sollen glauben, er hätte sich Proviant für längere Zeit geholt und hätte tatsächlich vor, die Stadt zu verlassen.

Dann fährt er zum Geldautomaten. Als er dort ankommt, schaut er bewusst ängstlich in die Kamera. Dass er eine Heidenangst hat, braucht er nicht mal vorzutäuschen. Er hofft, wer auch immer sich das Band mal anschauen sollte, dem sollte es sofort klar sein, dass er einem zu Tode Geängstigten ins Gesicht schaut. Er tippt zuerst einen hohen Betrag ein: 5000 € soll der Automat spucken. Leider verweigert dieser die Auszahlung. Also startet er einen erneuten Versuch und gibt 2000 € ein, aber auch dieses Mal will der Geldautomat nichts ausspucken. Na ja, die Hoffnung stirbt zuletzt. Er hatte gehofft, er könnte sich den Weg in die Filiale ersparen. Als er dann endlich die 1000 € in der Hand hält, weiß er nicht wohin. Die ganzen Überlegungen der letzten halben Stunde haben keine Früchte getragen. Er würde so gerne Lucias Stimme hören. Lucia aus dem Labor, die sich nicht viel aus ihm macht, außer als Freund, aber deren Stimme er trotzdem gerne hört. Er möchte wissen, dass es ihr gut geht. Er möchte für sie der Ritter auf dem weißen Schimmel sein. Und sie würde ihm in die Arme fliegen, und eine innige Umarmung und ein noch inniger Kuss würden folgen. Na gut, träumen darf man noch. Willi stellt mit Begeisterung fest, dass trotz der Pein der letzten Stunde dieses Zauberwesen es immer noch fertigbringt, ihn auf andere, angenehmere Gedanken zu bringen.

Klar, sie hatte mal was mit einem Loser, einem Daniel, aus einem anderen Labor, aber er weiß, dass sie die Beziehung beendet hatte.

Schön! Jetzt bin ich etwas entspannter. Es ist leichter, einen klaren Gedanken zu fassen, wenn man nicht mehr so sehr unter Stress steht, freut sich Willi, was angesichts der Situation nicht zu erwarten gewesen wäre. Eins ist klar: Ich muss Lucia warnen. Aber wie? Wenn ich zu ihr in die Wohnung fahre und dort Posten aufgestellt sind, die sie beobachten, dann schnappen sie uns.

Dann mache ich das am besten so: Ich fahre noch ein, zwei Stunden rum oder ich parke den Wagen irgendwo und bleibe einfach im Auto sitzen, damit ich kein Benzin verbrauche. Ich kann schließlich nicht davon ausgehen, dass ich morgen wirklich mein ganzes Geld kriegen werde. Außerdem ist es doch etwas auffällig, mit der kaputten Frontscheibe herum zu fahren.

Der Tankwart hatte auch schon so komisch geschaut.

Hoffentlich verständigt der keinen! Ach was! Ich hoffe, dass er dazu zu faul ist. Abgesehen davon glaube ich, dass er eh schon ein paar Bierchen intus hatte. Der will sicherlich auch keine Scherereien!

Ich muss definitiv Rast machen, zwei, drei Stunden schlafen, mich frisch machen, bevor ich weitermachen kann. Ich bin am Ende! Aber dann überlegt er es sich doch noch einmal anders.

Na ja, vielleicht schiebe ich das mit dem Schlafen noch etwas hinaus. Ich muss schließlich sicher sein, dass ich nicht verfolgt worden bin. Sonst nehmen noch irgendwelche Killertypen mein Zimmer in Beschlag und machen mich kalt. Nein, das kann ich nicht riskieren, und schlafen kann ich jetzt vermutlich eh nicht. Und dabei fällt ihm der Song von Bon Jovi ein: „Live while I'm alive and sleep when I'm dead". Welche Ironie! Natürlich hatte dieser das fröhliche Feiern im Sinn und nicht, dass seine letzten Stündchen geschlagen hätten.

Auf einer recht verlassenen Straße mit karger Straßenbeleuchtung hält er den Wagen an. Er ist müde und doch gleichzeitig aufgedreht. Angst, Panik und das Erlebte schlauchen ganz schön. Selbst die drei Kaffeetassen, die er sich in der Tankstelle gegönnt hatte, versagen den Dienst. Er steigt kurz aus, um sich die Beine zu vertreten, um kalte, frische Luft zu tanken und um sich von überflüssiger Körperflüssigkeit in den nahegelegenen Büschen zu erleichtern. Kein Wunder nach so viel Kaffee! Nichts rührt sich. Vollkommene Stille. Kein Vogelgezwitscher ist zu hören, kein Igel raschelt in der Nähe und kein Hase und Fuchs, die sich gute Nacht sagen, sind zu vernehmen. Irgendwo in der Ferne hört er leichte Motorengeräusche. Scheinwerfer sind zu sehen. Willi bückt sich und bleibt in der Dunkelheit verborgen stehen. Das Auto nähert sich. Er fängt leicht zu schwitzen an. Der Wagen fährt aber unbeirrt weiter. Dennoch hat Willi das Gefühl, dass jemand sein Auto genauer angeschaut hatte. Der Beifahrer hatte kurz den Kopf umgedreht. Habe ich es mir eventuell nur eingebildet? Vielleicht war es nur, weil die Scheibe kaputt ist, versucht Willi sich zu beruhigen. Was aber, wenn nicht? Was, wenn sie meine Spur gefunden haben? Aber wie? Ich bin nach dem kurzen Stopp an der Tankstelle schließlich komplett planlos durch die Gegend gefahren! Vielleicht waren sie die ganze Zeit schon hinter mir her, und ich habe sie nicht gesehen!?

Unsicher, was er tun soll, verharrt Willi noch eine Zeitlang still im Gebüsch. Der Wind bewegt die Blätter der Bäume und wirbelt sie langsam durch die Luft. Zuerst ist es nur ein leichter Windstoß, dann wird der Wind immer stärker. Die Bäume kommen ihm mit einem Mal gefährlich vor. Fast schaut es so aus, als würden sie sich nach unten verbeugen, so, als würden sie nach ihm greifen wollen. Angst nimmt erneut Besitz von ihm. Gänsehaut breitet sich über den ganzen Körper aus. Kalter Schweiß bricht aus. Er zwingt sich, nach vorne zu gehen, raus aus dem Gebüsch. Die Äste verfangen sich in seiner Kleidung und scheinen ihn nach hinten ziehen zu wollen. Ein unruhiges Zwitschern nimmt an Lautstärke zu, bis es in ein lautes Dröhnen überwechselt. Die Nacht wird finster, als dunkle Wolken vor dem Mond aufziehen. Ein starker Wind zieht auf; vertreibt kurzzeitig die Regenwolken, nur um wieder neue Wolken vor das abnehmende Licht des Mondes zu schieben. Willi spürt jedes Nackenhaar sich aufrichten. Panik! Ständig diese Panik, die sich breit macht. Er spricht sich Mut zu und schafft es, sich aus den Ästen zu befreien. Er rennt zu seinem Auto. Erst als er die Tür hinter sich geschlossen hat und die Verriegelung eingerastet ist, lässt die Anspannung etwas nach. Die Angst aber bleibt. Und nicht nur das. Sie scheint wieder mit derselben Wucht zurückgekehrt zu sein wie in dem Augenblick, als sich die Hände auf seine Schultern gelegt hatten, als er in Dr. Kochs Büro eingedrungen war. Nicht einmal Gedanken an Lucia mit ihrem warmen Lächeln können ihn jetzt beruhigen. Noch nie in seinem Leben hatte Willi eine solche Angst verspürt wie in dieser Nacht. Jeder Muskel seines Körpers scheint zu vibrieren, das Herz rast, als würde es nicht nur aus der Brust, sondern zum Hals herausspringen wollen.

Hätte ich vorhin nicht gepinkelt, würde ich mir jetzt vor Angst in die Hose machen, überlegt er.

Willi fährt mittlerweile geschätzte zwei Minuten. Er überquert eine kleine Steinbrücke, düst an einem schlecht beleuchteten Bauernhof vorbei, überholt ein langsam fahrendes Fahrzeug vor sich und nimmt von den sich rechterseits der Straße schlängelnden kahlen Feldern nichts wahr. In Gedanken vertieft, kratzt er sich mit der rechten Hand am Kinn und lenkt mit der Linken, als sich ein dünner Draht um seinen Hals und seine rechte Hand schlingt. Willi versucht verzweifelt den immer enger sich um seinen Hals schlingenden Draht wegzudrücken. Aber je mehr er es versucht, desto tiefer schneidet dieser in seine Hand und seinen Hals ein. Atemnot und starke Schmerzen benebeln ihn. Sollte etwa mein letztes Stündchen geschlagen haben?, fragt er sich. Er hat das Gefühl, das Bewusstsein zu verlieren.

„Hast du gedacht, du kannst es mit uns aufnehmen?" schreit der Mann, während er ihm noch eine Ohrfeige verpasst.

Unverständliches Flehen und Brabbeln folgen.

„Wolltest du uns verpetzen, Blödmann?" Der Fußtritt, der in der Magengrube landet, schmerzt höllisch.

„Bitte nicht mehr!", schreit dieser mit letzter Kraft und landet auf dem Boden.

Eine letzte Ohrfeige folgt, dann verspürt er einen festen Druck im Arm, bevor man ihm die tödliche Spritze versetzt.

Ein leichtes Aufatmen ist zu vernehmen, gefolgt von dem letzten klaren Gedanken, den er noch fassen kann: Ach, so fühlt es sich also an, wenn man stirbt! Er macht zum letzten Mal die Augen zu.

Wie alles begann

Willi hatte seine Ausbildung zum Chemielaboranten erst kürzlich abgeschlossen, als sich die Chance schlechthin aufbot: Eine vakante Stelle bei einem extrem renommierten Arzt. Ein Arzt aus dem Bereich der Kinderwunschbehandlung. Bei Dr. Koch höchstpersönlich!

Und obwohl er sich keine allzu großen Chancen ausrechnete, reichte er doch seine Bewerbung ein.

Die In-Vitro-Befruchtung ist nicht nur eine Behandlung, die den Frauen hilft, ein Baby zu bekommen, sondern inzwischen auch ein Mode-Phänomen. Zahlreiche Stars und Sternchen finden es schick, ein Kind genau dann in die Welt zu setzen, wenn sie es für angebracht halten und sich den Wunschvater für ihr zukünftiges Wunschkind aussuchen können. Aus dem Katalog, sozusagen! Und sie sind auch bereit, eine Menge Geld dafür hinzulegen.

Und da kommt Dr. Koch ins Spiel. Diese Berühmtheiten lassen sich mithilfe von Hormonen eine Unmenge von Eizellen im Unterleib züchten (statt der einen Eizelle, die im monatlichen Zyklus unter normalen Umständen und ohne Hormonpräparate, heranreifen würde), entnehmen und einfrieren: Kryo-konservieren also. Sozusagen: Eine Garantie für später, falls sie den Richtigen nicht zum richtigen Zeitpunkt finden. Andere dagegen, deren Eizellen nicht besonders lebensfähig sind – das heißt, dass sie unter normalen Umständen kein Baby bekommen würden –, nehmen es erst recht in Kauf, sich regelmäßig mit Hormonen vollzupumpen. Hauptsache, sie können das so lang ersehnte Kind endlich in den Armen halten. Und dies alles kann Dr. Koch, wie ein Magier, herbeizaubern. Nur er! Natürlich gibt es auch andere Ärzte, die sich diesem Thema gewidmet haben. Und natürlich können auch diese den Wunsch nach einem eigenen Kind wahr werden lassen, aber keiner ist so erfolgreich wie Dr. Koch! Dr. Koch, der Geheimnisvolle, denn bisher wurde kein Mensch in das Geheimnis seines außergewöhnlichen Erfolgs eingeweiht, nicht einmal seine festen Mitarbeiter. Fest steht nur, dass seine Erfolgsquote wesentlich höher ist als die seiner Konkurrenten. Und davon gibt es jede Menge. Jede Menge Konkurrenten und jede Menge Neider!

Und, ob man es glaubt oder nicht, es gibt jede Menge verzweifelter Frauen, die unbedingt ein Kind haben wollen, koste es, was es wolle. Weitaus mehr Frauen, als man sich vorstellen könnte!

Frauen, die jahrelang vergeblich versucht haben, schwanger zu werden, Frauen, die ins Ausland gereist waren, weil sie von irgendwelchen Scharlatanen gehört hatten, die ihnen angeblich helfen könnten, von schwarzer Magie oder Voodoo-Zauber ganz zu schweigen. Mag sein, dass die eine oder andere tatsächlich schwanger wurde, weil sie daran glauben wollten, aber die Erfolgschancen blieben weiterhin relativ gering. Und dennoch, alles wurde weiterhin versucht: Autogenes Training, Verzicht auf Alkohol und Zigaretten oder chromosomale Übereinstimmung geprüft …

Und wenn das alles nichts hilft, dann kommen sie in die IVF-Praxis des renommierten Dr. Koch – und schwupps, da klappt es auf einmal!

Natürlich wollte auch Willi zu diesem Team und dessen Erfolg gehören. Und auch er, wie alle anderen Mitarbeiter, hatte sich vorgenommen, hinter das Geheimnis des Magiers zu kommen, sollte er jemals dazu gehören dürfen.

Aber dass er tatsächlich eingestellt werden könnte, damit hatte er nicht wirklich gerechnet. Und die Arbeit macht Spaß! Zu sehen, wie andere glücklich werden, ist eine durch und durch angenehme Arbeit. Es gibt keine Überstunden, denn alles verläuft nach einem minutiös einzuhaltenden Plan. Alles muss genau befolgt werden, die Hormonspritzen, die sich die Damen geben müssen, als auch die regelmäßigen Kontrollen, die Eizellentnahme und letztendlich die Befruchtung und der erwünschte Transfer. Es gibt keine Abweichungen. Und nicht nur das. Alle Kollegen sind nett. Selbst die wenigen Ärzte, die zum Team von Dr. Koch gehören, sind nett. Die Bezahlung stimmt, Urlaubs- und Weihnachtsgeld kommen noch hinzu. Was kann man sich sonst noch wünschen?

Aber die Scherereien begannen, als diese Schauspielerin, diese Greta Romanow, zu ihnen in die Praxis kam. Natürlich hieß sie nicht wirklich so mit bürgerlichem Namen, aber sie fand, dass dieser Name ihrem Stil besser entsprach.

Und sie war eine dieser Patientinnen, einer dieser Stars, die sich nicht an einen einzigen Mann binden wollten. Ein Kind sollte dennoch her. Ein Kind mit Traumgenen, sozusagen: von sich und ihrem Auserwählten …

Und mit ihr änderte sich alles. Nicht nur, dass sie launisch war und die Zeit zur Verabreichung der Spritzen nicht einhielt, sie verlangte von allen auch noch 7-Tage-Woche und 24-Stunden-Betreuung. Daher wurde ihr eine speziell ausgebildete Krankenschwester zur Verfügung gestellt, eine, die sie rund um die Uhr begleitete und betreute und sie an die Einnahme des Nasensprays erinnerte und ihr die verhassten Spritzen zur richtigen Zeit verabreichte. Und als die Zeit zur Entnahme der Eizellen herannahte, wurde Greta immer unerträglicher. Sicher, die Einnahme von Hormonen lässt viele Frauen unlogisch und launenhaft handeln. Aber diese hier war eine richtige Furie. Und sie wollte über jeden Schritt informiert werden.

Greta Romanow war es seit ihrer Kindheit gewohnt, gehätschelt zu werden. Sie war in einer recht wohlhabenden Familie aufgewachsen und war es daher vertraut, Befehle zu erteilen und ihre Wünsche sofort erfüllt zu bekommen.

Als die Jahre vergingen, wuchs sie zu einer wunderschönen, aber recht einfältigen jungen Frau heran, die kaum zu brillieren wusste, außer mit ihrem fabelhaften Aussehen.

Obwohl, ein außergewöhnliches Talent besaß sie schon: Sie konnte jeden gehörten Satz, auch Stunden später, fehlerfrei, wie vom Band, wiederholen, ohne unbedingt dessen Bedeutung zu verstehen; Die ideale Voraussetzung für Film und Fernsehen, wie alle fanden.

Und, sie ging zum Film. Sie änderte ihren Namen, ließ sich die Haare blondieren und die leichten, kaum sichtbaren Falten regelmäßig botoxen. Sie war sozusagen perfekt. Und sie war in der Glamourwelt des Films angekommen!

Natürlich ist es keine leichte Arbeit mit ihr, denn ihre herrische Art ist nicht jedermanns Geschmack und auch nicht leicht zu ertragen. Aber abgesehen davon ist sie eine unglaublich attraktive Frau, die Texte schnell lernt und für die Filmemacher somit ein regelrechter Kassenmagnet ist. Und wer würde sich schon beschweren, nur weil sie ab und zu unerträglich ist und heute rote Rosen in ihrem Schminkwagen haben will und am nächsten Tag sich darüber beschwert, dass sie eigentlich weiße Lilien bestellt hatte, wenn im Gegenzug die Kassen klingeln?

Und die Jahre vergingen, sie verzeichnete einen Kassenerfolg nach dem anderen, und genauso verhielt es sich auch mit den Männern in ihrem Leben. Der eine gab dem nächsten die Türklinke in die Hand. Nicht, dass es ihr an Heiratsanträgen gemangelt hätte, aber sie wollte sich eben nicht binden. Und so stand sie auf einmal da und stellte fest, dass sie bereits 34 war, unverheiratet, ohne Kinder – und die Uhr tickt. Und sie tickt laut. Und sie war der Meinung, genug erreicht zu haben, um einem Kind alles bieten zu können. Also, ein Kind musste her! Ein Kind, indem ihre Traumgene weiterleben würden! Sie musste sich reproduzieren!

Maria-Sophie Klang ist erst 24 Jahre alt und seit mittlerweile 5 Jahren die rechte Hand von Greta. Sie ist nicht unbedingt unschön, aber trotzdem eher unscheinbar, was vermutlich schon mal ein Einstellungsplus gewesen war. Sie hatte gerade ihr Abitur gemacht und wollte sich eine Auszeit gönnen. Sie wollte nie zum Film, aber als ihre Mutter krank wurde und sie ohne Geld dastand, fasste sie sich ein Herz und fragte die Dame vom Kiosk, ob sie nicht zufällig eine helfende Hand benötigte. Und so kam es, dass Petra vom Kiosk eine Bekannte hatte, die eine andere Bekannte hatte, die jemanden kannte, der auf der Suche nach einer persönlichen Assistentin war. Die einzigen Voraussetzungen waren Flexibilität und Reisebereitschaft. Und da ihre Mutter sowieso im Krankenhaus lag und Maria-Sophie ihr daher nicht von großer Hilfe sein konnte, ging Maria-Sophie zu diesem Vorstellungsgespräch. Nicht ahnend, worauf sie sich da einließ oder was sie zu erwarten hatte, schlüpfte sie einfach in eine dunkelblaue Hose mit einer dunkelblauen Bluse und leichten braunen Ballerinas dazu und machte sich auf den Weg.

Niemand hatte sie gewarnt, was vermutlich auch besser gewesen war, denn vor ihr stand auf einmal eines ihrer größten Idole: Greta Romanow höchstpersönlich. Das imposante Ambiente, in dem sie empfangen wurde, blendete sie vollkommen aus: Sie hatte weder Augen für die elegante Chaiselongue in weißem Leder noch für die bunten Panton-Stühle, die sich um den ovalen Tisch aus dickem Eichenholz reihten, als wären es die bunten Zwerge aus Schneewittchen. Nein, sie hatte nur Augen für Greta.

Und die Chemie stimmte sofort, das hatten beide gespürt, betonte Maria-Sophie immer wieder, als sie sich Stunden später bei der Zeitungsdame bedankt hatte.

Und von da an war Maria-Sophie für alles Mögliche zuständig, denn eines hatte sie Greta weit voraus: sie war gebildet und blitzgescheit. Sie erledigte die Korrespondenz, sie vereinbarte Termine und erledigte alle weiteren anfallenden Aufgaben. Sie war einfach immer und überall dabei. Und sie war aus Gretas Leben einfach nicht mehr weg zu denken. Sie war zu Gretas unscheinbarem Schatten geworden. Sie hatte kein Privatleben, denn die Zeit für

Privates oder sonstige Interessen hatten keinen Platz in ihrem überfüllten Kalender. Und sie beklagte sich nicht, denn: W wie viele andere würden für ihren Job nicht alles geben? Und sie war froh, dass sie ihrer Mutter so gut helfen und für alle Rechnungen aufkommen konnte. Und sie redete sich ein, zufrieden zu sein.

Bis zu dem Tag, als Gary, Gretas neuer Personal Trainer, auf der Bildfläche erschien. Gary, der Gott! Mit seinem griechischen Gesicht und der römischen Nase, die wie gemeißelt aussehen, und dem durchtrainierten Körper, der unter seiner sportlichen Kleidung hervorsticht, erinnert er sehr an die Statue des Diskuswerfers Dyskobolos aus der griechischen Antike. Und niemand hatte bis zu diesem Zeitpunkt auch nur Notiz von Maria-Sophie genommen. Und Gary schien sie sogar zu mögen. Oder tat er nur so? Denn er schien auch an Greta Gefallen zu finden, was natürlich keine Überraschung war bei ihrem blendenden Aussehen und ihrer Ausstrahlung. Maria-Sophie dagegen war nur jemand, der ganz einfach da war. Braunes, mittellanges Haar, knapp über 1,60, mit etwas zu viel Polster auf den Hüften. Also, eher jemand, den man nur dann zur Kenntnis nimmt, wenn man darauf hingewiesen wird. Schließlich sind ein wachsamer Blick und große Intelligenz nichts, was einem ins Auge springt, im Gegensatz zu einer atemberaubenden Ausstrahlung. Nein, sie war wie irgendjemand aus der vorletzten Reihe. Man sah jemanden, aber man konnte ihn nicht wirklich erkennen.

Und sie sah definitiv mehr wie ein Trampel aus als wie eine Diva. Das war Gretas Part.

Maria-Sophie ist das komplette Gegenteil von Greta. Und im Gegensatz zu dieser passt sie ins Filmgeschäft in etwa so gut rein wie der Elefant im Porzellanladen. Nein, sie passte einfach nicht rein. Sie war nur für Greta unentbehrlich, und andersherum verhielt es sich genauso. Und so sehr sie für Gary auch schwärmte, wusste sie, dass sie erstens diesen nie für sich haben könnte und zweitens sie es sich mit Greta auf keinen Fall verspielen sollte. Ein Krach mit Greta würde nicht nur finanzielle Verluste mit sich ziehen, sondern womöglich auch noch solche Konsequenzen haben, die sie sich nicht mal auszumalen versuchte. Also stürzte sie sich wieder in ihre Arbeit und versuchte, den göttlichen Gary, der täglich mehr einer Gestalt aus der griechischen Mythologie ähnelte als einem Sterblichen, zu vergessen. Und, seien wir mal ehrlich: Wie oft hatte sie schon überlegt, ob er sich wohl nur über sie lustig machen wollte? Wie heißt es so schön: Jedes Mal, wenn ein Sterblicher, also sie selbst, sich mit einem Gott abgibt, in diesem Fall Gary, endet es in Ärger, und da konnte sie gut darauf verzichten, machte sich Maria-Sophie vor.

Ein paar Monate später, als Greta ihre Assistentin bat, diesen außergewöhnlich fähigen Reproduktions-Arzt Dr. Koch aufzusuchen, um Unterlagen für sie, für eine künstliche Befruchtung, zu besorgen, wäre Maria-Sophie kurz davor gewesen, Greta zu fragen, wer wohl der zukünftige Vater sein würde. Und nicht nur das! Greta und Mutter! Jemand, der auf eine Vernissage ging, nur um ein Statement abzugeben und so zu tun, als würde sie von Kunst oder Ähnlichem etwas verstehen, jemand, der so oberflächlich war, konnte doch keine gute Mutter abgeben, dachte sie. Aber natürlich ließ sie es dabei bewenden! Und dann kam der Tag, an dem Greta sie ins Vertrauen zog.

Maria-Sophie steht auf dem luxuriösen Balkon und betrachtet den riesigen, perfekt angelegten Garten mit den aufgeblühten Bäumchen, die rechter- und linkerseits des kleinen Pfades zum Teich aufgereiht sind. Sie zieht lässig an ihrer Zigarette und lässt die Seele baumeln, als Greta ihr unwirsch die Kippe aus der Hand entreißt und einen großen Zug nimmt: „Was? Schau mich nicht so an! Das gilt nicht als richtiges Rauchen. Das ist nur eine Ausnahme. Es ist nur einmal ziehen …“ – was eine untertriebene Art von Euphemismus darstellt angesichts der Tiefe des Zuges. Anschließend drückt sie ihrer Assistentin die Zigarette wieder in die Hand.

Und dann komplett aus dem Zusammenhang herausgerissen erwähnt sie: „Weißt du? Wenn man was tut, dann muss man sein

Möglichstes geben, um das Beste zu erreichen. Und das ist auch meine Devise, deshalb habe ich Gary als zukünftigen Vater für mein Kind ausgesucht", sagt sie ganz nebenbei, so, als würde sie übers Wetter plaudern. „Ich finde, es hat durchaus was Positives, wenn man was strategisch beeinflussen kann, um das Bestmögliche zu erzielen."

Maria-Sophie verschluckt sich am Zigarettenrauch, als sie die unvermeidliche und bereits vermutete Tatsache vernimmt und röchelt bei dem Versuch, wieder atmen zu können. Greta klopft ihr abwesend auf den Rücken und fährt in ihrer Erzählung unbeirrt fort: „Ja, stell dir vor: Wir wollen uns darauf einlassen."

„Gary?"

„Ja, sicher! Selbstverständlich Gary! Glaubst du, ich möchte so einen haben, der in seiner ausgebeulten alten Jeans und ergrautem Trägerhemd mit einem Bier in der Hand auf dem Sofa liegt und womöglich im Playboy herumblättert und es dann unter die Couch schiebt, sobald ich nach Hause komme? Nein, nein, nein! Sowas kommt nicht in frage."

„Und ein eigenes Kind auf natürliche Art und Weise? Lieber, eine invasive Behandlung? Ist das vielleicht so was wie Torschlusspanik?", stottert Maria-Sophie völlig verunsichert.

Greta schüttelt den Kopf, nur ganz kurz, um dann gleichmäßig und sehr beherrscht zu betonen: „Aber, aber … Wo denkst du denn hin? Ich will einfach nur ein Kind, und das auf die **einfachste** Art und Weise. Ist das so schwer zu verstehen?" Dabei wird sie aber von Selbstzweifeln geplagt, wie sonst nie. Im Stillen fragt sie sich, ob sie sich ein Leben ohne Kind überhaupt vorstellen könnte. Sie denkt an die vielen Nächte, in denen sie wach gelegen und überlegt hatte und es fast fühlen konnte, das eigene Kind in den Armen zu halten.

„Findest du das nicht egoistisch, wie du an die Sache rangehst?"

Aber Greta ließ sich auf keine weiteren Enthüllungen ein, und so leise, wie sie hergekommen war, genauso leise schlich sie sich wieder davon und ließ Maria-Sophie das soeben Gehörte allein verdauen.

Also musste sich Maria-Sophie mit diesem heiklen IVF-Thema auseinandersetzen, um es ihrer Arbeitgeberin mit so vielen einfachen Worten wie möglich zu erklären. Und sie musste sich damit zufriedengeben, dass Gary, Gretas Auserwählter, niemals ihrer sein würde. Aber wieso wollte Greta eine IVF-Behandlung, also ein Baby aus dem Reagenzglas? Wollte Gary vielleicht doch nicht mit ihr schlafen? Hatte Greta Angst, sie könnte nicht schwanger werden? Sie nahm doch die Pille! Die könnte sie doch einfach absetzen und schauen, ob sich was täte. Na ja, vermutlich ging es ihr, wie immer, nur darum, das Erwünschte genau dann zu kriegen, wann sie es wollte. Sie musste selbst beim Kinderkriegen alles selbst bestimmen.

Unter dem Vorwand, alles richtig angeben zu können, fasst sich Maria-Sophie ein Herz und fragt Greta nach dem ursprünglichen Motiv für eine IVF. Dabei erwähnt sie, vielleicht einen Tick zu unfreundlich, ob es Greta klar wäre, dass dabei die Embryos während der Behandlung in dunklen Reagenzgläsern frieren würden …

Für den Bruchteil einer Sekunde schaut es so aus, als würde Greta mit ihrem Blick Maria-Sophie durchbohren. Ein Blick, der einem Unbekannten vermutlich gar nicht auffallen würde. Aber Maria-Sophie kennt sie.

„Mach dich nicht lächerlich!", protestiert der Star. „Ist es egoistisch, von Mutter Natur zu verlangen, einer Frau in meinem zarten Alter von 27 Jahren" – 34, um genau zu sein überlegt Maria-Sophie – „etwas mehr abzuverlangen? Wieso sollte ich mich herumquälen und Temperaturmessen oder Sonstiges, wenn es auch einfacher geht?" Dabei steht ihr die Unsicherheit ins Gesicht geschrieben. Und mit einem Mal fängt sie an zu schauspielern, als würde ihr Leben davon abhängen. Gründe wie Termine und Traumgene fallen zusammen in einem einzigen Satz, und sie steigert sich immer mehr hinein in die Darbietung der liebevollen zukünftigen Mutter.

Maria-Sophie versucht ihr zu erklären, dass diese Behandlung sogar noch mehr von ihr abverlangen wird als nur Temperaturmessen, aber Greta schwelgt in ihrer Phantasie, in der sie einen rosa Kinderwagen – natürlich eine Spezialanfertigung – durch die Gegend schiebt, Gary an ihrer Seite, versteht sich von selbst, ignoriert die Einwände ihrer Assistentin, dreht sich um und geht.

Natürlich wollte sie dann zügig den gewünschten Termin für eine IVF-Behandlung, und natürlich beim renommiertesten Arzt, den die moderne Medizin hervorgebracht hatte und den sich Normalsterbliche kaum leisten konnten, schließlich wollte Greta nicht mit anderen Patientinnen auf eine Stufe gestellt werden. Sie wollte immer das Nonplusultra, so wie sie es von zu Hause schon gewohnt war. Denn schließlich war für Papas Prinzessin das Beste gerade mal gut genug.

Als Greta mit der Behandlung anfing, musste Maria-Sophie sie andauernd an den strengen Plan erinnern. Und sie verhielt sich noch schlimmer als sonst, wie ein störrisches Kind. So, als würde man ihr zu viel zumuten. Und so, als würde das ganze Prozedere ihr zu viel abverlangen. Das Verhältnis zwischen Greta und Maria-Sophie wurde zusehends schlechter, auch wenn Letztere krampfhaft versuchte, ihren Unmut für sich zu behalten. Ob es an der Hormon-Behandlung oder eher an Gary lag, war schwer zu sagen.

Maria-Sophie stellte sich vor, wie Greta den Arzt beim nächsten Besuch fragen würde, ob es nicht eventuell auch noch die Möglichkeit einer verkürzten Schwangerschaft gäbe, so dämlich, wie die ist! Und dabei musste sie schmunzeln, und schon ging es ihr wieder besser.

Auf der anderen Seite war es Maria-Sophie klar, dass Hirn nicht gleich Hirn bedeutet. Ihr war es bewusst, dass es schon eine gewisse Gerissenheit erfordert, sich so zu profilieren, wie Greta es immer wieder überall schafft. In der Gesellschaft kann sie wie keine andere mit ihrem perfekten Aussehen brillieren, natürlich vorausgesetzt, man diskutiert mit ihr nicht über den Weltfrieden. Trump würde sie für eine Spielkarte und Damokles für einen neuen Starfriseur halten. Und dennoch, wenn es darum geht, sich stilvoll zu kleiden und sich in Szene zu setzen und damit jedem Mann den Kopf zu verdrehen, da wird es nie eine Bessere geben.

Und natürlich hielt Greta den Behandlungsplan mit den gesetzten Terminen nicht ein, trotz andauernder Bemutterung durch ihre Assistentin. Als Folge dessen musste die Behandlung abgebrochen und neu gestartet werden.

Um weitere Scherereien zu verhindern, wurde ihr eine Krankenschwester Tag und Nacht zur Verfügung gestellt. Eine, die eiserne Disziplin fordert, eine, die sich von Greta nicht einschüchtern lässt, eine, die nicht die Samthandschuhe trägt, wie es die Schauspielerin sonst gewohnt ist. Und nicht nur das, Tilda, die neue Krankenschwester, war nicht nur unnachgiebig und immun für Gretas Schmeicheleien, sie war hübsch und intelligent obendrein, und Greta fürchtete die Konkurrenz, wie Maria-Sophie mit Genugtuung beobachtete. Also machte Greta ausnahmsweise mit, um die Krankenschwester so schnell wie möglich wieder aus ihrem Haus zu haben.

Aber dass weder Gary Augen für Tilda noch Tilda Augen für Gary hatte, das sah sie nicht. Greta verhielt sich während der ganzen Behandlung krankhaft eifersüchtig und trieb jeden in den Wahnsinn, sogar noch mehr als sonst. Maria-Sophie beobachtete das Geschehen mit Zufriedenheit, und sie hatte Gefallen daran, zu sehen, dass auch Greta mit ihren Starallüren, ihrem Geld und ihrem fabelhaften Aussehen unsicher sein konnte.

Die letzten Behandlungswochen vergingen wie im Flug, und so stand der Tag der Eizell-Entnahme bevor. Bei diesem Verfahren entnimmt man der Patientin aus dem Unterleib die gereiften Eizellen – das sind die Eizellen, die zu einer Schwangerschaft führen könnten – unter Vollnarkose, versteht sich! Anschließend kommen die Eizellen ins Labor, wo sie mit dem Sperma des glücklichen zukünftigen Vaters in einer Nährflüssigkeit zusammengebracht werden. Und schließlich bewahrt man diese im Brutschrank auf bis zum Tag des Transfers. Hier, im Reagenzglas, kommt es dann zur Befruchtung der Eizelle oder Eizellen – wenn man das Glück hat, dass sich mehrere befruchten lassen –, und dabei entstehen ein oder mehrere Embryos.

Am Tag der Eizellentnahme, kaum in der Klink angekommen, versucht Greta schon, Tilda Körner, die Krankenschwester, los zu werden. Nur die beruhigenden und bestimmenden Worte von Dr. Koch bringen sie zur Vernunft.

„Frau Romanow, Sie müssen verstehen, dass wir Ihnen heute keine andere Krankenschwester zur Verfügung stellen können. Sie sind unsere einzige Patientin heute, wie vereinbart. Und sehen Sie das mal so: Frau Körner versteht sehr gut ihr Metier, außerdem war sie die ganzen letzten Wochen schon bei Ihnen, da kann sie uns die paar verbleibenden Minuten auch noch unterstützen. Außerdem kennt sie Sie schon. Fühlen Sie sich nicht auch wohler, wenn nur Leute da sind, die Sie bereits kennen und denen Sie vertrauen können?"

„Vertrauen? ... Schon recht!", gibt sie schnippisch zurück und entfernt theatralisch eine imaginäre Haarsträhne von ihrer Stirn.

Der Arzt beobachtet sie eindringlich, zieht die Stirn kraus, ein Mundwinkel wandert nach oben, und ein leichtes Kopfschütteln folgt.

Maria-Sophie entgeht es nicht, dass Greta mit der Situation gänzlich unzufrieden ist, vor allem, weil sie keinen anderen Ausweg sieht und sie sich fügen muss. Eigentlich ist das für alle offensichtlich, so sehr sie sich auch verstellen mag. Wohl doch keine so begnadete Schauspielerin! Und dass sie Tilda nicht vertraut, das ist so sicher wie das Amen in der Kirche.

Die hypernervöse Greta, die es gewohnt ist, dass ihr alle Honig um den Mund schmieren und die kassierte Rügen nicht so leicht verdauen kann, verteilt einen Anpfiff nach dem anderen. Wer ihren Weg kreuzt, wird zur Schnecke gemacht.

Tilda ihrerseits lächelt verschmitzt vor sich hin und fühlt sich gleichzeitig geschmeichelt UND geschätzt. Geschätzt, natürlich nicht von Greta. Es ist die Aussage des Arztes, dass sie ihren Beruf gut verstünde, die runter geht wie Öl. Selbst wenn dieser Satz für ihn nur ein Klischee gewesen war, um Greta zu beruhigen. Und andererseits fühlt sie sich auch menschlich geschmeichelt. Natürlich hatte Greta dieses nicht beabsichtigt. Denn von einer so schönen Frau wie Greta als ebenbürtige Rivalin eingestuft und eingeschätzt zu werden, das schmeichelt selbst einer intelligenten Frau wie Tilda.

Greta entgeht nicht die Belustigung in Tildas Gesicht, und sie bestellt in einem herrischen Ton ein Glas Wasser, allein schon, um sich selbst und den anderen Anwesenden ihre Macht zu demonstrieren.

Trotz beruhigender Musik macht sich in der Klinik eine gewisse Gereiztheit breit. Eine Gereiztheit, die langsam alle ansteckt. Greta weigert sich, einen Krankenhausmantel anzuziehen, sie findet nämlich, dass Grün nicht zu ihrem hellen Teint passt. Und dass sie ihre Schminke abwaschen soll, dafür müssen der Doktor als auch die Anästhesieärztin mindestens zehn Minuten auf sie einreden.

„Greta, bitte vergiss nicht: der Nagellack muss auch noch weg", erwähnt Maria-Sophie und gießt damit noch mehr Öl ins Feuer.

Gretas Augen schließen sich eine Sekunde länger als nötig, dann, ganz die professionelle Schauspielerin, teilt sie ihrer Assistentin in einem sehr ruhigen Ton mit: „Danke, dass du mich daran erinnerst, aber ich habe keinen Nagellackentferner mitgebracht."

„Keine Sorge, den habe ich schon eingepackt; es stand auf dem Zettel für die OP-Vorbereitung."

„Das ist der Zettel, den DU dir durchlesen solltest! Belästige mich nicht damit."

Maria-Sophie übergeht den schnippischen Unterton und fährt unbeirrt weiter: „Eben! ICH habe den Zettel gelesen. Also hör auf mich. Der Nagellack muss ab!" Und dann ganz leise, für die anderen fast unhörbar, aber nur fast: „Und übrigens, ich hatte es zu Hause auch schon erwähnt." Der tötende Blick in Gretas Augen folgt auf den Fuß.

„Frau Romanow", betont jetzt auch der Arzt, der sichtlich bemüht ist, seine eigene Gereiztheit zu verstecken und genervt ist durch den entstandenen Zeitverlust und noch mehr durch die deutliche Uneinsichtigkeit seiner Patientin: „Wir müssen loslegen. Bedenken Sie bitte, dass wir die Samenzellen bereits vorbereitet haben. Die warten nicht ewig. Wollen Sie ein Kind oder nicht?"

„Wollen Sie mich unter Druck setzten? Unter Druck kann ich nicht arbeiten! Unter Druck kann ich mich nicht konzentrieren!"

Maria-Sophie kann sich nur mit Mühe und Not ein Lachen verkneifen. Das ist der typische Spruch, den der Star am Set von sich gibt. Dass er hier vollkommen fehl am Platz ist, dessen scheint sich Greta nicht bewusst zu sein.

Als sie endlich unter Narkose gesetzt wird, damit die Eizell-Entnahme erfolgen kann, atmen alle Anwesenden kurz auf. Eine Behandlung, die wesentlich kürzer dauert als der ganze Zirkus, den die Schauspielerin veranstaltet hatte, als es um ihre Schminke und Nagellack ging. Bei dem Eingriff werden ihr 16 Eizellen entnommen.

Ein Wunder, dass sie nicht darauf bestanden hat, jede einzelne Eizelle mit ihrem Stempel versehen zu lassen, denkt sich Maria-Sophie voller Hohn.

Und noch bevor Greta aus der Narkose aufwacht, um die gute Nachricht zu hören, werden die entnommenen Eizellen, zusammen mit Garys Samenzellen, bereits in den Brutschrank gelegt.

Diese Prozedur, die Normalsterbliche ohne große Schmerzen überstehen, ist für Greta mal wieder ein Grund mehr, um die Leute um sich herum zu schikanieren: „Maria-Sophie, bring mir ein Glas Wasser. Ich kann mich nicht bewegen. Du kannst dir nicht vorstellen, welche Pein ich durchstehen muss."

Marie-Sophie verdreht die Augen. Die barsche Rüge folgt auf den Fuß: „Ich habe das gesehen."

„Ein Bitte würde dir nicht wehtun", flüstert die Assistentin, dann lauter: „Liebe Greta, ich kann mir gut vorstellen, dass du dich eventuell nicht wohl fühlst, aber der Arzt meinte, dass es dir gut täte, wenn du dich nicht selbst bemitleiden …"

„Was weiß der schon, oder du? Selbstbemitleiden! Dass ich nicht lache! Steckt irgendeiner von euch in mir drin?"

„Ich sage nur, dass dir leichte Bewegung nicht schaden dürfte. Dr. Koch meinte das doch auch", versucht Maria-Sophie einzulenken.

„Ich will jetzt ein Glas Wasser!" Und damit entlässt sie Maria-Sophie.

Diese dreht sich um, verzieht das Gesicht und verdreht die Augen. Die bisher so harmonische Beziehung zwischen den beiden ist seit Garys Erscheinen auf der Bildfläche passé. Sie schenkt ihr widerwillig ein Glas Wasser ein. Am liebsten würde sie ab und zu rein spucken, wenn Greta so unfreundlich ist. Und bei diesem Gedanken entspannt sie sich etwas und muss wieder lächeln. Sie schließt kurz die Augen und lässt einen uralten Film Revue passieren. Der Film, der sie auf die Idee gebracht hatte. Damals, da war sie vielleicht sieben oder acht. Und sie war bei ihren Großeltern zu Hause. Das damalige Wohlgefühl stellt sich sofort wieder ein, und sie riecht förmlich die leckeren Plätzchen, die ihre Oma eigens für diesen Abend backte. Denn jeden Donnerstagabend, da lief eine Serie, die sie sich alle regelmäßig zusammen anschauten: Oma, Opa, die Nachbarin von nebenan und Maria-Sophie. Eine Szene hatte sich ihr damals eingeprägt: Eine alte Frau begegnet ihrer früheren Patronin. Die Patronin ist mit der Kutsche unterwegs und bekommt Durst. Sie hält an und befiehlt der Alten, die am Brunnen steht, ihr Wasser aus diesem Brunnen zu schöpfen. Dass die alte Frau eine ihrer ehemaligen Bediensteten ist, weiß sie aber nicht mehr. Die alte Frau aber erkennt ihre frühere Herrin, und so geht sie also zum Brunnen, schöpft Wasser, und als sie sich unbeobachtet fühlt, spuckt sie hinein. Natürlich kriegt die Patronin das nicht zu sehen. Der Bediensteten ist aber die Genugtuung im Gesicht anzusehen, als sie das Glas weiterreicht. Na ja, so tief bin ich noch nicht gesunken, denkt sich Maria-Sophie, als sie ihrer Arbeitgeberin das Glas überreicht. Aber die Vorstellung an sich ist schon lustig. Und dabei muss sie entspannt grinsen.

Die nächsten drei Tage sind der reinste Horror, denn Greta kann die Anspannung kaum aushalten. Drei Tage, die über die Weiterentwicklung der Eizellen bzw. Embryos entscheiden. Natürlich geht sie in ihrer überheblichen Art davon aus, dass alle Eizellen zu Embryos herangereift (also mit den Samen befruchtet wurden) und gesund sind. Dass die eine oder andere dieses Stadium gar nicht erreichen könnte, das blendet sie vollkommen aus. Und dennoch läuft sie herum wie ein aufgescheuchtes Huhn und treibt jeden in den Wahnsinn. Niemand kann sich um etwas anderes kümmern als um Greta, Greta, Greta.

Gary, ihr Personaltrainer, kann ihr nur mit Mühe und Not entkommen. Und so sehr sie auch bettelt, dass er nicht weggeht, bleibt er standhaft. „Was hast du denn zu tun? Ich bin dein einziger Arbeitgeber. Du gehst wohl irgendeine kleine Nutte besuchen."

Ehrlich und sichtlich entrüstet gibt Gary zurück: „Mach dich nicht lächerlich! Du treibst einen in den Wahnsinn mit deiner jetzigen Laune."

„Du weißt ja auch nicht, wie das ist, eine OP hinter dir zu haben und unter solchen Höllenqualen zu leiden", betont sie mit bettelnder, sich selbst bemitleidender Stimme.

„Mensch, du kannst sowieso keinen Sport treiben. Und so schlimm war die OP nun wirklich nicht! Abgesehen davon muss auch ich mal andere Sachen erledigen … Ich komme sonst kaum raus hier. Ich bin nicht dein Diener." Er starrt sie kurz an, sein Blick durchbohrt sie, als er betont streng hinzufügt: „Und eines darfst du nie, nie vergessen: Ich bin nicht dein Eigentum!"

„So habe ich das auch nicht gemeint. Schau, wir werden bald Eltern." Aber weiter kommt sie nicht, denn Gary schneidet ihr das Wort ab: „Du wirst vielleicht letztendlich Mutter, wenn der Arzt hält, was er verspricht, aber ich habe nur meine Samen gespendet. Erinnerst du dich noch? Wir haben einen Vertrag."

„Nun sei nicht so", bettelt sie und zieht eine Schnute. Sie klimpert ein paar mal mit den Wimpern, aber als sie sieht, dass die Masche dieses eine Mal nicht funktioniert, setzt sie hinzu: „Komm, lass uns wieder Freunde sein. Wir könnten auch mal wieder über einen kleinen Bonus reden. Beruhigt es dich? Bleibst du dann hier bei mir?"

„Sag mal, Greta! Nicht alle sind käuflich!", schnauzt er sie an.

„Nur einen Kuss, damit ich sehe, dass alles in Ordnung ist."

Er geht hin, drückt ihr einen leichten Kuss auf die Lippen, dreht sich um und geht. Und dabei schüttelt er nur den Kopf, denn trotz Geld und Erfolg ist sie immer noch ein kleines unsicheres Mädchen. Natürlich mag er sie, aber von Liebe kann gar keine Rede sein.

Als das Telefon klingelt, liegen Maria-Sophies Nerven blank. Endlich der erhoffte Anruf, denkt sie sich. Hoffentlich gute Nachrichten, sonst muss ich mir die Kugel geben!

Dr. Koch grüßt höflich und fragt sofort nach Frau Romanow, denn das Ergebnis möchte er nur mit der Patientin selbst besprechen, verständlicherweise.

Dr. Luis Spange ist einer der Ärzte im renommierten Team von Dr. Koch. Er ist einer der Ärzte, der die Vorgespräche mit den Patientinnen und Patienten durchführt, obwohl er für alle anderen Behandlungen auch durchaus qualifiziert wäre. Er ist groß, attraktiv, gerade mal 32 Jahre alt und bereits während des Studiums dem Team beigetreten. Dennoch, wie alle Ärzte hier im Team darf auch er nie mit den Brutschränken in Berührung kommen. Das übernimmt Dr. Koch selbst, nach wie vor. Sie alle teilen sich die Arbeit und die weiteren anfallenden Aufgaben, aber ab dem Zeitpunkt der Eizellentnahme ist Dr. Koch der Einzige, der mit den Zellen noch herumhantieren darf. Und nur das, was der Doktor herrichtet, darf behandelt werden. Die Brutschränke bleiben für alle tabu!

Und da fängt das Geheimnis seines Erfolgs an. Wie oft haben alle schon mal gefragt, ob sie eventuell behilflich sein dürften, und jeder von ihnen wurde, der Reihe nach, freundlich, aber bestimmt abgewiesen. Und wie oft hatte sich Dr. Spange selbst auch schon gefragt, was wohl passieren würde, sollte Dr. Koch mal krank werden. Denn nur dieser ganz allein hatte den Schlüssel und die Kombination für die Brutschränke, also für den Teil des Labors, in dem die Eizellen und Embryos lagerten. Sicher, tagsüber stand es allen zur Verfügung, aber sobald neue Eizellen entnommen wurden, schloss sich der Doktor mit den Eizellen und den Spermien vorerst, allein, im Labor ein. Sie wurden präpariert, in Reagenzgläser gesteckt, beschriftet, und keiner konnte ab diesem Zeitpunkt nachvollziehen, was sich dort abspielte. Erst zwei bis drei Tage später, als die Embryos dem PGS-Screening unterzogen wurden, ein Verfahren, bei dem die Lebensfähigkeit der entstandenen Embryos und ihre Gesundheit untersucht werden, erst da dürfen andere Ärzte ins Labor, wobei bestimmte Brutschränke weiterhin verschlossen blieben.

Natürlich war der eine oder andere neidisch auf den Erfolg des Doktors, aber von manchen Verfahren ausgeschlossen zu sein, war ein viel schlimmeres Gefühl. Dazugehörend zwar, aber nicht ganz. Eben nur ein Teil des Teams. Und nichts weiter!

Als Dr. Spange bei Dr. Koch anfing, ging er natürlich davon aus, dass auch er sich um die Eizellentnahme und deren weiteren Verlauf kümmern dürfte. Natürlich nicht sofort, aber eines Tages ... Er hatte sich vorgenommen, eine eigene Praxis für IVF-Behandlungen aufzumachen. Aber so wie es momentan aussah, würde weder er noch andere Kollegen tiefere Einsichten in die Behandlungsmethoden erhalten, vermutlich, um Dr. Kochs Erfolg nicht zu schmälern.

Konkurrenz belebt zwar den Markt, aber wenn man das Monopol über ein Verfahren, das so erfolgreich ist, hält, braucht man keine Konkurrenz zu fürchten. Und das schien auch Dr. Kochs Devise zu sein.

Und mit den Jahren wuchs die Verbitterung im Team. Und zu den enttäuschten Kollegen gehörten auch noch weitere junge und fähige Ärztinnen und Ärzte, Laboranten und Laborantinnen. Denn bedingt durch die stetig steigenden Anfragen musste auch immer mehr fähiges Personal eingestellt werden. Und jeder von ihnen kam dazu in der Hoffnung, später mal selbst so erfolgreich und reich zu werden wie Dr. Koch selbst.

Und selbst als sie sahen, dass sie nicht überall eingeweiht wurden und Dr. Koch seine Geheimnisse für sich behielt, blieben sie. Illusion, Selbsttäuschung, Hoffnung, dass sich irgendwann doch was tun könnte, oder ganz einfach nur gute Bezahlung? Aus welchem Grund auch immer: Wer zum Team gehörte, der blieb. So auch Dr. Inge Rotwein, die für die Hormonverschreibungen und -behandlungen zuständig ist, Dr. Jörg Hals, der die Spermienuntersuchungen vornimmt, die attraktive Dr. Julianne Beeren, die Vorgespräche und weitere Untersuchungen durchführt, genauso wie die ganzen Leute aus dem Labor, Willi Fleischmann, Lucia Dumitru oder Paul Wohnle usw. Es war bekannt, dass Dr. Koch nur fähige Leute aus dem Bereich der humanen Reproduktion einstellte, und so wusste jeder von ihnen, dass er von unschätzbarem Wert in diesem Team war. Und so war es auch verständlich, dass dem einen oder anderen diese Gewissheit zu Kopfe stieg und sie eine höhere Bezahlung verlangten, die sie nach mehreren Gesprächen auch erhielten. Und so blieben sie, und die Unzufriedenheit blieb auch.

Die Einzige, die verständlicherweise keine Anstalten machte, in das Geheimnis von Dr. Koch eingeweiht werden zu wollen, war Dr. Annette Stroh, die Anästhesistin. Warum denn auch? Sein florierendes Geschäft verschafft ihr ausreichend Aufträge, und sein Erfolg garantiert ihr ein mehr als einträchtiges Einkommen, abgesehen davon ist ihre Arbeit nicht im Entferntesten der von Dr. Koch ähnlich.

Maria Lupus, Kriminalkommissarin, tankt gerade ihr Auto, als ihr Diensthandy bimmelt. Da sie eher zu den untypischen Frauen gehört und eine Handtasche nicht ihr Eigen nennen kann, weiß sie natürlich nie, wo sie das Handy mal wieder hingeschmissen haben könnte. Und so steht sie gebückt in der offenen Tür ihres alten Renaults, mit einem Ohr lauschend, um den aufdringlichen Ton orten zu können. Als sie es endlich entdeckt, wirft sie sich regelrecht nach unten, in den Fußbereich des Beifahrersitzes. Die alte Federung lässt das Auto vibrieren, bis es richtig ins Schwingen kommt. Bei dieser wackligen Bewegung, die einem Erdbeben der Stärke sieben ähnelt, rutscht der Tankrüssel aus dem Benzintank heraus. Und ähnlich einer sich schlängelnden Schlange, die einem indischen Schlangenbeschwörer folgt, verteilt der Schlauch eine Benzinfontäne um sich. Schreie werden laut.

Als Maria den Kopf nach oben hebt – das Handy am Ohr –, sieht sie, wie in Zeitlupe, wie Leute wegrennen. Geduckt, wie um sich vor einem niederprasselnden Regen zu schützen, die Hände über dem Kopf haltend, laufen sie schreiend umher. Dann beobachtet sie den Tankwart, wie er rennend in ihre Richtung kommt und sie fixiert. Laute kommen aus seinem Mund, aber sie kann den Sinn nicht begreifen. Sie neigt den Kopf leicht zur Seite und sieht neben sich den Tankrüssel immer noch tänzeln.

Und obwohl unter normalen Umständen, die Benzinzufuhr unterbrochen werden müsste, verweigert der Trigger der Zapfpistole den Dienst und bleibt eingerastet und versprüht weiterhin Benzin umher.

„Sie dumme, fette Kuh! Was haben Sie angerichtet? Was haben Sie sich dabei gedacht?", schimpft dieser, als er den Rüssel wieder in die Zapfsäule einhängt.

Normalerweise würde Maria den Dienstausweis nicht zweckentfremden, aber heute scheint es ihr ideal, seine Wirkung auf ihre Mitmenschen zu testen. Und so zieht sie diesen aus ihrer Manteltasche hervor und erwähnt lässig: „Wollen Sie, dass ich Sie wegen Beamtenbeleidigung festnehmen lasse?"

Für den Bruchteil einer Sekunde schaut es so aus, als würde es dem Tankwart die Luft aus den Segeln nehmen. Leider nur für den Bruchteil einer Sekunde! Denn schon kurze Zeit später scheint sich dieser wieder gefasst zu haben und mit unverminderter Wut sie zu beschimpfen. Maria wird rot. Alle Augen scheinen auf sie gerichtet zu sein. Eine Situation, die in ihr Unwohlsein auslöst. Grellrote Kreise tanzen vor ihren Augen. Zusammen mit dem Benzingeruch: eine unvermeidbare Katastrophe. Denn schon im nächsten Augenblick weicht ihr gesamtes Blut aus ihrem Gesicht, innerlich scheint sie zu kochen, aber nicht vor Ärger. Einen Moment lang scheint wieder Frieden eingekehrt zu sein, und dann sprudelt es aus ihr heraus, wie aus einem Springbrunnen: alles, was sie im Laufe des Tages zu sich genommen hatte – und genau in das Gesicht des Tankwarts. Ein kollektives Geschrei beginnt, als der Tankwart vor Ekel augenblicklich auch beginnt, sich zu übergeben. Manche der Außenstehenden lachen sich kaputt, allen voran: die Kinder. Manche wenden, voller Abscheu, die Köpfe in die andere Richtung, als Maria versucht, sehr oberflächlich allerdings, die Spuren des Erbrochenen und der Verwüstung von ihrer Kleidung zu entfernen.

Zwei Jahre lang haben sich Estella und Joseph Pastor in der Nachwuchszüchtung versucht. Zwei Jahre, in denen alles versucht wurde, zwei Jahre voller Hoffnung und Verzweiflung. Zwei Jahre, in denen sie sich von Freunden und Familie gut gemeinte Ratschläge und Möchte-Gern-Weisheiten anhören durften: von wegen „psychologische Gründe" – man müsste nur aufgeben, zu versuchen, schwanger zu werden, und dann würde es sofort klappen, wie bei der Bekannten einer Bekannten der Cousine siebten Grades der Arbeitskollegin … U nd überhaupt, sie würden zu verkrampft versuchen, was nur eine Folge hätte: seelische Verweigerung. Und was ist das Resultat? Dass der Körper den Dienst verweigert! Also, im Grunde genommen alles nur ihrer beider Schuld.

Estella, blond, mittelgroß, 36 Jahre alt, ist eine gut situierte Chiropraktikerin mit einem nicht zu verachtenden Einkommen. Ihr Mann Joseph, der erfolgreiche Patentanwalt, 45 Jahre alt, groß gewachsen, mit athletischer Figur, steht seiner Frau in nichts nach.

Dennoch, dass er seiner Frau nicht wirklich helfen kann und konnte, gab ihm ein Gefühl des Versagens. Ein Gefühl, das nicht vorbeiging, nicht so wie eine Wolke am Himmel, die von einer leichten Brise weg gepustet werden konnte, sondern mehr wie ein bösartiger Tumor, der sich immer mehr in seinem Inneren ausbreitete. Und auch Estella hatte während dieser zwei Jahre immer mehr das Gefühl, ihrem Mann die Männlichkeit zu stehlen, auch wenn sich dieser nie beschwerte und sich nie weigerte, diese zur Verfügung zu stellen. Dann, als sie endlich schwanger wurde, folgten mehrere Fehlgeburten. Und auch da stand er seiner Frau zur Seite – unerschütterlich wie der Fels in der Brandung. Aber beiden wurde klar, dass sie was ändern mussten, vor allem, weil die Untersuchungen nichts Auffälliges zu tage brachten. Und so empfahl ihnen ihr Frauenarzt, eine Klinik für künstliche Befruchtung aufzusuchen. Und sie landeten bei Dr. Koch. Denn es sollte natürlich nicht irgendein IVF-Arzt sein, sondern DER EINE! Denn wer was auf sich hält, was die Pastors selbstverständlich tun, und es sich zudem auch noch leisten kann, geht zu Dr. Koch.

Während der Vorbereitungen fällt Dr. Spange wie immer die Aufgabe zu, das erste Gespräch zu führen, um alle Einzelheiten zu erfahren und um die Eheleute auf die kommenden Strapazen vorzubereiten. In einem Raum mit dezenter Beleuchtung und himmlisch weichem Teppichboden, der jeden Schritt dämpft, erklärt er ihnen das Verfahren: dass zu Beginn der Behandlung Frau Pastor eine Zeitlang Urinproben abgeben muss, um das Ansteigen des Hormonspiegels zu dokumentieren. Gleichzeitig würde das Sperma ihres Mannes auf Beweglichkeit bzw. auf lebende Spermien untersucht werden, um die einfachsten Hinderungsgründe vorab ausschließen zu können.

„Wir werden also mit einem Huhner-Test anfangen – was das ist, werde ich Ihnen gleich erklären –, um zu schauen, was mit den Spermien Ihres Mannes nach dem Geschlechtsverkehr passiert."

Frau Pastor schaut den Doktor fragend an, dann ruft sie ganz hysterisch aus: „Mit wem soll mein Mann Geschlechtsverkehr haben?" Die Augen scheinen dabei aus den Höhlen heraustreten zu wollen.

Dr. Spange kann sich das Lachen kaum verkneifen und muss sich auf die Unterlippe beißen. „Tut mir leid, ich habe mich wohl falsch ausgedrückt. Das Verfahren, das Huhner-Test genannt wird, läuft folgendermaßen ab: Sie, Frau Pastor, werden heute Abend Geschlechtsverkehr mit Ihrem Mann haben, und morgen früh untersuchen wir Sie gleich, um die Entwicklung in Ihrer Scheide zu beobachten. Dann, je nachdem, wie es ausschaut, ob Ihre Scheide die Spermien Ihres Mannes abtötet oder nicht, das heißt, die Scheide lässt die Spermien passieren oder nicht passieren, entscheiden wir, mit welchem uns zur Verfügung stehenden Verfahren wir Sie schwanger bekommen können."

„Wie bitte? Wieso sollte meine Scheide so was tun? Was reden Sie für einen Unsinn? Nein, das kann gar nicht sein! So was Schwachsinniges habe ich meinen Lebtag nicht gehört! Viel wichtiger ist es zu klären, wie Sie mich schwanger kriegen und wann? Damit sollten wir uns zuerst befassen", verlangt Frau Pastor barsch, und ihre Worte überschlagen sich.

Herr Pastor, der daneben sitzt und bisher kaum was gesagt hat, schaut ein bisschen so aus, als würde er sich für die Fragen seiner Frau schämen.

„Na ja, wir nehmen es ab sofort in Angriff. Wenn keine schwerwiegenden Gründe vorliegen, Sie unsere Anweisungen befolgen und die Termine, die Sie von uns kriegen, minutiös einhalten, sollten wir Sie dann auch schon recht bald schwanger bekommen. Sie wissen schließlich, dass unsere Praxis eine recht hohe Erfolgsquote vorweisen kann. Übrigens, bezüglich der Scheide: Manchmal reicht es vollkommen aus, das falsche Wasser zu trinken. Dadurch kann die Scheidenflüssigkeit übersäuern, sprich der ph-Spiegel der Scheide wird zu sauer, was dazu führen kann, dass die Spermien nicht durchkommen. Dabei gehen sie natürlich, leider, ein. Das war damit gemeint. Und um das auszuschließen, benötigen wir diesen Huhner-Test."

„Was meinen Sie mit ‚schwerwiegende Gründe‘? Suchen Sie nach einer Ausrede, damit Sie abkassieren können, ohne was tun zu müssen?"

„Aber wir werden doch was tun …"

Herr Pastor schneidet ihm das Wort ab: „Dann tun Sie was! Wir sind wegen Ihrer hoffentlich nicht getürkten Erfolgsquote hier, wir wollen schließlich Ergebnisse sehen!"

„Aber warten Sie doch ab …"

Aber weiter kommt er auch dieses Mal nicht, denn der genervte Patient fällt ihm erneut ins Wort: „Ergebnisse, nur Ergebnisse zählen! Deshalb zahlen wir auch Ihre horrenden Preise!", entgegnet er noch, und die Farbe in seinem Gesicht ähnelt immer mehr einer Tomate als einem menschlichen Wesen.

Und dann ist es so, als würde sich Frau Pastor für ihren Mann schämen. Und obwohl man ihnen ansehen kann, dass sie unter normalen Umständen ein gutes Team sind, ist es deutlich, dass die Aufregung über den Schritt, den sie unternommen haben und eine baldige mögliche Schwangerschaft sie beide etwas überfordert.

Dr. Spange von seinem Platz aus denkt sich nur: Same old, same old, alles schon mal gesehen. Er weiß, dass alle Paare die gleichen Ängste durchmachen und von ähnlichen Zweifeln geplagt werden. Und ja, das stimmt schon, die Preise sind schon grotesk, aber die Erfolgsquote ist auch monumental. Daher versucht er, die überhitzen Gemüter etwas zu beruhigen.

„Sie müssen verstehen, ich hoffe, Sie sind sich darüber im Klaren, dass die Eventualität besteht, wenn diese auch nur gering sein mag, dass es uns nicht gelingt, Sie schwanger zu bekommen. Es gibt so viele Faktoren wie kranke oder missgebildete Eizellen, Gebärmutterkrankheiten usw. Aber Sie sind bei uns, weil Sie wissen, dass Sie bei uns in guten Händen sind und weil Sie alle negativen Faktoren so gering wie möglich halten möchten. Und das ist genau der springende Punkt. Sie müssen es sich angewöhnen, ab sofort die Behandlung nicht mehr mit Zweifeln anzugehen, stattdessen müssen Sie sich ab sofort immer wieder sagen: Ich bin beim Besten, ich bin in guten Händen, es wird gelingen! So aussichtslos es auch erscheinen mag, ich werde es schaffen. Wir werden ein Kind bekommen! Werden Sie das hinkriegen?" Und dabei schaut er von einem zum anderen und wieder zurück. Beide nicken, aber damit gibt sich Dr. Spange nicht zufrieden. Also fragt er: „Frau Pastor?", und schaut sie dabei erwartungsvoll an.

Mehr als ein „Ja" kriegte sie nicht raus. Sie ist noch nicht so weit, um das so einfach hinzunehmen, zu verstehen und zu akzeptieren. Und die vor Aufregung trockene Kehle schnürt ihr die Luft weg.

Dass sie nicht die Wahrheit sagt, dessen ist sich Dr. Spange sicher, aber das ist unter den gegebenen Umständen vollkommen normal, auch das weiß er. Und natürlich kann man jemandem mit nur einem einzigen Gespräch noch nicht die Angst wegnehmen. Und allem voran muss auch er als Arzt sich eingestehen, dass es nicht einfach ist, mit einem einzigen Gespräch die erlebten Fehlschläge wettzumachen. Aber das kommt noch, auch das weiß er. Und die Freude wird anschließend riesengroß sein, und alles Vorherige wird schnell in Vergessenheit geraten. Also wendet er sich an den Ehemann und fragt auch diesen: „Herr Pastor, können Sie das verinnerlichen?"

„Sicher!", log auch dieser.

Dr. Spange erklärt ihnen also die Schritte, die die beiden in den nächsten paar Wochen zu befolgen haben, teilt ihnen die Termine mit, die strengstens eingehalten werden müssen, stellt die nötigen Rezepte aus, gibt anschließend Frau Pastor noch ein paar Gläser mit: für die Urinproben, die sie in den nächsten sieben, acht Tagen vorbei bringen muss, und verabschiedet sich von ihnen mit seinem Dauerspruch: „Sollten Sie weitere Fragen haben, wie banal Ihnen diese auch vorkommen mögen, fragen Sie, bevor wir die Behandlung abbrechen und Sie neu starten müssen. Sie müssen, wirklich, wirklich alles peinlich genau befolgen und alle Termine einhalten."

Als die Eheleute gehen, steht ihnen die Unsicherheit groß ins Gesicht geschrieben: Habe ich mir was vorgemacht? Ist es das Geld wert? Werden wir endlich ein Baby bekommen? usw. Fragen, die im Laufe der Behandlung größtenteils in den Hintergrund treten werden, das weiß der Arzt.

Als sie die Praxis verlassen, fragt Frau Pastor, sichtlich verunsichert: „Meinst du, wir haben einen guten Eindruck gemacht?"

„Wen interessiert das schon? Es geht um die Behandlung und unsere Chancen, nicht um den Eindruck, den wir hinterlassen … Bei den Preisen, die sie verlangen …"

„Du hättest dich ruhig etwas mehr ins Zeug legen können. Nicht immer nur das Geld erwähnen und den Rest mir überlassen!" Und im Geheimen fragt sie sich, ob sie wohl beide die gleiche Einstellung zum Kinderkriegen hätten.

„Weißt du? Eine solche Entscheidung muss wohlbedacht sein", murmelt er.

„Spinnst du? Ich dachte, wir wären uns einig, dass wir ein Kind haben wollen!"

„Ich frage mich nur: Bist du denn ganz davon überzeugt? Willst du wirklich die Strapazen auf dich nehmen?"

„Natürlich!" Aber die Keime der Unsicherheit beginnen Wurzel zu treiben. Dann schüttelt sie den Kopf, so als würde sie böse Gedanken wegjagen, und bejaht die Frage ganz laut: „Ja! Ich bin davon überzeugt! Und Gnade dir Gott, du hättest deine Meinung geändert! Es muss klappen."

Währenddessen überlegt Dr. Spange, wie es wäre, wenn er dieses Gespräch in seiner lang ersehnten eigenen Praxis führen würde …

Dann, als er sich umdreht, begegnet er den schönsten Augen, die das Universum hervorgebracht haben: denen seiner Kollegin Dr. Beeren. Und auch sie macht einen sichtlich erfreuten Eindruck, als sie ihn sieht. Sie nickt aber nur im Vorbeigehen und widmet sich dem nächsten ankommenden Paar.

Als Dr. Koch drei Tage nach der Eizellentnahme beim großen Star, Greta Romanow, zu Hause anruft, teilt er ihr mit, dass sich aus den entnommenen Zellen drei Embryos entwickelt hätten und dass man ihr zwei davon einsetzen würde.

Mit einer schrillen, herrischen Stimme fragt sie: „Wieso sind nur drei was geworden? Ich zahle Ihnen eine Menge Geld, und aus sechzehn Eizellen bekommen Sie nicht mehr als drei hin? Und abgesehen davon: Wieso werden nicht alle drei eingesetzt?", fragt sie unzufrieden, ganz die verwöhnte Zicke, die sie auch sonst immer ist, wenn sie ihren Willen nicht durchsetzen kann.

Dr. Koch ist gegen solche Fragen gewappnet. Er macht das schließlich lange genug, um die Fragen zu antizipieren und um zu wissen, wie man mit solchen Damen umgehen muss. Daher erklärt er, in einem zivilisierten Ton, von dessen Doppelzüngigkeit die Schauspielerin nichts mitbekommt: „Erstens, Frau Romanow: Der Lauf der Natur lässt sich nur bedingt beeinflussen", erklärt er in einem ganz und gar ruhigen Ton. „Und zweitens: Weil man dem Gesetz nach, bei uns, nicht mehr als zwei Embryos einsetzen darf."

„Ich kenne aber jemand, die hat sich vier einsetzen lassen", erwidert sie in einem Kleinmädchenton.

„Aber nicht bei uns!"

„Ja, vielleicht …!"

„Tut mir leid, aber wenn Sie damit unzufrieden sind, müssen Sie ins Ausland reisen, z. B. nach Amerika, dort dürfen so viele Embryos eingesetzt werden, wie Sie es gerne hätten. Aber bedenken Sie, dass die Möglichkeit besteht, dass Sie wie die Oktomom mit einer unüberschaubaren Anzahl an Babys enden."

„Wie wer? Okto-was? Sagt mir nichts", antwortet Greta phlegmatisch.

„Oktomom ist die einzige Frau weltweit, die gesunde Achtlinge geboren hat. Sie hatte sich, allen Ernstes, sechs Embryos einsetzen lassen."

„Da haben Sie's!"

„Ja, aber in Amerika. Und Sie überhören mit Absicht das Wichtigste: Achtlinge!" Eine bedeutungsschwangere Pause folgt, bevor er mit seinen Ausführungen fortfährt: „Zwei der Embryos haben sich geteilt, und aus den sechs eingesetzten wurden acht Babys. Schwebt Ihnen so etwas vor? Sie müssen bedenken, dass sich Ihre Embryos auch nochmals teilen könnten, und Sie würden immer noch Vierlinge bekommen können. Und wie fühlt sich das an?"

Greta schüttelt sich bei der Vorstellung. Zieht die Stirn kraus. Natürlich will sie keine vier Kinder haben. Sie möchte nicht mal zwei. Dennoch, irgendwo hatte sie es aufgeschnappt, dass die Möglichkeit bestehen könnte, dass sich nicht alle Embryos in der Gebärmutter einnisten, oder hatte das Maria-Sophie erwähnt?, fragt sie sich. Davon geht sie in ihrer Überheblichkeit eigentlich nicht wirklich aus. Aber sie überlegt, dass die Chance dennoch größer wäre, ein Baby zu bekommen, je mehr Embryos transferiert werden würden. Aber Mehrlingsgeburten, überlegt sie weiter? No way! Also zischt sie: „Schon gut. Also gut. Und wann passiert das alles?"

„Sie meinen sicherlich den Transfer der Embryos?", bemerkt der Doktor etwas herablassend und verpasst sich sofort eine imaginäre Ohrfeige.

„Ja, wenn Sie es so nennen wollen!", gibt sie auch ganz patzig zurück.

Dr. Koch schüttelt nur den Kopf. Zum Glück kann sie ihn nicht sehen! So viel Unwissenheit, Arroganz und Ignoranz!, sinniert er. Ihr Vorteil, dass sie so hübsch ist, so viel Geld und eine kluge Assistentin hat, sonst wäre sie aufgeschmissen.

„Wenn Sie mir vielleicht Ihre Assistentin geben könnten, dann würde ich alles Weitere mit ihr besprechen und vereinbaren", erwidert er dann im höchstmöglich freundlichen Ton, dessen er fähig ist angesichts der Einfältigkeit dieser Frau.

„Ist wohl auch besser, sie kennt meine Termine!" Und ohne sich zu verabschieden schmeißt sie den Hörer auf die Couch und ruft nach Maria-Sophie.

Mein Gott, denkt sich der Arzt, kriegst du allein auch was zustande, oder sind es immer nur die anderen, die schuften müssen, und du kassierst die Lorbeeren? Na ja, solche Frauen begegnen mir nicht zum ersten und auch nicht zum letzten Mal, dennoch, ich kann mich immer nur darüber wundern.

Am nächsten Tag trifft Greta mit ihrem gesamten Hofstaat ein, so, als wäre sie dabei, gekrönt zu werden. Der blaue bodenlange Samtmantel, den sie sich von Gary von den Schultern abstreifen lässt, gibt den Blick auf ein rotes Kleid frei. Das Rot gibt dem Prozedere sogar noch mehr den Eindruck einer Zeremonie. Die Einzige, die eine biedere Aura verströmt und nicht so recht in dieses Zeremoniell hineinpasst, ist Maria-Sophie mit ihrem hochgesteckten Dutt, ihrer gestreiften Bluse mit Schluppe zum dunkelblauen wadenlangen Rock. Sie schaut eher aus, als wäre sie eine Lehrerin aus dem 19. Jahrhundert als wie jemand, der zu Gretas Entourage gehört. Sie wirkt im Gegensatz zu ihrer Chefin unglaublich seriös und vielleicht etwas reifer, aber nicht distanziert. Und abgesehen von ihrer Assistentin und dem Father-to-be hat die Schauspielerin noch weitere Personen dabei. Personen, die dem Doktor weder bekannt noch willkommen sind. Greta stellt diese als ihren Gynäkologen und ihren Privatarzt vor.

Dr. Koch mag keinen solchen Menschenanlauf, lässt es sich aber zuerst nicht anmerken. Und vor allem mag er es nicht, wenn er das Gefühl hat, dass ihm jemand über die Schulter schauen möchte. Er nimmt daher Maria-Sophie beiseite und bittet diese, den Anwesenden mitzuteilen, dass in der Küche Kaffee, Kuchen, Getränke und Sandwiches eigens für die Familienangehörigen und Freunde bereitgestellt wurden, wobei er eigentlich meint, dass sich alle aus seinem Behandlungsraum verziehen sollten.

Maria-Sophie flüstert: „Greta wird das nicht gerne hören. Sie hat ihren Privatarzt und den Gynäkologen extra einfliegen lassen."

„Im Behandlungsraum haben diese nichts zu suchen!", ruft er aufgebracht und beabsichtigt, laut genug, damit es jeder zur Kenntnis nehmen kann. Und, es ist mehr als offensichtlich, dass er keine Widerrede duldet, zwinkert aber Maria-Sophie verschwörerisch zu.

Anschließend dreht er sich um und nimmt die Situation selbst in die Hand: „Meine Dame, meine Herren, bis die Behandlung beendet ist, möchten wir Sie zu einer großen Auswahl an Leckereien einladen. Meine Assistentin, Frau Dumitru, zeigt Ihnen den Weg."

Einer der Ärzte setzt an, etwas zu sagen, aber Dr. Koch dreht ihnen allen bereits den Rücken zu und widmet sich der Patientin.

„Frau Romanow, verstehen Sie bitte: Wir brauchen absolute Ruhe während der Behandlung." Aber weiter kommt er nicht, denn Greta hat bereits gewisse Einwände hervorzubringen: „Aber ohne Dr. Pohl, meinen Gynäkologen, Dr. Wolff, meinen Privatarzt, und Gary, den zukünftigen Vater, fühle ich mich etwas verloren. Ich habe sie mitgebracht, weil ich deren Unterstützung brauche …" Klimpert mit den Wimpern und zieht erneut ihre Schnute, die allen bestens bekannt ist und die normalerweise ihre Wirkung nicht verfehlt.

„Die werden sie nicht brauchen! Sie werden sehen, es geht alles schneller voran, wenn wir Sie ungestört behandeln können. Sie müssen doch zugeben, dass Sie und ich auch ein sehr gutes Team abgeben. Bisher hat die Behandlung doch auch ganz gut funktioniert, meinen Sie nicht auch?", fügt der Arzt beschwichtigend hinzu und setzt gekonnt ein Lächeln auf.

Und wie ein kleines Kind erwähnt sie, in einem flehentlichen Ton: „Aber wenigstens Maria-Sophie muss mit. Sie muss meine Hand halten."

„Ich habe dagegen nichts einzuwenden, wenn das Ihr Wunsch ist, und natürlich, wenn es Ihrer Assistentin recht ist."

„Das hat sie nicht zu entscheiden", befiehlt Greta etwas zu laut, so dass alle den letzten Satz mitkriegen können. Für den Bruchteil einer Sekunde verstummen alle, schauen bedrückt zu Boden, nehmen aber den Gesprächsfaden unbeirrt wieder auf, so, als wäre nichts passiert.

Nur Maria-Sophie lächelt. Ein gequältes Lächeln. Ihr Blick ist nach unten gerichtet. Dann schaut sie auf. Garys und ihre Blicke treffen sich kurz. Er lächelt sie traurig an, aber dann wendet er sich sofort seinem Gesprächspartner zu, während sie sich auf den Weg zur Küche begeben. Maria-Sophie würde am liebsten schreien: „Ich bin nicht dein Eigentum, du blöde Kuh! Ich habe Gefühle!" Wut und Verzweiflung machen sich breit. Eine ungewollte Röte steigt ihr ins Gesicht, als sie ihre Tränen zu unterdrücken versucht.

Ihre ganze Verehrung schlägt sofort in Hass um. Hass! Hass ist das Einzige, was sie momentan empfinden kann. Abgrundtiefer Hass! Als sie ihre Augen vom Boden erhebt, spiegelt sich der Hass so sehr in ihnen, dass sie befürchten muss, entdeckt zu werden. Aber niemand nimmt Notiz von ihr. Der Hass verwandelt sich in Selbstmitleid, und sie fühlt sich nutzlos und elend.

Dr. Pohl, Gretas Gynäkologe, fühlt sich auch unzufrieden und enttäuscht. Er hatte erwartet, während des Transfers assistieren zu dürfen oder zumindest gehofft, beim Transfer dieser von allen so sehr gepriesenen Behandlung als Zuschauer fungieren zu dürfen. Und er hatte sich vorgestellt, einen Blick ins Labor werfen zu dürfen. Nicht umsonst hatte er Greta angeboten, beim Embryotransfer dabei zu sein! Und er hatte vor allem gehofft, Teil dieser lebensverändernden Behandlung sein zu dürfen. Jetzt schien diese Möglichkeit in den Keller gesunken zu sein, und seine Chance, diesem „ach so berühmten Arzt" über die Schulter gucken zu dürfen, wurde mit einem einzigen Satz zunichte gemacht.

Wie Maria-Sophie ein paar Sekunden zuvor wird auch er sauer. Wut steigt in ihm auf. Er flucht innerlich. Was bildet sich dieser arrogante Arsch von einem Arzt ein, so mit mir zu reden?, überlegt er. Er ballt die Fäuste zusammen, während er versucht, sich ein Lächeln abzuringen. Die Wut steigt immer höher, er ist kurz davor zu explodieren. Die geballten Fäuste, die er in seinen Hosentaschen versteckt, fangen an zu schwitzen. Er empfindet unendliche Wut. Das Gesicht ist zu einem Lächeln gefroren, als er sich auf den Weg in die Küche macht. Kein Mensch darf so mit mir reden, überlegt er. Kein Mensch!

Als Greta in dem gynäkologischen Stuhl Platz nimmt, nur mit dem grünen Kittel bekleidet, der Kittel, den sie bereits bei der Vorbehandlung beanstandet hatte, befinden sich im Behandlungsraum außer ihr nur noch Dr. Koch selbst, Maria-Sophie und Lucia Dumitru, Dr. Kochs rechte Hand beim Embryo-Transfer.

Währenddessen zieht Willi Fleischmann, der Laborant, aus den bereitliegenden Behältern Nährflüssigkeit in den biegsamen Schlauch, dem Katheter, hinein. Mit diesem Schlauch werden die Embryos in die Gebärmutter transferiert (Der Transfer ist ein Vorgang, der für die meisten Patientinnen mit keinen oder höchstens ganz leichten Schmerzen verbunden ist, außer man ist eine Filmikone und heißt Greta Romanow.).

Willi wartet auf weitere Anweisungen des Arztes.

Maria-Sophie hält gerade Gretas Hand, als der Arzt diese bittet, die Augen zu schließen und sich kurz zu entspannen.

Auf einem Tablett hält Dr. Koch die Petrischale mit den Embryos und mit dem Induktionsschlauch, die er soeben von Willi in Empfang genommen hat, bereit für den Eingriff. Dann bittet er Greta, die Augen wieder aufzumachen, während er ihr die Embryos an einem Bildschirm zeigt, die Embryos, die er unter ein Mikroskop gelegt hat. Die 100-fache Vergrößerung lässt diese wie die olympischen Ringe, allerdings farblose Ringe, erscheinen.

„Sind das meine Babys?", fragt Greta ganz kindisch.

„Noch nicht ganz, aber bald", lächelt der Arzt gutmütig.

Greta reißt sich aus Maria-Sophies Hand los und stößt diese unwirsch weg, um in die Hände zu klatschen. Dass ihre Assistentin dadurch das Gleichgewicht verliert, ist ihr völlig egal … Maria-Sophie versucht sich irgendwo festzuklammern, damit sie nicht zu Boden stürzt. Sie strauchelt mit den Armen wie ein Vogel ohne Federn und versucht, nach dem Ärmel des Arztkittels zu greifen, verfehlt ihn aber um ein paar Millimeter. Das Einzige, was sie dabei erwischt, ist das Tablett, auf dem der Induktions-schlauch und die Petrischale liegen. Wie im Zeitraffer beobachten alle, inklusive Willi, wie alle möglichen Gegenstände zuerst in die Luft geschleudert werden und dann mit viel Lärm auf dem Boden landen. Ein infernales Bersten und Krachen erfolgt. Schalen zerbrechen. Nährflüssigkeit verbreitet sich über dem teuren Parkett. Dann ist kurz alles still. Eine unwirkliche Stille. Willi traut sich nicht zu atmen. Er beobachtet nur alles und alle. Der Induktionsschlauch liegt wie eine schlafende Schlange am Boden. Schreie folgen.

Panik bricht aus, als Sekunden später allen klar wird, was soeben passiert ist. Greta fängt zum Schreien und gleichzeitig zum Weinen an. Ihr Gesicht wird aschfahl, und sie weint und murmelt abwechselnd „Was? Was?" und schaut dabei von einem zum anderen.

Ein ohrenbetäubendes Kreischen erfüllt die Luft, als sie auf einmal ganz hysterisch „Meine Babys, meine Babys!" schreit und gleichzeitig die Hände zum Himmel streckt. „Sie sind alle tot, nicht wahr? Sagen Sie mir die Wahrheit!"

Der Doktor ruft dazwischen: „Stopp! Niemand bewegt sich! Bevor Sie noch mehr Schaden anrichten! Bleiben Sie alle stehen! Ich helfe Ihnen allen aus dem Raum hinaus! Nur bleiben Sie in Gottes Namen dort stehen, wo Sie sich gerade alle befinden!"

Der Ton des Arztes ist so bestimmend, dass selbst Greta einen Moment lang still ist.

Maria-Sophie fühlt sich elendig. Ihr bettlakenblasses Gesicht spricht Bände. Sie ist untröstlich über das Missgeschick. Daher versucht sie, sich bei allen Leuten zu entschuldigen, sei es mit Worten oder Blicken, während der Doktor und seine Assistentin, Frau Dumitru, dabei sind, alles aus dem Weg zu räumen, bevor jemand auf die empfindlichen Apparaturen und Schläuche steigt und alles zertritt.

Willi steht bereit. Er wartet erneut auf Anweisungen. Er weiß, dass die Konsequenzen imminent und fatal sind: Die Embryos sind hin, und Greta steht eine erneute Komplettbehandlung bevor. Fleißig wie eine emsige Biene versucht er beim Aufräumen zu helfen. Aber Dr. Koch schickt alle hinaus, selbst seine Assistentin, Lucia. Gleichzeitig komplementiert er die schreiende Greta hinaus und versucht sie zu beruhigen und zu trösten. Er betont bewusst laut, dass sie in nur wenigen Minuten einen neuen Versuch starten würden, was Willi komplett fassungslos macht.

Als alle Anwesenden in der Türschwelle stehen, erwähnt der Doktor noch mit Nachdruck und sehr wortkarg, er müsse alles aufräumen, und dazu bräuchte er keine Leute, die alles zertrampeln könnten.

Er bittet daher seine Assistentin, den Star und ihr Gefolge in den benachbarten Raum, den sogenannten Aufwachraum, zu begleiten.

Willi sieht seine Chance gekommen. Alle sind abgelenkt, also riskiert er einen Schritt ins Labor, das sich auf der anderen Seite des Behandlungsraums befindet und dessen Eingang von einer dünnen Trennwand abgeschottet wird. Er bleibt mit einer Hälfte des Körpers noch draußen stehen und wartet ab. Er wendet den Blick Richtung Labor und kann erkennen, dass gegenwärtig ein Brutschrank offen ist. Ein Anblick, den weder er noch seine Kollegen unter normalen Umständen zu Gesicht bekommen. Zig Reagenzgläser, alle schön aufgereiht, sind zu sehen. Jedes einzelne davon trägt ein Etikett. Willi ist noch zu weit davon entfernt, um etwas genau erkennen zu können. Er wagt einen weiteren Schritt nach vorne. Aber als er noch näher herangehen möchte, hört er schon, dass sich der Lärm im Behandlungsraum etwas gebändigt hat. Ein Zeichen dafür, dass der Doktor vermutlich seine Arbeit wieder aufnehmen würde. Er bleibt hinter der Trennwand stehen und wagt nicht, sich zu bewegen. Der Arzt flucht leise, als er Scherben vom Boden aufhebt und wieder aufs Tablett legt. Willi lugt hinter der Trennwand hervor. Er sieht den Arzt mit den Utensilien herumhantieren. Als Dr. Koch sich dem Laboreingang nähert, springt Willi geräuschlos aus dem Labor hinaus und versteckt sich hinter dem Behandlungsstuhl. Regungslos verharrt er dahinter, bis der Doktor im Labor Platz nimmt. Die Tür zum Eingang des Labors bleibt ausnahmsweise einen Spaltbreit offen. Was vermutlich auf die Ablenkung von soeben zurückzuführen ist, stellt Willi mit Zufriedenheit fest. Jetzt oder nie! Er pirscht sich näher heran. Ich muss es wissen, macht er sich immer wieder vor. Schweiß bricht aus allen Poren heraus. Er kann riechen, dass er eine unangenehme Duftwolke versprüht, aber diese Chance bietet sich wahrscheinlich nie wieder. Auf Zehenspitzen schleicht er sich immer näher heran und sieht, dass der Doktor ihm den Rücken zukehrt. Mit Bedacht wählt er jeden Schritt, damit er nicht auf Glasscherben tritt. Er darf keinen Lärm machen, um keinen Preis. Als er einen weiteren Schritt wagt, streift er mit dem Kittelärmel ein Reagenzglas. In Zeitlupe beobachtet er, wie dieses fast zu Boden fällt, bevor er es mit der rechten Hand noch fangen kann. Ein leichtes „Blup" ist zu hören, aber mehr nicht.

Dennoch, vielleicht weil er sich beobachtet fühlt oder weil ihm jetzt erst auffällt, dass die Tür nicht ganz geschlossen ist, dreht sich der Doktor um. Willi kann sich gerade noch in Sicherheit bringen und sucht Schutz hinter dem Behandlungstisch. Er zählt bis zehn und linst hinter dem Tisch hervor. Aber die Tür ist jetzt zu. Dann, auf einmal, vernimmt er am Eingang des Behandlungsraums Schritte. Schritte, die in seine Richtung kommen. Er ist sich nicht schlüssig, was er machen soll. Welche Richtung soll er einschlagen? Er kann nicht fliehen! Er ist umzingelt. Wenn er Richtung Labor geht, wird ihn der Doktor entdecken. Und aus der anderen Richtung her nähern sich die Schritte, gemächlich, aber ohne inne zu- halten! Was passiert mit mir, wenn sie mich hier erwischen?, überlegt er. Die Füße schmerzen, die Muskeln verkrampfen und werden fast taub, als er weiterhin regungslos sitzen bleibt. Manche seiner Sinne scheinen stumpf geworden zu sein, wogegen der Hör- und Sehsinn sich verschärft zu haben schien. Ein Gefühl für seinen Zustand und seine ausweglose Lage ermächtigt sich seiner. Alle Glieder fühlen sich steif an und doch gleichzeitig so, als würden Tausende von Ameisen hindurch krabbeln. Atemlosigkeit schnürt ihm die Kehle zu. Das Gesicht ist vor innerer Unruhe und Anstrengung schweißüberströmt. Trotz des unangenehmen Empfindens in den Beinen traut sich Willi nicht, sich zu bewegen. Würden die Beine nicht einsacken, wenn er spontan wegrennen müsste?, fragt er sich. Die Nackenhaare stellen sich auf. Ein paar Schritte noch, und er ist geliefert. Er sucht nach einem Ausweg aus dieser verzwickten Situation, aber er weiß, er hat keine Chance.

Als Dr. Spange ein paar Jahre zuvor zum Team dazu gestoßen war, arbeitete Dr. Beeren bereits hier, bei Dr. Koch. Und obwohl sie ein paar Jahre älter ist als er und eine Beziehung zwischen Kollegen nicht gern gesehen wird, können sie die Finger nicht voneinander lassen. Und das seit dem ersten Tag an. Tagsüber, in der Praxis, kennt man beide als die tüchtigen und fähigen Ärzte eines renommierten Ärzteteams, aber abends und am Wochenende sind sie die verliebten Täubchen, von denen niemand was erfahren darf. Und damit sind natürlich nur die Leute aus dem Team gemeint. Sicher ist es schwierig, ihre Liebe geheim zu halten. Ständig laufen sie Gefahr, ihren Kollegen in ihrer Freizeit über den Weg zu laufen. Ab und zu würde Dr. Julianne Beeren am liebsten alles hinschmeißen und sich einen neuen Job suchen. Aber weder sie noch Dr. Luis Spange wollen den Tag verpassen, an dem Dr. Koch sein Geheimnis endlich lüftet. Denn eines ist sicher: Irgendwann wird er sich jemandem anvertrauen, und diesen Tag möchten beide nicht verpassen!

Schließlich sollte eine solche Begabung doch mit anderen geteilt werden, oder? Und abgesehen davon: I st er unsterblich? Oder? Und dann? Was dann? Nimmt er sein Geheimnis mit ins Grab? Oder gibt es vielleicht Aufzeichnungen? Nein, sicherlich nicht! Dazu hat er zu große Angst, jemand könnte ihm die fast monopolartige Stellung auf dem Reproduktionsmarkt, die er aufgrund seiner äußerst erfolgreichen In-Vitro-Behandlung hält, streitig machen! Er wird jemanden einweihen!, überlegt sie. Und ich kann warten! Solange Luis bei mir ist!

Dennoch, etwas ist unumstößlich, und zwar eine mehr oder weniger „schattenhafte" Gestalt in ihrem Team, die den Doktor unterstützt. Wurde diese eine Person vielleicht ins Vertrauen gezogen? Mit Sicherheit! Kennt dieser jemand vielleicht das Geheimnis? Wer weiß? Jemand Unsichtbaren gibt es! Auf jeden Fall! jemanden, der alles herrichtet, sobald ein neuer Embryotransfer ansteht. Jemand, der entweder nach 18 Uhr, wenn die Praxis geschlossen wird – natürlich von Dr. Koch höchstpersönlich –, oder noch vor 7.30 Uhr, wenn die Praxis wieder aufgemacht wird – auch wieder vom Herrn Doktor persönlich –. sich in der Praxis zu schaffen macht und alles herrichtet. Jemand, für den die „Keine- Überstunden-Regelung" nicht gilt. Jemand, der unentdeckt bleibt. Jeden Morgen, ohne Ausnahme, steht wie durch Magie herbeigezaubert alles bereit für die IVF- und ICSI-Behandlungen, die im Laufe des Tages erfolgen – oder schon für den anstehenden Transfer. Sobald das Laborteil, in dem die Brutschränke mit Embryos aufbewahrt werden, aufgeschlossen wird, findet man alles schön aufgereiht und beschriftet vor. Die Brutschränke aber bleiben geschlossen. Und sollte im Laufe des Tages eine Änderung vorgenommen werden, was eigentlich so gut wie nie eintrifft, dann ist Dr. Koch der Einzige, der sich darum kümmern darf.

Seit Längerem beobachten die zwei Verliebten jeden ihrer Kollegen mit Argusaugen, versteht sich. Aber keiner verhält sich auffällig, als wüsste er mehr als die anderen. Und auch nicht so, als wäre er mehr involviert als sie selbst. Keiner macht den Eindruck, mehr zu wissen als die Restlichen. Und dennoch! Jemanden muss es geben! Jemand, der spät in der Nacht oder sehr früh am Morgen alles bereitstellt! Oder ist es der Doktor selbst?

Eines ist sicher, auf jeden Fall: Hier in der Praxis werden Geheimnisse gut gehütet. Und man muss das so sehen, überlegt Dr. Julianne Beeren: Keinem ist es bisher aufgefallen, dass Luis und ich eine Beziehung führen. Oder aber sie verstellen sich wirklich alle so gut, dass es uns nicht bewusst ist, dass sie es eigentlich eh schon alle wissen. Dann könnte man sagen, dass hier Geheimniskrämereien an der Tagesordnung sind. Aber warum sollten sie es dann hinnehmen, dass wir zwei die Regeln brechen und was miteinander haben und nicht petzen? Vielleicht aus Angst, man könnte ihre eigenen Geheimnisse ausplaudern? Nimmt irgendjemand an, wir wüssten mehr, als es tatsächlich der Fall ist? Vielleicht wissen es nur die, die nichts zu sagen haben, oder sie alle haben etwas zu verbergen und wissen nicht, ob wir das nicht auch wissen. Das würde bedeuten, dass sich alle in etwa so verhalten: „Sagst du nichts, sage ich nichts!" Und dabei fallen der attraktiven Dr. Beeren die drei Affen ein, die sich Mund, Ohren und Augen zuhalten. Wie hieß der Spruch noch mal?, überlegt sie: „Wer nichts sieht, nichts hört und nichts sagt, ihm hundert Jahre Leben lacht?" oder „Nur wer schweigt, der bleibt?" oder so was in der Richtung? Irgendwie, wenn ich mich richtig erinnere, stammt der Spruch von Konfuzius, aber er wurde später auf die Machenschaften der Mafia umgewandelt, überlegt sie. Wieso nur fällt mir jetzt dieser Spruch ein?, staunt sie. Was macht mich so stutzig? Vielleicht, weil Luis und ich uns seit Längerem überlegen, wie wir den Doktor dazu bringen könnten, uns etwas zu verraten. Oder noch schlimmer: Weil wir versuchen, auf eigene Faust hinter das so gut behütete Geheimnis zu kommen und dadurch viel riskieren. Wie würde sich ein Rauswurf aus dieser berühmten Praxis auf unsere weitere Karriere auswirken?

Willi sitzt immer noch zusammengekauert im Behandlungszimmer. Die Schritte hallen in seinen Ohren, sie klingen laut, wie die Trommelstäbchen eines Schlagzeugs auf einer Trommel. Sie vibrieren in seinen Ohren und scheinen sein Trommelfell zum Zerplatzen zu bringen. Er hält sich die Ohren zu. Das Hemd klebt ihm klitschnass am Rücken.

Am liebsten würde er schreien: Wie konntest du nur so dumm sein? Was hast du dir davon erhofft? Aber das nützt alles nichts. Es ist eh zu spät! Du steckst ganz schön tief drin. Ganz schön tief in der Scheiße!

Aber dann, so wie sie kommen, so schnell verklingen die Schritte auch wieder. Und dann plötzlich: Eine Hand legt sich auf seinen Arm. Willi erschrickt sich zu Tode, sein Blut gefriert, als er aufspringt und mit seinem Kopf ein Tablett umschmeißt. Der Lärm ist nicht zu überhören, aber auch nicht ohrenbetäubend. Maria-Sophie zieht ihn schnell aus dem Behandlungsraum heraus und in die Damentoilette, bevor man ihn dabei ertappt.

Ein stumpfes „Hallo, ist da jemand?" ist aus dem Labor zu vernehmen. Maria-Sophie lächelt Willi an, legt ihm einen Finger auf die Lippen und verlässt den Raum wieder. Willi steht zitternd da. Er wird daraus nicht schlau. Was hatte er im Labor gesehen? Kann das wahr gewesen sein? Kann das denn möglich sein? Ja, das ist es! Das erklärt es! Es ist alles zu spät! Und was wollte die Assistentin der Schauspielerin im Behandlungsraum?

Das Augenpaar, das die beiden beobachtet, bleibt aber unerkannt im Dunkeln verborgen. Zwei wissende, betrügerische und verräterische Augen.

Greta liegt im benachbarten Aufwachraum, um sich zu beruhigen, versteht sich. Dann steht sie schwermütig auf, bewegt sich so langsam, als hätte sie Bleifüße, schleift ihre Schlappen hinter sich und schnieft unüberhörbar laut.

Maria-Sophies Gesicht schaut aschfahl und mitgenommen aus, als sie den Raum wieder betritt, aber die Augen leuchten. Ob sie wohl unbewusst gewollt oder ungewollt den Transfer verhindert hat?, fragt sie sich.

Die Zeit vergeht viel zu langsam. Gretas Verzweiflungsschreie sind für alle Anwesenden unerträglich. Dann, mit einem Mal, dreht sie sich um und geht wie eine Furie auf Maria-Sophie los, mit erhobener Hand, so, als würde sie diese ohrfeigen wollen. Lästerliche Flüche folgen: „Du! Du! Schlange! Das hast du mit Absicht gemacht! Ihr steckt alle unter einer Decke!"

Die Assistentin duckt sich. Dr. Spange, der Vorgesprächsarzt, eilt hinzu und versucht alles Mögliche, um den berühmten Filmstar zu beruhigen. Er erklärt ihr immer wieder, dass sie beim besten Arzt wäre und dass sich sicherlich bald alles zum Guten wenden würde. Sie will aber nichts davon hören, und als wäre sie bei einem Dreh, geht sie ganz in ihrem Element auf und gibt alles, dessen sie fähig ist: von vorgetäuschten Ohnmachtsanfällen bis zu riesigen Kullertränen. Dr. Spange versucht ihr ins Gewissen zu reden und übernimmt beabsichtigt die Worte, die er kürzlich von ihr aufgeschnappt hatte, als er entgegnet: „Frau Romanow, Sie müssen verstehen, dass Dr. Koch unter solchen Umständen nicht arbeiten kann. Er braucht sicherlich etwas mehr Ruhe. Sie wollen doch, dass alles gut ausgeht, oder?"

Aufgelöst und tränenüberströmt flüstert sie nur: „Ja."

Maria-Sophie hat das Gefühl, dass sie sich gleich übergeben muss. So viel Falschheit! Sie weiß, dass nichts davon echt sein kann. Alles nur gespielt, damit sie, wie immer, die volle Aufmerksamkeit auf sich lenkt, denkt sie sich genervt, aber gleichzeitig etwas beschämt. Schließlich ist auch sie teilweise schuld an diesem Chaos.

Alle Männer versammeln sich um Greta herum, um sie zu trösten, das arme verletzliche Mädchen. Denn genau das ist der Eindruck, den sie bestens zum Ausdruck bringen kann. Perfekt in Szene gesetzt! Jahrelange Übung an jedem neuen Liebhaber ausprobiert, poliert, geschliffen und verfeinert, verfehlt nie die Wirkung, überlegt Maria-Sophie.

Auch Willi, der Chemielaborant, gesellt sich hinzu. Aber er scheint als einziger männlicher Beobachter ihrem Zauber widerstehen zu können, immun zu sein. Er schaut Maria-Sophie kurz an und lächelt ihr dankbar zu. Dann steht er da und überlegt, was Dr. Koch wohl jetzt machen wird. Er kann sich nicht vorstellen, dass ein neuer Transfer möglich wäre, da er in dem Chaos und all den Glassplittern die Embryos kaum wiederfinden wird – sie haben schließlich gerade mal die Größe eines Stecknadelkopfs und sind noch zu allem Überfluss auch noch durchsichtig! Da wäre die sprichwörtliche Nadel im Heuhaufen leichter zu finden! Und selbst wenn der Arzt diese wiederfinden sollte, können sie auf gar keinen Fall noch intakt sein. Also wird er vermutlich auf die dritte Möglichkeit zurückgreifen – auf die, die er soeben im Labor beobachtet hatte.

Als der Doktor kaum eine halbe Stunde später zu ihnen allen wieder dazu stößt und verkündet, dass man mit dem Transfer weiter machen könnte, macht es Willi stutzig. Wie kann das sein? Ist er ein Magier? Nein, natürlich nicht, und natürlich fragt er nicht nach. Er hilft weiter mit und unterstützt den Transfer, allerdings mehr wie in Trance. Er spielt seine Rolle weiter, zwar etwas abwesend, aber dem Arzt fällt momentan sowieso nichts auf. Dazu ist er viel zu sehr mit dem Verfahren beschäftigt. Während dessen nimmt Willi sich vor, Lucia, die Laborantin, darauf anzusprechen, ob sie was wüsste. Sie hatten schließlich einen Draht zueinander, fand er.

Der Transfer verläuft ruhig. Als Greta und ihr Gefolge sich auf den Nachhauseweg machen, scheint endlich wieder Ruhe eingekehrt zu sein. Eine trügerische Ruhe, findet Willi. Er brennt darauf zu erfahren, was sich hinter den verschlossenen Türen des

Labors abgespielt haben könnte und ob er recht in seiner Annahme hatte. Aber so sehr er auch versucht, von Lucia etwas in Erfahrung zu bringen, ihre Lippen bleiben stumm. Und als sie sich endlich dazu äußert, folgt nur eine lapidare Antwort: „Woher soll ich das wissen?" Womit das Thema für sie beendet zu sein scheint. „Bist du denn gar nicht neugierig?", erkundigt sich Willi in Gedanken, spricht es aber nicht aus …

Selbst ein paar Tage später, als sich die Wogen geglättet hatten oder als es zumindest den Anschein machte, ließ sich aus Lucia nichts herauspressen. Wusste sie wirklich nichts, oder wollte sie nur nichts sagen?, fragte sich Willi unentwegt.

Und so vergehen ein paar trügerische Wochen. Alles nimmt wieder seinen normalen Lauf, alle Nerven scheinen sich beruhigt zu haben, weitere Behandlungen wurden angefangen, weitere Embryo-Transfers folgten, und Frauen wurden schwanger.

Dann, nach einem Hormontest, endlich die glückliche Nachricht: Greta, der Star, erwartet ein Kind. Natürlich hatten die meisten damit gerechnet, aber noch mehr als das: Alle hatten es unbedingt gehofft! Und fast niemanden wunderte es, außer Maria-Sophie. Sie spricht es aus: „Schwanger!" Ihre kleine Kartenwelt scheint zusammen zu stürzen. Natürlich war dieses Ergebnis vorhersehbar, aber dennoch, einen Keim Hoffnung hatte sie die ganze Zeit über in sich gespürt und gehofft, Gary für sich gewinnen zu können. Es war so ungerecht! Ein einziger Versuch, und der Star würde wieder alles erreichen – und sie dagegen vegetierte vor sich hin im Schatten einer eingebildeten und egozentrischen Berühmtheit. Aber Hochmut kommt vor dem Fall, nicht wahr? Es musste was passieren! Aber was?, fragte sie sich.

Und abgesehen von Maria-Sophie gab es noch einen Zweifelnden, einen, der sich wirklich wunderte, nur im Stillen versteht sich, über den geglückten Transfer und das positive Ergebnis: Willi, der Laborant, und er hatte nicht vor, sich so leicht abspeisen zu lassen.

SAMSTAG

Erhardt und Lupus sind ein eingespieltes Team beim Morddezernat. Obwohl sie unterschiedlicher nicht sein könnten, ergänzen sie sich hervorragend. Nicht umsonst sind sie die besten Kriminal-kommissarinnen in diesem Revier. Selbst die männlichen Kollegen geben es ohne Neid zu.

Kriminalhauptkommissarin Nadja Erhardt ist groß, attraktiv und könnte locker für eine jüngere Ursula Andress durchgehen. Sie hat eine blonde Mähne, die sie immer offen trägt, ist immer adrett gekleidet, wenn auch der Ausschnitt manchmal einen Tick zu großzügig geschnitten ist. Die Absatzhöhe beträgt immer mindestens 10 cm. Nicht, dass sie es nötig hätte. Natürlich, selbst für solche Fälle, wenn sie in die Pampas fahren müssen, so wie heute, da hat sie Turnschuhe dabei. Aber selbst diese, wie könnte es auch anders sein, mit einem hohen Keilabsatz. Denn wer was auf sich hält, hat auch für solche Eventualitäten das passende Schuhwerk dabei.

Ihre Kollegin, Kriminalkommissarin Maria Lupus dagegen, ist klein. Ihre Figur scheint eher einem Rubens- als einem Botticelli-Bild entsprungen zu sein. Ihr Pendant aus dem Filmgeschäft wäre wohl eher eine Melissa McCarthy als eine Cameron Diaz. Ihre Haare würden mal wieder einen Friseurbesuch verkraften, sie trägt eine dicke Hornbrille und wettergegerbte Trenchcoats mit alten Turnschuhen dazu. Unabhängig vom Wetter und Jahreszeit. Sozusagen das vollkommene Gegenteil von Erhardt. Trotz allem macht sie einen fähigen und sehr sympathischen Eindruck. Und das Allerwichtigste: Sie ergänzen sich hervorragend.

Sie sind bekannt wie bunte Hunde. Und das nicht nur auf grund ihres so unterschiedlichen Aussehens. Ihr Ruf eilt ihnen stets voraus. Sie haben bereits an vielen Fällen zusammengearbeitet und nur durch das Zusammenwürfeln ihrer beider Fähigkeiten, Gaben und Intuition auch einiges ans Licht gebracht und manch verworrene Verbrechen auf unglaublichste Art und Weise gelöst. Und so wundert es keinen der Spusi-Mitarbeiter, diese zwei zusammen ankommen zu sehen, um die Leiche ins Visier zu nehmen.

Die Nachricht über die Anwesenheit der zwei Polizistinnen – und vor allem, die Anwesenheit einer davon – verbreitet sich wie Feuer. Ein bienenartiges Summen beginnt, geschäftiges Treiben und Murmeln erfüllen die Luft: „Aus dem Weg! Haltet eure Instrumente gut fest! Lupus ist im Anmarsch!"

Kaum, dass sie in Sichtweite erscheint – die Worte hängen regelrecht noch in der Luft, wie eine Sprechblase in einem Zeichentrickfilm –, bleibt Maria Lupus mit dem Fuß an einer Baumwurzel hängen und stolpert. Mit den Armen versucht sie ihr Gleichgewicht wieder zu- erlangen, fächert in der Luft ein paar mal hin und her, wobei sie wie eine Eule mit gebrochenen Flügeln gestikuliert, nur um dann unsanft auf der Leiche des am Boden liegenden Mannes zu landen.

„Oh, danke! Jetzt kann ich mir die Frage sparen, ob er gebrochene Rippen hatte. Ein Schnitt weniger", bemerkt Dr. Rares, der Pathologe – ein kleiner Mann mit aufrechtem Gang, aber mit leuchtend grünen Augen, die von durchdringender Intelligenz strotzen. I n einem spöttischen und leicht ironischen Ton hilft er ihr beim Aufstehen. „Keine Wertung", fügt er noch schnell hinzu.

Maria Lupus dagegen macht ein geknicktes, entschuldigendes Gesicht. Dann wechselt die Grimasse in Ekel über, als sie immer und immer wieder von sich gibt: „Igitt, igitt, igitt! Mein Mantel! Jetzt muss ich ihn wieder waschen."

Nadja schaut sie an und lacht sich kaputt, hält sich den Bauch fest vor lauter Lachen. Und unter Tränen keucht sie nur: „Ich danke dir! Mein Tag ist gerettet!" und lacht weiter.

Die Augenbrauen aller herum tüftelnden Menschen wandern unisono nach oben. Manche von ihnen versuchen sich das Lachen zu verkneifen und beißen sich auf die Lippen, andere dagegen verdrehen nur die Augen.

„Diese Frau ist eine wandelnde Katastrophe", flüstert einer der Spusi-Mitarbeiter einem Kollegen zu.

„Was habe ich dir gesagt?"

„Die hinterlässt überall eine Spur der Verwüstung", flüstert ein anderer.

Und weiter hinten hört man noch: „Kein Gras mehr!"

Nur Nadja lacht weiter und kann nicht aufhören: „Du hättest dich sehen sollen, wie du mit den Armen hin und her gewedelt hast. Und dein Gesicht erst!" Und dabei macht sie ihre Kollegin nach und lacht weiter.

Dr. Rares schaut die beiden Kriminalkommissarinnen an: Eine macht weiterhin ein sichtbar ekelerfülltes Gesicht, während die andere nicht in der Lage zu sein scheint, sich wieder einzukriegen, natürlich vor Lachen. „Meine Damen, bitte! Das hier ist ein Tatort. Am Boden liegt eine Leiche. Etwas mehr Respekt, bitte."

Als Nadja die Worte des Pathologen vernimmt, versucht sie sich zu beherrschen, hält sich den Mund mit einer Hand zu, aber das Verkneifen treibt sie noch mehr an, bis sie es nicht mehr zurückhalten kann und in eine neue Lachsalve verfällt. Maria stimmt endlich mit ein. Und so stehen die zwei erst mal da und lachen. Und nicht nur sie. Angesteckt von ihrem herzlichen Gekicher, fallen die anderen Polizisten auch in das Lachen mit ein.

„Das ist ja wie in der Antike: Aus der Tragödie wird eine Komödie", murmelt Maria Lupus.

„So weit würde ich nicht gehen!"

„Zumindest zeitweise! Du, Nadja, siehst du es auch? Seine Augen verfolgen mich. Bilde ich es mir nur ein? Ganz gleich, in welche Richtung ich mich bewege, sie scheinen mir zu folgen. Kennst du das? Wie bei der Mona Lisa. Vor uns am Boden liegt das männliche Pendant der Mona Lisa. Das sage ich dir!"

„Vielleicht hat er es genossen, wie du auf ihm gelandet bist, dass er schmachtend nach dir trachtet und weiter nach dir Ausschau hält", hänselt sie Nadja.

„Das ist nicht lustig!"

„Doch! Mit dir wird es nie langweilig!" U nd dabei wischt sie sich die Tränen aus den Augenwinkeln ab. Dann dreht sie sich um, zieht einen Minispiegel aus ihrer hinteren Hosentasche – wo hat der denn noch reingepasst, fragt sich Maria – und untersucht ihr Augen- Make-up. Entfernt nicht vorhandene Schmierspuren, klappt den Spiegel zu und lässt ihn elegant in der hinteren Hosentasche wieder verschwinden.

Und dann lassen sie sich endlich den Tathergang, bzw. die bisherigen Erkenntnisse schildern. Sie erfahren, dass zwei Angler am frühen Morgen die spärlich angezogene Männerleiche aus dem Wasser gezogen hätten.

Maria und Nadja gehen wieder näher an das Opfer heran: Angsterfüllte, große Augen starrten ihnen entgegen. Der Mann ist nur mit Unterhemd, Boxershorts und Socken bekleidet. Und er wirkt, trotz Leichenstarre, sehr attraktiv. Die Augen und seine ganze Erscheinung strahlen Intelligenz aus. Die noch dunklen Haare, nur leicht von Grau durchzogen, lassen die Vermutung zu, dass der Mann in seinen besten Jahren war. Nadja geht näher heran, pfeift leise, als sie erwähnt: „Teure Unterwäsche". Sie deutet auf das sichtbare Logo.

Dann erfahren sie, dass weder in Ufernähe noch weiter weg die fehlenden Kleidungsstücke oder sonstige Unterlagen wie Ausweis oder Kreditkarten entdeckt werden konnten. Nichts, was auf die Identität des Opfers schließen ließe. Kein verlassenes Auto unweit vom See zu sehen und auch kein winselnder Hund. Nichts zu finden. Absolut nichts.

„Tja", stöhnt Nadja, „wir haben keine Anhaltspunkte, die einen Anfang ermöglichen und die Untersuchung ins Rollen bringen könnten. Und die Kollegen haben bisher auch nichts gefunden. Dann ist ja wohl klar, dass jemand nicht wollte, dass wir seine Identität zu schnell herausfinden. Dass er so schnell herausgefischt wurde, war vermutlich nur eine glückliche Fügung."

„Na ja, keine Anhaltspunkte würde ich nicht sagen. Immerhin gibt es Reifenspuren, die direkt bis zur Uferböschung führen", fügt Maria hinzu.

„Ja! Stimmt! So gesehen wären da auch noch die kaum sichtbaren und leider unbrauchbaren Schuhabdrücke im Matsch …"

„Die aber definitiv nicht vom Opfer selbst stammen könnten, da dieser barfuß war", beendet Maria den Satz.

„Auch wahr! Also, im Endeffekt haben wir gar nichts! Bis auf die Leiche natürlich!"

„Da spricht mal wieder die Pessimistin in dir. Wir müssen natürlich abwarten, was der pathologische Bericht ans Tageslicht bringt, oder?"

„Ja, ja, sicher! Vielleicht mache ich mich schon mal an die Vermisstenkartei heran. Ich könnte sie mal gründlich unter die Lupe nehmen. So viele Vermisste wird es wohl in den letzten Tagen nicht gegeben haben. Das wäre immerhin ein Anfang", überlegt Nadja Erhardt laut.

Dann wenden sie sich wieder dem Leichnam zu und betrachten diesen genauer: große, aufgerissene Augen starren sie an. Der Körper ist mit leichten blauen Flecken und kleineren Schnitten übersät. Mit größter Wahrscheinlichkeit Spuren von Fremdeinwirkung. Selbstmord könnte man somit sicherlich ausschließen. Wobei die Hämatome auch älter sein könnten. Aber wer weiß? Die Autopsie wird sicherlich Aufschluss geben können, überlegt Maria.

Und dann, leise, wie auf Samtpfoten, stößt der Pathologe erneut zu ihnen dazu und erklärt, ganz der Fachmann: „Vermutlich mit einem schnell wirkenden Gift getötet. Spekulationen vorerst! Genaues kann ich erst nach der Obduktion sagen. Die Lippen und Fingerkuppen zeigen bläuliche Verfärbungen; allerdings könnten diese auch vom kalten Wasser stammen."

„So kalt ist es doch gar nicht!", erwähnt Maria Lupus und zieht die Stirn kraus.

„Den Finger schon ins Wasser getaucht?", fragt Dr. Rares daraufhin. „Sehen Sie? Waldweiher! Also …" Und dann schaut es so aus, als würde er einen Monolog führen: „Blaue Verfärbungen vom kalten Wasser oder vom Gift, frage ich mich. Das hängt natürlich davon ab, ob er in böser Absicht ins Wasser geworfen wurde. Nein, das geht nicht! Dann wäre er nicht ertrunken, es sei denn, die Hände wären geknebelt gewesen! Aber das war hier nicht der Fall. Was sonst noch sein könnte ist, dass er eventuell ins Wasser gefallen ist und dabei ertrank. Aber dann wieder: Wieso ist er nicht geschwommen? War er vielleicht betrunken? Aber …" Er spricht noch leiser: „Dann hätte ihn die Leichenstarre in einer komplett anderen Position ereilt. D as wäre aber beim Gift eigentlich auch der Fall!" Und dann wieder lauter: „In diesem Fall wäre die Todesursache aber eine andere. Aber wie gesagt, Genaues folgt. Ach so, noch eines: Er ist höchstens 12 Stunden tot." Er dreht sich abrupt um, setzt an weiterzugehen, dann fällt ihm noch was ein: „Und übrigens, sollten die Verfärbungen tatsächlich vom kalten Wasser herrühren, dann hat er tatsächlich Selbstmord begangen. Oder aber er wurde ins Wasser transportiert, falls wir es hier mit Mord zu tun haben, nur ein paar Stunden nach seiner Ermordung, sonst wären die Verfärbungen nicht entstanden, außer natürlich vom Gift, aber das ist wieder was anderes … wie gesagt." Und dann fügt Dr. Rares noch hinzu: „Und wie Sie wissen lehne ich mich ungern zu weit aus dem Fenster. Ach, noch was: Sie haben Glück, dass das Wasser hier nicht über 60 m tief ist. Die Gase und der Wasserdruck hätten ihn nicht so schnell wiederauftauchen lassen – und dann viel Spaß!" Anschließend dreht er sich erneut abrupt um und geht weg.

Nadja Erhardt starrt ihm lange hinterher, durch die Aussage des Arztes verwirrter und irritierter als zuvor, bis Maria sich irgendwann räuspert und ihre Aufmerksamkeit wieder auf die Leiche lenkt, dann flüstert sie ihrer Kollegin zu: „Mensch, seine wirren Gedanken möchte ich nicht haben."

Maria Lupus schaut Erhardt eindringlich an. Ihre Augen wandern zur Leiche, als sie erwähnt: „Eigentlich schaut der Mann so aus, als würde er entspannt auf dem Rücken schlafen. Aber die angsterfüllten Augen, die einen so aufdringlich anstarren, sprechen Bände. Furchtbar! Der Körper allerdings schaut unverkrampft aus! Das ist ganz schön paradox!"

„Stimmt", bestätigt dann auch Nadja Erhardt: „Wenn man ihn genauer anschaut, erweckt die Position einen total entspannten Eindruck, als hätte jemand versucht, es ihm gemütlich zu machen, was im kompletten Widerspruch zu einem Verbrechen steht. In diesem Fall würden die blauen Verfärbungen tatsächlich von einem Gift herrühren. D. h. noch bevor die Leichenstarre eingetreten ist, muss ihn jemand in diese Lage gelegt haben."

Maria betrachtet den Mann eingehend, schiebt sich dabei ein großes Stück Breze in den Mund, lässt sich diese auf der Zunge zergehen, als wäre es das leckerste Törtchen, das sie je gegessen hat, und dann entschließt sie sich endlich zu einer Äußerung: „Ist er vielleicht versehentlich vergiftet worden, was meinst du?", fragt Maria.

„Aber wieso dann die vielen blauen Flecken und die Schnittverletzungen?", gibt Erhardt zurück. „Nein, ich glaube, er hat sich gewehrt, weil er erkannt hatte, dass man versuchen würde, ihn zu vergiften!"

„Ich weiß nicht … Alles in allem schaut die Leiche so aus, als hätten sich mehrere Menschen daran zu schaffen gemacht. Aber noch mal: Was bringt einen Mörder dazu, zu versuchen, es seinem Opfer so bequem wie möglich zu machen? Liebe und Verehrung, die in Hass umgeschlagen sind? Ist das vielleicht ein Mord im Affekt gewesen, und der Mörder hat möglicherweise anschließend seine Gräueltat bereut?"

„Und ihm vielleicht erst danach die blauen Flecken zugefügt, um einen anderen Grund vorzutäuschen?", beendet Nadja Marias Fragen.

„Ja, genau das."

„Also", fügt sie noch hinzu: „Es kommen so ziemlich alle möglichen Ursachen in frage. Aber meinst du nicht auch, wir sollten das Debattieren auf später verschieben und die Ergebnisse vom Dr. Rares abwarten? Wer weiß, was er noch herausfindet … Lass uns schon mal aufs Revier fahren, einverstanden? Vielleicht finden wir tatsächlich in der Vermisstenkartei einen ersten Anhaltspunkt. Oder?"

Maria Lupus dreht sich aber schon um und ruft ihrer Kollegin im Weggehen zu: „Fahr du doch schon mal vor, ich möchte hier noch kurz die Gegend auf mich einwirken lassen und ein paar Wörtchen mit den Anglern wechseln."

„Wie kommst du zurück?" Aber die Frage verliert sich im Wald, ohne dass zumindest ein Echo gefolgt wäre. Lupus hatte bereits kehrtgemacht und war weitergegangen.

Der Magen knurrt. Noch nicht mal gefrühstückt, überlegt Kriminalkommissarin Erhardt, unterwegs zum Revier. Also entscheidet sie ganz spontan, sich in der benachbarten Ortschaft eine Kleinigkeit zu essen zu holen. Eine Imbissbude preist in großen Buchstaben die leckersten Döner an, die man zumindest einmal in seinem Leben gegessen haben muss. Und so parkt sie ihren Wagen kurzerhand am Straßenrand und springt schnell in den Laden rein.

Der Verkäufer unterhält sich aufgeregt mit einem Kunden und nimmt erstaunlicherweise keine Notiz von der Kommissarin: „Na, wenn ich's dir sag? Den hat keiner von den zwei Idioten gekannt. Das war keiner aus unserer Gegend. Der Schmitti hat's mir brühwarm erzählt, hat mich gleich vom See aus angerufen. Und fast nackt war er auch noch!"

„Wer? Der Schmitti?"

„Sag mal, bist du blöd? Die Leiche! Mensch! Stell dir vor, die Kinder hätten ihn gefunden! Die hätten sich vielleicht erschreckt!"

„Weil er fast nackt war oder wegen der Leiche überhaupt?"

In diesem Moment zuckt der Imbissverkäufer zusammen, als er endlich die attraktive Blondine erblickt. Die Mundwinkel wandern bei ihrem Anblick zuerst nach oben und dann aber ganz schnell wieder nach unten, so, als hätte man ihn bei etwas Verbotenem erwischt – und gleichzeitig als Zeichen, dass sein Gegenüber nichts mehr sagen soll. Dann fragt er, an Erhardt gewandt, mit der möglichst freundlichsten Stimme überhaupt: „Was darf's sein, das Fräulein?"

„Einen der angepriesenen Döner, bitte!" Und dabei setzt sie ihr süßestes Lächeln auf.

„Liebend gern. Darf's sonst noch was sein?", fragt dieser leicht errötend, nachdem sein Blick in Richtung Ausschnitt gewandt war.

„Ja, aber erst später. Jetzt habe ich erst mal einen Bärenhunger und einen Riesenappetit auf einen Döner. Ich hätte gar nicht gedacht, dass die so früh am Morgen schon fertig wären."

„Doch, doch! Was meinen Sie denn? Die Bauarbeiter fangen auch am Wochenende früh an. Und die bringen auch alle einen Bärenhunger mit." Er lacht stolz über seinen eigenen nachempfundenen Witz. „Mit allem?", fragt er noch, als er das Fleisch gekonnt nach unten fräst.

„Ja, sicher! Ich muss sicher sein, dass er hält, was er verspricht – der Döner, den mal zumindest einmal im Leben gegessen haben muss. Nicht wahr?"

Der andere Kunde lacht kurz auf und murmelt irgendetwas Unverständliches in seinen Bart hinein.

„Du hörst jetzt aber auf!", ermahnt ihn der Verkäufer. Es ist aber offensichtlich, dass sich die beiden schon länger kennen und dass der eingeschlagene Ton, obwohl frech, etwas Kollegiales enthält.

Beim Anblick der Mahlzeit läuft Nadja schon das Wasser im Mund zusammen. Sie nimmt einen Bissen und kommt aus den Lobgesängen nicht mehr heraus. Ein „Hmmm" folgt dem nächsten.

Der Imbissbesitzer strahlt übers ganze Gesicht und blickt seinen Bekannten ungehalten an, so als würde er sagen: „Siehst du? Es schmeckt ihr!"

Dieser zischt barsch: „Ja, ist schon gut. Ich weiß, du hast recht! Sie schmecken wirklich vorzüglich." Er verdreht die Augen.

Zwischen zwei Bissen zückt die Kriminalkommissarin ihren Dienstausweis und stellt sich mit „Frau Kriminalkommissarin bitte, nicht Fräulein" vor und bemerkt mit starker Bewunderung in der Stimme und auch, um die Wirkung des Ausweises zu mildern: „Also, ich muss Ihnen recht geben! Das ist der leckerste Döner, den ich je gegessen habe!"

Die zwei Anwesenden schauen erst etwas verwirrt aus. Der Besitzer der Imbissbude kriegt sich aber schnell wieder ein. Kein Wunder bei so viel Bewunderung für sein Essen. Die Kriminalkommissarin weiß eben, wie sie es anfangen muss, und die Schmeicheleien verfehlen nie ihre Wirkung!

Im gleichen Atemzug fragt sie die anwesenden Herrschaften, ob diese wohl so freundlich sein könnten, um ihr auch mitzuteilen, was sie über die Leiche wüssten.

Natürlich sagen diese beiden, sie wüssten nichts, aber Erhardt hat eine Art, mit Menschen umzugehen, die ihr eigen ist. Sie ist ein Mensch, dem man sich gern anvertraut, trotz Dienstausweis, und sie gewinnt ohne große Mühe das Vertrauen anderer. Ihr kollegialer Ton und das verschmitzte Lächeln strahlen Vertrauen aus. Anschließend, um die Stimmung etwas aufzulockern, teilt sie ihnen mit, natürlich nur unter dem Mantel der Verschwiegenheit, dass die Polizei momentan im Dunkeln tappt und sie somit für jede erdenkliche Hilfestellung dankbar wäre. Die Komplimente über seinen äußerst gelungenen Döner und die vertrauliche Art und Weise verfehlen auch heute nicht ihr Ziel, und so plustert sich der Mann, der sich mit Heinmann vorgestellt hat, auf wie ein Truthahn kurz vor Heiligabend und scheint ganz in seinem Element aufzugehen, als er anfängt zu erzählen: „Also, gestern Abend, kurz vorm Schließen, bimmelt es an der Eingangstür, also hier im Laden. Und so gehe ich nachschauen – ich war bereits hinten in der Kühlung beim Aufräumen –, und da stehen die zwei Deppen vor mir, Schmitti und Schorsch, die schlimmsten Amateurangler, die man sich nur vorstellen kann. Haben Sie die zwei Idioten eigentlich schon zu Gesicht gekriegt?"

Nadja nickt zwischen zwei Bissen.

„Ja, also, die zwei wollten noch Döner. Ja, wo soll ich da so spät am Abend noch Döner herkriegen?, frag ich. Also, wisst ihr was?, habe ich dann gesagt: Es ist kurz vorm Dichtmachen, und ihr wollt Döner? Und wissen Sie was, da stehen die zwei Trottel vor mir, grinsen mich an und nicken."

„Und dann?", fragt Nadja interessiert.

„Na gut, um die Wahrheit zu sagen, ich hatte mir für später noch was hergerichtet, aber das wollte ich nicht ums Verrecken hergeben. Also habe ich zwei Hendl rausgerückt und die dann den zwei Vollidioten eingepackt. Aber nur weil sie erzählt haben, dass sie die Nacht über am See zelten wollen. Sie hatten vor, in aller Herrgottsfrühe dann zum Angeln zu gehen. Und das war's. Und dann, heute Morgen, bimmelt das Telefon. Da war zum Glück noch keine Kundschaft da. Wissen Sie, ich mache samstags schon um sechs auf. Na ja, also, wo war ich? Jetzt habe ich den Faden verloren."

„Du warst dabei zu erzählen, dass dein gottverdammtes Telefon gebimmelt hat", erwidert der Mann, der sich als Toller vorgestellt hat, mit leichtem Spott in der Stimme.

„Jetzt unterbrich mich nicht!"

„Du hast doch gefragt …!"

„Das sagt man nur so, um den Faden wieder aufzunehmen!"

„Dann sag's auch so! Primadonna!" Toller schüttelt den Kopf und verdreht erneut die Augen.

„Was?", fragt Heinmann händeringend. „Willst Schellen, oder was? Willst vor der Dame hier toll da stehen?"

Nadja greift ein und beruhigt die zwei überhitzten Gemüter. Sie möchte schließlich die weiteren Ausführungen hören.

Also fährt Heinmann fort: „Ja, also, das Telefon läutet, und der Schmitti ist an der Strippe, und der erzählt mir was von einer Leiche, und ich habe zuerst gedacht, der wäre besoffen. Aber dann hat er mich angeschrien, ich soll doch mein blödes Maul halten und zuhören, und im selben Moment habe ich dann auch schon die ersten Sirenen gehört. Und dann hat er noch schnell erzählt, dass sie in der Nacht ein Auto gehört hätten. Aber da sie ziemlich viel gebechert hatten und sie ihre verbliebenen Vorräte nicht teilen wollten, hätten sie sich ziemlich still verhalten und abgewartet, dass es wieder abfahren würde. Und das war so gegen drei in der Früh, aber genau könnten sie das nicht sagen, außer, dass das Auto eine kaputte Frontscheibe gehabt hatte."

Nadja schaut interessiert auf: „Eine kaputte Frontscheibe?"

„Ja, und das hat er deshalb bemerkt, weil der Mond recht schön am Himmel stand, und wenn das Licht drauf fällt, da sieht man so was eben. Und mehr haben sie dann auch nicht mitgekriegt, auch kein kräftiges Wasserplatschen, sondern nur etwas Leises, wie eine leichte Wellenbewegung, wenn man ins Wasser geht … Sie hatten gedacht, jemand wäre so bescheuert, mitten in der Nacht baden zu gehen. Aber nachdem sie heute Morgen den Toten rausgefischt hatten, da hatten die zwei gemeint, dass irgendjemand die Leiche wohl recht sanft in den See gerollt haben muss, sonst hätten sie mehr mitbekommen. Und anschließend haben sie nur noch das Auto gehört, wie es weggefahren ist, sonst nichts. Und das war nach nur ungefähr fünf Minuten. Er meinte, alles wäre recht schnell passiert. Und sie haben dem Ganzen auch keine Bedeutung mehr beigemessen und weiter gesoffen."

„Sie sagten ‚Leiche‘, Ihr Freund hätte ‚Leiche‘ gesagt. Woher wusste Ihr Freund, dass die Person bereits tot war?"

„Das hat er nicht gewusst, sie haben nur heute Morgen 1 und 1 zusammengezählt. Abgesehen davon, meinte er, keiner von ihnen hätte Geräusche wie Strampeln oder einen Schrei oder Sonstiges gehört. Wenn man unfreiwillig ins Wasser geschmissen wird, da wehrt man sich, oder man fängt an zu schwimmen, oder? Aber es wäre nichts zu hören gewesen. Deswegen haben sie das Ganze auch abgetan und weiter gesoffen, bis sie dann eingeschlafen sind. Und dann weiß ich nur noch, dass sie in der Früh ins Boot gestiegen und zum Angeln gegangen sind und dass es ein kurzes Vergnügen wurde. Na ja, und mehr gibt's nicht. Ach so, dass der Tote nicht viel Kleidung anhatte, das haben Sie sicherlich vor Ort schon mitgekriegt, oder? Sie kommen doch vom Tatort, stimmt's?"

Bevor Nadja Erhardt die Imbissstube verlässt, lässt sie sich noch die Daten der zwei Anwesenden geben, nur für alle Fälle, wie sie noch bestimmend, aber freundlich betont. Sie bedankt sich sehr herzlich. Sie verabschiedet sich mit dem Versprechen, wieder zu- kommen und den Imbissladen ganz besonders weiter zu empfehlen.

Zurück auf dem Revier, beginnt Erhardt mit der Suche nach einer Spur. Sie durchblättert die Vermisstenmeldungen, die am Bildschirm aufpoppen, vor allem die neuesten, aber ihr Bemühen bleibt erfolglos. Sie sitzt da und starrt die wenigen Informationen an, die sie sich an eine Pinnwand befestigt hatte: Was wussten sie bisher? Die Leiche war ein Mann mittleren Alters, von ca. 35–45, er war leicht bekleidet, hatte keine Papiere bei sich, kein Auto oder andere Fahrmittel in der Nähe hinterlassen, und es war mehr als deutlich, dass die letzten Stunden seines Lebens keine sehr glücklichen gewesen sein dürften. Außerdem wussten sie mit Gewissheit, dass er gegen drei Uhr in der Nacht mit dem kalten Weihwasser Bekanntschaft gemacht hatte. Sanft reingelegt, wohl gemerkt, nicht geschmissen. Die Fahrt zum See erfolgte in einem Auto mit kaputter Frontscheibe. Und er ist mit Sicherheit gequält und höchstwahrscheinlich vergiftet worden. Tja, nicht viel, stellt Erhardt fest. Wer verwendet Gift? Normalerweise Frauen. Aber Frauen foltern nicht. Außer im täglichen Leben mit ihrem Gequatsche, und dabei muss sie an ihren eigenen Mann denken und schmunzelt dabei.

Mit einem Ruck wird die Tür ihres Büros aufgerissen, und Lupus, ihre Kollegin, stürmt hinein. Sie hat ein leichtes Grinsen im Gesicht.

Nadja bemerkt spöttisch, mit einem leichten Kopfschütteln, aber einem Lächeln im Gesicht: „Komm ruhig rein, meine liebe werte Frau Kollegin. Und anzuklopfen brauchst du auch nicht.“

Lupus überhört gekonnt die Bissigkeit in der Stimme der anderen. Sie weiß, dass das lustig gemeint ist, und abgesehen davon sind die Neuigkeiten viel zu interessant. Sie kommt mit großen Schritten auf Nadja zu, lehnt sich nach vorne. Und als sie die Hände auf den Tisch stellt, schmeißt sie eine volle Kaffeetasse um. Dann, wie in einem Film, wenn man auf die Pause-Taste drückt, gefriert das Bild, so auch Maria.

Nadja schaut ihre Kollegin an, zieht die Stirn in Falten schüttelt den Kopf und lächelt, während sie den Kaffee vom Tisch wegwischt. Dabei fällt ihr ein Film ein, den sie erst kürzlich gesehen hatte: In diesem Film verlässt ein Mann seine Frau wegen einer anderen Frau mit der er Cybersex hat, der Familienhund hat auch genau an diesem Tag Gleichgewichtsstörungen, und die verlassene Frau muss ihn mit in die Arbeit nehmen, weshalb sie ein Meeting verpasst, dann, als sie wieder ins Auto steigt, um nach Hause zu fahren, erschreckt sie jemand, und sie schüttet sich den Kaffee über die Kleidung. B eim Autofahren isst sie Spaghetti, muss aber eine Vollbremsung hinlegen und schmeißt sich die Spaghetti über den Anzug. Aber die Frisur sitzt. Fakt ist, dass all dies einer einzigen Frau an einem einzigen Tag passiert. Normalerweise sollte man meinen, dass es solche Szenen nur in amerikanischen Filmen gibt und die Leute würden maßlos übertreiben. Es sei denn, man arbeitet tagein, tagaus mit Maria Lupus zusammen. Dann können diese Ereignisse tatsächlich Wirklichkeit werden, alle an einem einzigen Tag, und sogar noch mehr.

Nadja schaut ihre Kollegin immer noch schmunzelnd an: „Du wolltest was sagen."

„Ja, ja, ja, ja, ja! Hör zu: Die Spurensicherung hat am Tatort ein Handy gefunden."

„Du meinst: Du hast die Kollegen von der Spusi hingeführt", meint Erhardt, während sie noch immer versucht, die auslaufende braune Flüssigkeit in Schach zu halten. Sie ist sich der außergewöhnlichen Fähigkeiten ihrer Kollegin und deren Intuition sehr wohl bewusst, wenn auch nicht die Grobmotorischen.

„So in etwa. Ich hatte einfach ein Gefühl. Und: TADA! Da war es! Die Spurensicherung untersucht es schon nach Fingerabdrücken. Dengler meldet sich später. Ich kann es kaum abwarten! Ich bin gespannt, mit wem unser Opfer alles telefoniert hat und ob uns jemand den Namen unserer Leiche nennen kann. Ich habe ihnen auch aufgetragen, dass sie uns die letzten Stunden im Leben unseres Opfers rekonstruieren sollen, sollte die GPS-Ortung eingeschaltet gewesen sein. Hoffentlich ist unser Toter nicht auf seine Privatsphäre bedacht gewesen!" So wie ich, überlegt sie.

„Also echt, Maria, wie machst du das nur? Es ist mir immer ein Rätsel! Hoffentlich ist das auch wirklich das Handy unseres Opfers", beginnt Erhardt ohne die leiseste Spur von Neid. „Aber auch ich habe ein paar Sachen herausgefunden", fährt sie fort, und sie erzählt Lupus von dem Gespräch in der örtlichen Imbiss-stube und wie ihr der Imbissbesitzer von seinem Telefonat mit einem der Angler berichtet hatte.

„Ja", bestätigt Lupus, „das deckt sich mit der Aussage, die sie vor Ort gemacht haben, bis auf die kaputte Autoscheibe. Das hat keiner erwähnt. Ich habe noch erfahren, dass die Farbe des Autos recht dunkel war – es war schließlich Nacht –, was uns nicht wirklich weiterbringt, aber dennoch. Aber, da siehst du mal, wie der Zufall immer mal eine große Rolle spielen kann. Bedank dich bei deinem knurrenden Magen!"

Und Nadja streichelt liebevoll über ihre imaginäre Wampe.

„Apropos, lass und was essen gehen, ich höre, in der Kanti-ne gibt's heute Mexikanisch. In der Früh Türkisch, mittags Me-xikanisch! Da soll einer sagen, ich würde mich langweilig oder einfältig ernähren!", scherzt Nadja Erhardt und grinst dabei von einem Ohr zum anderen.

Als sie vom Mittagessen zurückkommen, und das ohne weitere Vorkommnisse, was eher selten der Fall ist, wenn Maria Lupus dabei ist, liegt in Erhardts Büro bereits eine Nachricht von der Spusi. Sie hätten die ersten Auswertungen des Handys: Unter anderem hätten sie den letzten Tag des Opfers rekonstruiert und auch dessen Telefonate notiert.

„Yes!", ruft Lupus einen Tick zu laut aus.

Lupus und Erhardt eilen ins Labor der Spurensicherung. Frank Dengler, der Handy-Experte, erwartet sie schon. Die intelligenten

Augen hinter der rahmenlosen Brille leuchten in heller Aufregung und sichtlich freudiger Erwartung. Die Spannung und Ungeduld sind ihm ins Gesicht geschrieben. Sein Laborkittel flattert nach hinten, als er ihnen entgegenläuft und gibt das Auge frei auf eine lässige Jeans mit Shirt. Das dunkle, strubbelige, nach hinten gekämmte Haar verstärkt noch mehr das Bild des ungeduldigen Wissenschaftlers.

Kaum dass er die zwei Kriminalkommissarinnen begrüßt hat, legt er schon los: „Es war ein Kinderspiel, die Pin zu knacken! Wer ist so einfallslos und wählt die Kombination 1234, um sein Handy zu sperren? Da kann er gleich darauf verzichten. Ist ja schließlich nur Zeitverschwendung, die Nummer überhaupt noch einzutippen. Das ist ja wohl das Erste, was ich als Dieb ausprobieren würde, gefolgt von der nächsten hirnlosen Variante: 0000", betont Dengler ganz abfällig, und seine Stimme überschlägt sich fast …

„Danke! Ich habe auch so eine einfallslose Nummer. Aber nur, weil ich Angst habe, dass sie mir auf die Schnelle nicht einfällt", murmelt Maria, die sich offensichtlich zu rechtfertigen versucht, während sie das Gesicht verzieht.

Dengler scheint Maria verteidigen zu wollen, als er wohlwollend antwortet: „Ja, aber bei Ihnen ist es was anderes. Sie müssen schnell reagieren, da kann ich es natürlich verstehen." Und während er das betont, schaut er Maria schmachtend an. Nadja beobachtet beide stirnrunzelnd.

Dann kommt er wieder zum Thema zurück: „Anyhow, ich habe einiges in Erfahrung bringen können, zumindest ist einiges dabei, dass Ihnen vermutlich, und das hoffe ich wirklich, die Arbeit erleichtern könnte. Vielleicht hilft es wirklich, und Sie können dadurch unsere männliche Leiche identifizieren. Natürlich unter der Voraussetzung, dass das Handy auch wirklich dem Opfer gehört hat und nicht jemand anderem."

Nadja betont: „Ja, genau das hatten wir uns auch schon überlegt. Also spannen Sie uns nicht länger auf die Folter!"

„Ach so, ja! Sorry! Auf jeden Fall, unser Handybesitzer hier war gestern Nacht noch unterwegs. Ich habe bereits seine oder ihre – falls das Handy nicht unserem Opfer gehört – gestrigen Fahrten gegoogelt und diese auch ausgedruckt. Sehen Sie?" Er legt einen Plan auf den Tisch. „Hier. Alle Parkpausen habe ich in der richtigen Reihenfolge mit Zahlen gekennzeichnet. Auch die Zeiten habe ich jeweils dazu angegeben, dann ist es einfacher nachzuvollziehen, wo es sich lohnt anzuhalten und die Lage zu checken, falls Sie die Strecke abfahren möchten. Können Sie es gut erkennen, oder soll ich es noch mal ausdrucken und deutlicher schreiben?"

„Nein, das passt. Das haben Sie ganz großartig gemacht", lobt Maria und lächelt Dengler an. Dabei stützt sie sich auf den Tisch und schmeißt prompt das Handy des Opfers auf den Boden. Der Spezialist hebt es auf, so, als wäre nichts gewesen, anschließend schaut er Maria einen Tick länger als nötig an, bevor er mit seinen Ausführungen fortfährt: „Um ehrlich zu sein, finde ich es ab ca. Mitternacht am spannendsten. Aber es bleibt natürlich Ihnen überlassen, ob Sie alles ab gestern Vormittag abklappern möchten, ab dem Zeitpunkt meiner Angaben."

„Ja, wunderbar!", lobt ihn Maria überschwenglich.

Beflügelt von ihren Worten, fügt er noch hinzu: „Ich kann auch vorherige Tage abrufen, Sie bestimmen den Zeitpunkt natürlich."

„Nein, wirklich! Das ist schon ganz großartig, wie Sie das gemacht haben!"

Nadja schaut von einem zum anderen und denkt sich: Was ist denn hier los? Bin ich im falschen Film? Läuft da was?

„Ach übrigens, für dieses Handy gibt es keinen Anbietervertrag, es läuft über eine Pre-paid-Karte, sonst hätten Sie den Namen von mir schon erhalten. Ich könnte natürlich versuchen, das rauszukriegen … Ach ja, noch was, wenn Sie sich den Plan anschauen, als letzten Standpunkt habe ich verständlicherweise die Stelle beim See groß eingekreist. Das ist der Punkt, wo das Handy bereits um 2.40 Uhr da war. Anschließend, wie zu erwarten, hat es sich nicht mehr bewegt bis zu dem Zeitpunkt, als Sie, Frau Kriminalkommissarin Lupus, dieses entdeckt haben." Dabei lacht er Maria verlegen an.

„Und was ist mit den zuletzt geführten Telefonaten? Haben Sie da was rausgekriegt?", fragt jetzt Erhardt.

„Ja, ja, sicher! Abgesehen von der Lagekarte mit den Standorten habe ich die letzten Telefonate mit Telefonnummer, Namen und Gesprächsdauer aufgelistet. Hier!" Er drückt beiden Beamtinnen jeweils eine Liste in die Hände. „Falls Bedarf bestehen sollte, kann ich Ihnen auch noch mehr Namen zu den Telefonnummern raussuchen, ich hätte dazu nur noch ein paar Minuten nötig." M it stolzgeschwellter Brust steht Dengler vor ihnen wie ein aufgeplusterter Hahn in einem vollen Hühnerstall und wartet ab, die Lorbeeren kassieren zu dürfen. Natürlich loben ihn die zwei Beamtinnen, Maria Lupus sogar etwas mehr als nötig. Denglers schnelle Arbeit und die gelieferten Informationen sollten ihnen weiterhelfen. Sie müssen jetzt nur noch entscheiden, wie sie vorgehen möchten.

Und nein, weitere Namen bräuchten sie vorerst nicht, sie würden sich bei ihm melden, falls Bedarf bestehen sollte, fügt Maria noch hinzu. Und damit verabschieden sie sich voneinander. Dengler dreht sich unbeobachtet nochmals um und schaut Maria mit Bewunderung hinterher.

„Also, ich würde vorschlagen, als Allererstes zur Tankstelle zu fahren. Was meinst du? Vielleicht gibt es da schon mal einen ersten Ansatzpunkt. Einverstanden?", fragt Nadja Erhardt ganz euphorisch und voller Tatendrang.

„Du meinst, sie könnten Kreditkartenbelege oder mit viel Glück sogar eine Videoaufnahme von unserem Opfer haben?"

„Yes, Baby! Jetzt kommt der Stein ins Rollen!", freut sich Nadja und ballt dabei die Fäuste.

„Jetzt mal langsam! Cool down! Ja, zur Tankstelle zu fahren ist der beste Weg, um anzufangen. Weil, weißt du, was ich befürchte? Wenn wir mit der Telefonliste anfangen und die Gesprächspartner durchtelefonieren, könnten wir nur die Pferde scheu machen. Also, ja, fahren wir zuerst zur Tanke", pflichtet Maria ihr bei.

Nadja kann sich ein „Wooooah!" nicht verkneifen und schüttelt sich dabei: „Stell dir vor, das Handy gehört nicht unserem Toten, sondern jemandem, der zufällig genau zu diesem Zeitpunkt spazieren gegangen ist. Dieser jemand lässt versehentlich sein Handy fallen und wir teilen seinen Angehörigen mit, dass wir seine Leiche gefunden hätten! O je, nicht auszumalen!"

„Red' keinen Unsinn! So was Schwachsinniges macht doch kein Mensch! Aber überleg mal: Wir könnten einen Augenzeugen haben, der etwas gesehen haben könnte, natürlich mit viel Glück."

„Aber, in Dreiteufelsnamen, wieso meldet er sich nicht bei uns, um seine Beobachtung zu melden?", fragt Nadja.

„Vielleicht, weil er Angst hat? Hallo? Hättest du nicht auch Angst, wenn du was Schlimmes beobachtet hättest?"

Nadja setzt an, etwas erwidern zu wollen, aber Maria schneidet ihr das Wort ab: „Wenn du ein Normalsterblicher wärst, wollte ich noch sagen! Quatsch nicht ständig dazwischen!"

„Das hält mir mein Mann auch immer vor!"

„Wieso nur, frage ich mich?", setzt Maria noch hinzu, und beide grinsen und schütteln ihre Köpfe.

„Jetzt haben wir den Faden verloren. Du hast recht, es könnte natürlich auch sein, dass wir hier das Handy einer anderen Person haben. Aber was wäre denn, wenn wir vielleicht sogar das Handy des Mörders hätten? Das würde zumindest die Prepaid-Karte erklären."

„Ich weiß nicht, für mich hat es wie ein viel benutztes Handy ausgeschaut, vielleicht bindet sich der Besitzer nur nicht gerne an eine Gesellschaft und verwendet daher lieber eine Pre-paid", grübelt Maria.

„Oder es ist das Handy eines viel beschäftigten Killers, deswegen ist es so viel im Einsatz gewesen!"

„Jetzt fantasierst du aber schon, oder? Hast du heute Morgen zwei Löffel Fantasie mehr als sonst gegessen?", neckt Maria ihre Kollegin.

„Nein, aber jetzt ehrlich, stell dir vor, das Handy gehört wirklich dem Killer. Selbst der unscheinbarste Anruf an irgendeinen seiner Kontakte würde ihn nur warnen. Das wäre schon verheerend, meinst du nicht auch? Egal, Dengler hat ganze Arbeit geleistet, als er den ganzen Tagesablauf in die Karte eingetragen hat. Wir fangen also wirklich am besten damit an, seinen Spuren zu folgen, bevor wir Anrufe tätigen. Mal schauen, auf wessen Fährte er uns damit leitet!"

Die zwei Beamtinnen verlassen Erhardts Büro und gehen voller Elan nach unten, zum Parkplatz, wo Erhardts Privatwagen steht. Sie fahren recht gerne inkognito. Eine Polizeistreife macht die Leute immer irgendwie misstrauisch, und das wollen sie tunlichst vermeiden. Natürlich könnten sie auch Lupus Auto, einen uralten Renault, nehmen, aber da sie beide befürchten, irgendwann mit dieser alten Rostlaube in der Pampa stehen zu bleiben, haben sie sich im Stillen darauf geeinigt, meistens Erhardts 1er BMW zu nehmen. Nadja weiß, dass es nichts nützt, ihre Partnerin darauf anzusprechen, sich ein neueres Modell zuzulegen. Maria findet es nun mal Geldverschwendung, sich etwas zu leisten, solange das Alte noch was hergibt. Und das bezieht sich nicht nur auf ihr Auto, sondern auch auf ihre Kleidung und ihre Schuhe – zum Leidwesen von Erhardt, die großen Wert auf Äußerlichkeiten legt.

Unterwegs zur Tankstelle, studiert Lupus die Fahrstrecke, die der Handybesitzer in der vorherigen Nacht hinterlegt hat: „Ich glaube, wir können getrost davon ausgehen, dass er während des Zeitabschnitts zwischen Tanken und Baden im See gefoltert wurde. Und ich denke, wir täuschen uns nicht, wenn wir das behaupten. Und weißt du warum?"
Nadja antwortet erwartungsvoll: „Nö, erklär mal!"
„Die Strecke zeigt nämlich kurz nach der Tankstelle eine kurze Fahrt an. Bis zu einer recht abgelegenen Straße. Da, siehst du? Nein, du kannst natürlich nicht herschauen! Schau schön auf die Straße! Also, egal. An dieser besagten Stelle muss er wohl geparkt haben. Ob freiwillig oder nicht, das ist nicht klar."
„Aha. Und weiter?"
„Also, ich sehe das so: Lange Zeit tut sich da nichts, und nach einer ziemlichen Weile erst geht die Fahrt weiter, allerdings mit einem erneuten Zwischenstopp, der nicht ganz so lange dauerte. Sollte das vielleicht der Augenblick sein, wo er umgebracht wurde?",

fragt sich Lupus. „Mir läuft es kalt den Rücken runter", fügt sie noch hinzu und schüttelt sich dabei.

„So viele Jahre bei der Polizei, und immer noch nicht abgebrüht genug! Eine Schande ist das mit dir!" Und ohne den Blick vom Verkehr abzuwenden, streichelt Nadja ganz freundschaftlich ihrer Kollegin über die Haare.

„Aufpassen! Du machst meine Frisur kaputt!" Die Aussage kommt so ernst und unerwartet, dass beide zuerst zum Kichern anfangen, ein Kichern, das in ein hysterisches Lachen übergeht, so hysterisch, bis Nadja am Straßenrand anhalten muss. Sie lachen und lachen und stecken sich mit ihrem Lachen immer wieder gegenseitig an, bis sie fast zu ersticken drohen. Die Tränen laufen die Wangen runter und zusammen damit auch Nadjas Make-up. Nach einer Weile geht das Lachen endlich in ein fröhliches „Hö,hö" über, aber als sich Maria umdreht und ihrer Kollegin ins Gesicht starrt und dessen verschmiertes Gesicht sieht, bricht sie in eine erneute Lachsalve aus. Nadja klappt die Sonnenblende runter, schaut in den Spiegel, und beim Anblick ihres zerlaufenden Make-ups stimmt sie im Lachen wieder mit ein. Die Bäuche tun schon weh vor Lachen, aber ein Ende ist nicht in Sicht.

Als sie sich endlich beruhigt haben und Nadja ihren Farbanstrich erneuert hat, erwidert sie: „Das war mal wieder nötig! Ich danke dir!"

„Das hast du mit mir eigentlich jeden Tag mindestens zehnmal, und trotzdem bedankst du dich bei mir jedes Mal aufs Neue!" Maria senkt den Blick auf den Boden und lacht ganz verlegen hinter ihrer Hornbrille.

„Ich bin so gespannt auf das Ergebnis der Autopsie. Natürlich, Todeszeitpunkt und

Todesursache sind relevante Infos, wobei die Ursache eigentlich nicht viel Spielraum bietet … Aber wer weiß, was sonst noch rauskommt."

„Stimmt. Es wäre nicht schlecht, wenn seine Fingerabdrücke polizeilich aktenkundig wären …"

„Du triffst den Nagel auf den Kopf, genau das hatte ich mir auch überlegt. Dann hätten wir endlich mal einen Namen und wüssten zudem auch noch die Richtung, die wir einschlagen müssen, um den Mörder zu finden. Wobei ich nicht wirklich glaube, dass wir über unsere Leiche viel in unserer Verbrecherkartei finden dürften. Hast du dir seine gepflegten Hand- und Fußnägel angeschaut? Und sein perfekt geschnittenes Haar?", fragt Maria.

„Das fällt dir auf? Dass er perfekt geschnittenes Haar hat?"

„Nur weil ich nicht gerne zum Friseur gehe, heißt es noch lange nicht, dass es mir an anderen nicht auffällt. Dir sage ich es doch auch immer, dass mir deine neue Frisur gefällt, oder nicht?"

„Stimmt! Und da freue ich mich auch immer."

„Natürlich, wenn wir viel Glück haben, dann hat er sich sogar einen Ausweis mit Fingerabdruck machen lassen, dann haben wir unseren Mann sofort!"

„Das war jetzt aber ein abrupter Themenwechsel", wundert sich Nadja.

„Ich habe es nicht so mit Nettigkeiten, das weißt du doch."

„Trotzdem, jetzt mal langsam mit den wilden Pferden! Noch haben wir gar nichts, bis auf ein Handy. Dank dir, natürlich! Ich will schließlich nicht deine Leistung schmälern."

„Ja, ja, ja!", winkt Maria ab, aber innerlich geht es jedes Mal runter wie Öl.

An der Tankstelle angekommen, stellt Nadja Erhardt den Wagen ab, und die zwei Polizistinnen schlendern gemütlich in den Bedienbereich hinein. Sie stellen sich brav in die Schlange und warten ab. Als Lupus drankommt, zückt sie diskret ihren Dienstausweis, zeigt ihn dem Tankstellenwart und bittet diesen um eine kurze Unterredung. Sie beruhigt den verwirrt dreinschauenden Wart und erklärt ihm, dass er nichts zu befürchten hätte. Sie betont auch sofort, dass die Befragung nichts mit seiner Person direkt zu tun hätte. Der Tankwart, Marcus laut Namensschild, ruft einen Kollegen herbei, der ihn kurz vertreten soll, denn die Schlange hatte sich in der kurzen Zeit bereits beträchtlich in die

Länge gezogen. Während sie warten, schaut sich Lupus um und starrt in jugendliche Augen: Augen geschminkter Mädchen und in Lederjacken bekleideter Jungs, alle bereit, den Samstagabend feierlich einzuläuten. Lang, lang ist es her, bei mir zumindest!, denkt sich Maria Lupus etwas wehmütig, als sie dem nächsten jungen Kunden Platz macht.

Nadja Erhardt, Maria Lupus und Marcus, der Tankwart, gehen um die Tankstelle herum, wo sich das Büro befindet. Der leicht untersetzte Tankwart, der ein bisschen wie ein Nerd wirkt, verschließt die Tür hinter sich. Kriminalhauptkommissarin Erhardt erklärt in kleinen Umrissen die Umstände ihres Besuchs, während Marcus sie, aus dem Mund triefend, mit den Augen verschlingt. Natürlich erwähnen sie nicht, dass sie jemanden suchen – ein Todesopfer oder dessen Mörder – sondern nur, dass zu einer bestimmten Zeit in der vorherigen Nacht jemand hier an der Tankstelle gewesen sein muss, jemand, der für sie relevant wäre.

„Tut mir leid, ich war letzte Nacht nicht da. Schließlich haben wir nicht 24 Std. Dienst! Ha, ha!", versucht er lustig zu klingen. Aber womit er den Kommissarinnen schon mal behilflich sein könnte, das wären die Videoaufnahmen, die automatisch andauernd mitlaufen. Er könnte ihnen Kopien ziehen, und die könnte er ihnen selbstverständlich zur Verfügung stellen. Gegen eine Quittung, versteht sich. Außerdem verspricht er, dem Kollegen, der Nachtdienst hatte, Bescheid zu geben, damit sich dieser so bald wie möglich bei der Polizei melden könnte, falls ihm was aufgefallen wäre.

Mit den Aufnahmen in der Tasche machen sich Lupus und Erhardt auf den Weg ins Revier. Unterwegs halten sie an, um etwas zu essen, denn ein leerer Bauch arbeitet nicht gern, meint Erhardt. Lupus würde sich am liebsten etwas zum Essen bestellen. Sie möchte nicht aufs Essen verzichten, wie man es ihrer üppigen Figur leicht ansieht, aber sie möchte auch keine Zeit verlieren. Sie kann es kaum abwarten, die DVDs anzuschauen, um herauszufinden, ob ihr attraktives Opfer darauf zu sehen ist.

Eine fünfminütige Fahrt später entdecken sie bereits ein Restaurant, das einen gediegenen und einladenden Eindruck macht. Sie halten an. Maria, nach wie vor, eher ungern. Obwohl sie, unter normalen Umständen, ein gutes Essen nicht abschlagen würde. Aber heute sind eben keine normalen Umstände. Und die mögliche Brisanz der Aufnahmen lässt sie ihren großen Appetit fast vergessen. Aber nur fast!

Im Lokal selbst lässt sich Nadja viel Zeit mit der Auswahl ihrer Gerichte. Ihre Kollegin dagegen entscheidet sich recht schnell für die Fleischplatte. Erhardt grübelt immer noch und kann sich zwischen dem Teller mit Thunfischsteak und dazu Kartoffelspalten und dem Lachsfillet mit gekochten Kartoffeln nicht entscheiden.

„Mensch, Nadja, kannst du nicht schneller machen?", schimpft Maria ungeduldig. „Stell dir vor, unser Opfer ist auf dem Band zu sehen. Und stell dir vor, dass wir es hier mit einem Menschen zu tun hätten, der nicht gerne bar bezahlt, sondern immer nur seine Plastikkarten immer und überall zückt, dann könnten wir anhand der Uhrzeit auch noch tatsächlich seinen Namen rauskriegen."
„Ja, aber stell dir vor, unser Opfer ist nicht auf dem Band zu sehen! Und stell dir weiter vor, dass zur angegebenen Zeit vielleicht mehrere Männer in der Tankstelle gewesen sind und einer davon ist der Mörder. Woher wollen wir wissen, wen wir verfolgen sollen? Nein, nein, nein. Ich mache mir jetzt keinen Kopf darüber, ich werde mir erst mal ein Thunfischsteak genehmigen, und dann sehen wir weiter", erklärt Erhardt. Im Gegensatz zu Maria ist Nadja die Ruhe selbst.

Als die Zeche für das Abendessen bezahlt ist, machen sich die zwei Polizeibeamtinnen auf den Weg ins Revier. Immer wieder schauen sie sich die DVDs an, ohne jedoch daraus schlau zu werden. Nicht einer der Männer, die darauf zu sehen sind, hat Ähnlichkeit mit der Leiche. Klar haben manche die gleiche Statur oder die gleiche Haarfarbe, aber abgesehen von leichten Ähnlichkeiten ist die Ausbeute mager. Um die Wahrheit zu sagen: Die Aufnahmen entpuppen sich als Niete, als reine Zeitverschwendung. Jemand, dem das Handy gehört, war da. Das ist klar. Aber welcher davon ist ihr Mann? Aus dieser Fülle von Männern, wie könnten sie entscheiden, wer ihr Mann ist? In einer Freitagnacht sind übermäßig viele Leute unterwegs. Manche treffen sich mit Freunden, andere fahren in die Disco und wiederum andere fahren weg, vielleicht in den Urlaub. Eine Tankstelle ist manchmal auch ein bevorzugter Treffpunkt. Nein, da ist nichts zu machen. Damit können sie nichts anfangen!

Gerade als sie erschöpft Schluss machen wollen, ruft Lupus, unerwarteter weise ganz euphorisch aus: „Du, Nadja, schau mal! Da, ganz hinten, da ist ein Auto mit kaputter Frontscheibe! Es parkt ziemlich hinten im Schatten. Es fällt kaum auf. Siehst du? Deswegen ist es uns bisher nicht aufgefallen. Es parkt ganz hinten! Mist, gerade ist ein Auto ins Bild gefahren, aber ich könnte schwören, dass die hintere Tür von dem Auto mit der kaputten Scheibe aufgegangen ist. Siehst du?" Maria wirkt nach dieser Aussage extrem unruhig und aufgedreht. Sie springt hin und her, wie ein Stehaufmännchen. Die Augen leuchten, und sie kratzt sich am Kopf. „So kenne ich sie, wenn sie aufgedreht ist", denkt sich Nadja. „Die Augen leuchten, und die Kopfhaut juckt." Sie schmunzelt.

Maria spult zurück und deutet auf die Aufnahmen. Sie schmeißt fast einen Stuhl um vor lauter Aufregung. Sie kann sich nicht stoppen und wiederholt immer wieder: „Wir waren blind! Wir haben stets die Gesichter angeschaut, aber nicht die Autos."

„Kannst du das Nummernschild erkennen? Spul bitte noch mal kurz zurück." Auch Nadja Erhardt wird von diesem Fieber gepackt. So schnell hätten sie nicht damit gerechnet, dass sie Fortschritte machen würden, aber Ausdauer zahlt sich eben aus.

Maria spult zurück, aber auch nach dem 10-ten Mal können sie weder das Nummernschild erkennen noch genau sagen, ob die hintere Tür auf- und wieder zugegangen ist.

„Wir müssen es unserem Computer-Freak geben."

Maria wählt bereits die Nummer des Spezialisten: „Dengler, ich weiß, es ist schon spät, aber Sie müssen dringend in das Büro von Kriminalkommissarin Erhardt kommen. Ach so, hier spricht Kriminalkommissarin Lupus." Und ganz leise flüstert sie: „Maria." Dann fügt sie in einem ganz geschäftlichen Ton hinzu: „Wir haben hier eine DVD-Aufnahme und können ein Nummernschild nicht entziffern. Ganz gleich, wie Sie das machen, wir müssen an das Nummernschild rankommen. Was meinen Sie? Wie viel Zeit brauchen Sie, damit Sie die Nummer gleich durchlaufen lassen und uns die Daten des Besitzers durchgeben können?" Sie wartet nicht ab, dass dieser etwas erwidert oder auf ihre Frage eingeht und legt schon auf. Die Augen der beiden Kriminalkommissarinnen leuchten, als stünde Weihnachten vor der Tür.

„Nadja, du kannst sagen, was du willst, aber ich fresse einen Besen, wenn dieses Auto mit unserem Fall nichts zu tun hat."

„Wer nimmt schon noch einen Besen her? Staubsauger ist die Devise!", verspottet Nadja ihre Kollegin und lächelt dabei. Maria verzieht das Gesicht, muss aber auch grinsen. Sie sind einfach zu gut gelaunt. Die kaputte Autoscheibe, die der Angler und der Imbissverkäufer auch schon erwähnt hatten, kann nur diese eine sein! Es müsste schon ein riesiger Zufall sein, dass in dieser Nacht mehrere Autos mit kaputter Scheibe und auch noch zur selben Uhrzeit durch die Gegend gefahren wären.

Als der Kollege Dengler von der Spurensicherung in Nadjas Büro kommt, um die DVDs abzuholen, sind die zwei Beamtinnen schon am Rätseln, wie es weitergehen soll.

„Was meinst du, Nadja, wollen wir warten, bis wir das Kennzeichen und den Namen des Besitzers haben, oder wollen wir die Telefonate durchgehen? Es ist doch schon etwas spät am Samstagabend …"

„Also, ich würde schon recht gerne zumindest den letzten Anruf prüfen. Wie du es schon erwähnt hast, vielleicht gehört das Handy nicht unserem Opfer, aber zumindest könnten wir fragen, wem es gehört. Wir sagen nur, wir hätten es gefunden und möchten es dem rechtmäßigen Eigentümer zurückgeben."

„Und das kann bis morgen nicht warten?"

Kriminalkommissarin Erhardt stöhnt leise, als sie antwortet: „Also, ich wäre froh zu wissen, dass ich mir kein neues Handy besorgen muss. Vor allem, weil ich keine Kopie der gespeicherten Nummern habe."

„Hmm, würdest du dich dann nicht selbst anrufen, um zu schauen, ob jemand dein Handy gefunden hat? Ach, was soll's! Dann lass uns die letzte Nummer anrufen."

Maria tippt ins Handy die PIN-Nummer, die sie von der Spusi erhalten haben, und drückt auf die Wiederwahltaste. Es klingelt bereits zum fünften Mal, als letztendlich doch noch abgehoben wird.

Eine extrem genervte Frauenstimme schimpft in einem barschen Ton: „Mensch, Willi! Was gibt's denn?" Aber weiter kommt sie nicht, denn Nadja Erhardt greift sich das Handy und fällt ihr ins Wort: „Entschuldigung, da muss ich Sie jetzt gleich mal unterbrechen, bevor Sie unüberlegte Sachen sagen."

„Wie bitte? Wer sind Sie? Wieso rufen Sie von Willis Handy an? Sind sie seine Freundin? Nur nebenbei erwähnt, wenn Sie glauben, ich hätte was mit Willi, dann täuschen Sie sich", bemerkt eine sehr unfreundliche Frauenstimme leicht spöttisch.

Maria wundert sich über den letzten Satz: Warum sagt sie das? Und macht sich eine mentale Notiz, zur gegebenen Zeit darauf einzugehen.

„Stopp! Jetzt muss ich Sie mal bremsen! Das versuche ich Ihnen gerade zu erklären, und wenn Sie mich nicht unterbrochen hätten, dann wüssten Sie es schon." Und dabei verdreht Nadja die Augen und schaut ihre Kollegin an, während sie den Kopf schüttelt und die Stirn krauszieht. „Mein Name ist Nadja Erhardt, Kriminalkommissarin Erhardt, um genau zu sein. Tut mir leid, dass wir Sie so spät stören müssen. Meine Kollegin, Kriminalkommissarin Maria Lupus, hört auch mit. Wir haben ein Handy gefunden und wollten es dem rechtmäßigen Besitzer zurückgeben. Da wir keinen Namen haben, haben wir einfach die letzte Nummer gewählt."

„Und dazu bemüht sich eine Kriminalkommissarin? Woher weiß ich, dass Sie wirklich von der Polizei sind? Und überhaupt, halten Sie mich für dumm? Ist Willis Handy nicht immer gesperrt? Was ist mit Willi? Ist mit ihm was passiert?"

„Sagen sie mir bitte Ihren Namen, bevor wir weiterfahren? Oder sollen wir Ihnen noch einen Besuch abstatten?", fragt Nadja etwas unfreundlich, obwohl sie den Namen bereits wissen.

„Ach so, ja, nein, nicht nötig. Mal langsam! Mein Name ist Lucia, Lucia Dumitru", meint diese mit verängstigter Stimme. „Sagen Sie mir jetzt, was mit Willi los ist. Ist ihm was zugestoßen?"

Nadja Erhardt übergeht die Fragen und fragt in einem ruhigen Ton: „Liebe Frau Dumitru, hätten Sie eventuell seinen vollständigen Namen, möglicherweise auch noch seine Festnetznummer oder Anschrift, damit wir mit ihm Kontakt aufnehmen können?" Zum jetzigen Zeitpunkt spricht schließlich noch nichts dafür, dass die Leiche und der Handybesitzer ein und dieselbe Person sein müssten. Und die Erwähnung einer möglichen Kontaktaufnahme mit ihm müsste Frau Dumitru beruhigen und besänftigen, überlegt Nadja.

Allein schon eine Frage nach dessen Äußerem würde die Angerufene verunsichern. Zumindest würde jeder normal denkende Mensch seine Schlüsse ziehen, das wissen die zwei Beamtinnen nur zu gut, und so umgehen sie jede Frage, die auf ein Opfer schließen lassen könnte.

„Sie wollen mir nicht sagen, was los ist?", fragt diese leicht bettelnd.

„Sollte was sein?", beantwortet Nadja mit einer Gegenfrage.

Lucia merkt an der Stimme, dass sie den Anfang machen muss, und so erzählt sie, leicht gereizt: „Schon gut! Sein vollständiger Name lautet Willi Fleischmann. Ich habe keine Festnetznummer von ihm. Soviel ich weiß, hat er sowieso keinen Festnetzanschluss. Er wollte sich nicht festlegen. Er meinte immer, das Handy würde vollkommen ausreichen. Keine Ahnung, wie man ihn jetzt erreichen könnte", murmelt sie mehr zu sich selbst. „Seine Anschrift kann ich Ihnen noch geben, aber das wird Ihnen nicht viel bringen: er hat sich für nächste Woche frei genommen, wollte verreisen, hat irgendetwas von wegen frische Luft tanken gebrabbelt. Tut mir leid, aber ich habe leider nur mit einem Ohr zugehört. Er plauderte irgendetwas wie Entspannung. Keine Ahnung, was genau er gemeint hatte, aber wie gesagt, ich hatte nicht richtig zugehört, nageln Sie mich nicht fest!"

„Fällt Ihnen vielleicht noch was ein?"

„Nein, hören Sie, ich will Sie jetzt nicht mit Nichtigkeiten belasten, sondern nur mein vorheriges Benehmen rechtfertigen: Ich bin manchmal mies gelaunt und einfach niemandem zuzumuten. Daher auch mein momentanes Desinteresse meinen Mitmenschen gegenüber. Sorry!"

„Nicht schlimm! Wir sind auch Frauen, und auch wir kennen das Problem", betont Nadja verschwörerisch und schaut dabei ihre Partnerin mit einem verschmitzten Gesicht an.

„Gestern Abend hat er versucht, bei mir durch zu klingeln, aber ich hatte keinen Bock abzuheben. Ich habe es einfach ignoriert, bis er aufgelegt hat. Übrigens, wieso konnten Sie sich seinen Namen nicht aus Ihren unzähligen Datenbanken abrufen? Ich denke, Sie hätten meinen auch anders rauskriegen können."

„Das Handy läuft über eine Prepaid-Karte. Wir hätten es schon noch rausgekriegt …"

„Ach, ja, stimmt! Willi hatte keinen Handyvertrag. Irgendwann hatte er das mal erwähnt."

„Ist Herr Fleischmann in Sie verliebt?" Nadja wundert sich über die Frage und schaut ihre Kollegin bewundernd an. Mit angehaltener Luft warten sie die Antwort ab.

Eine kurze Pause folgt, bevor Lucia ihre Frage tatsächlich beantwortet: „Ja, das glaube ich schon. Wir sind aber nur gute Freunde. Ganz ehrlich! Es ist nicht so, dass mir die Männer zu Füßen liegen und ich eine Schar von Bewerbern abweisen müsste, aber Willi und ich sind eben nur Freunde. Wir arbeiten zusammen." Die zwei Beamtinnen schauen sich an und nicken sich gegenseitig ein sprachloses „Aha" zu. „Und Beziehungen in der Arbeit werden nicht so gerne gesehen. Selbst wenn ich ihn noch so nett finde, mehr wäre da momentan sowieso nicht drin."

„Na, dann kann ich mir die Frage nach einer Freundin damit wohl sparen! Darf ich fragen, was Sie arbeiten?"

„Wir sind beide Laboranten in einer IVF-Klinik. Das ist eine Klinik für Frauen und Männer, die Probleme haben, Kinder zu zeugen, für unfruchtbare Menschen sozusagen." Maria Lupus beobachtet, wie ihre Kollegin kurz die Stirn krauszieht, so, als würde eine leichte Wolke den Himmel kurzfristig abdunkeln, aber dann ist es auch schon wieder vorbei. Habe ich es mir eingebildet, oder steckt da mehr dahinter?, fragt sich Maria.

Und dann, unerwartet, beendet Nadja das Gespräch recht abrupt. Maria ist sich sicher, dass sich hinter der normalen aalglatten Fassade ihrer Partnerin mehr verbirgt. Etwas, das ihr weh tut. Etwas, worüber sie nicht einmal mit ihr sprechen will.

„Also, viel hat uns das Gespräch nicht gebracht. Was wäre, wenn dieser Willi Fleischmann wirklich Urlaub macht?", brabbelt Nadja noch sichtlich abgelenkt.

„Also, ich finde nicht, dass uns das Gespräch nicht viel gebracht hätte. Wir könnten schon mal zu seiner Wohnung fahren und uns dort umschauen! Vielleicht macht er uns tatsächlich auf. Was meinst du?"

„Na gut."

„Ich glaube, sie verschweigt uns was."

„Häh?"

„Ach nichts, nur so ein Gefühl …"

„Meistens mit Recht, wie wir wissen", erwidert Nadja freundlich.

Auf dem Weg zum Auto holt sich Nadja einen Espresso aus dem Kaffeeautomaten im Eingangsbereich und fragt Maria, ob sie auch einen haben möchte. Obwohl sie eigentlich ganz genau weiß, dass Maria keinen Kaffee mag und deshalb immer ihre eigene Thermoskanne mit Tee dabeihat.

Was ist nur los mit Nadja?, fragt sich Maria während der Fahrt. Was hat es auf sich mit dieser Klinik? Und was war das für eine komische Reaktion von ihr? Was hat Frau Dumitru noch mal gesagt? „Frauen und Männer, die Probleme haben, Kinder zu zeugen"? Das stimmt, Nadja ist verheiratet und hat keine Kinder. Hängt es vielleicht damit zusammen? Fragen kann ich schlecht. Das ist ein sehr heikles Thema. Na ja, abwarten und Tee trinken! Und schenkt sich einen Schluck Tee ein. Hmm, der tut gut!, überlegt sie und genießt diesen in vollen Zügen. Dennoch, trotz der angenehmen Wirkung des Tees kann Maria eine Vermutung nicht abschütteln: Sie hat das Gefühl, dass Frau Dumitru nicht ganz ehrlich war, ja, sogar, was verbergen wollte, als sie das Erzählte als lapidar abtat.

An der angegebenen Adresse sucht Nadja Erhardt einen Parkplatz und stellt den Wagen ab. Während Maria sich die Wohngegend, in der der Laborant Fleischmann wohnt, etwas genauer anschaut und Kommentare wie „Hübsche Gegend und sehr gepflegt" abgibt, macht Nadja weiterhin einen etwas abgelenkten und abwesenden Eindruck. Sie scheint von der Umgebung nichts mitzukriegen. Die Wohngegend ist ruhig, direkt an einem Park mit Kinderspielplatz und viel Grün gelegen. Die Wohnblocks sind nicht höher als drei Stockwerke, und rechterseits von jedem Hauseingang steht ein prächtiger Baum. Vermutlich, um die Bewohner oder eher Bewohnerinnen vor Regen zu schützen, während sie ihre Schlüssel in ihren viel zu großen Taschen suchen. Wohl eher Bewohnerinnen, verbessert sich Maria gedanklich und nickt dabei, während sie sich selbst zustimmt.

„Soll ich lieber allein raufgehen?"

„Nö!"

„Ganz ehrlich, geht's dir gut? Du schaust etwas blass aus. Willst du noch etwas frische Luft schnappen?", bohrt sie nach.

„Das bildest du dir nur ein. Ich bin nur etwas müde und freue mich schon auf mein Bett. Lass uns raufgehen und schauen, dann kann ich beruhigt nach Hause fahren, und wir können morgen weitermachen."

Der Eingang zu Willi Fleischmanns Häuserblock ist zugesperrt. Maria schaut auf die Uhr. Sollten sie jetzt wirklich noch klingeln? Aber dann siegt das Pflichtgefühl über die Vernunft und sie läuten doch. Irgendwie müssen sie sich Eintritt verschaffen, rechtfertigt sie ihre dreiste, so späte Handlung. Die zwei Polizistinnen schauen sich sichtlich verwundert an, als der Türsummer brummt, um ihnen Zutritt ins Haus zu gewähren, so, als hätte man sie erwartet.

„Aha, unser Herr Fleischmann scheint wohl zu Hause zu sein, das trifft sich gut", betont Maria.

Natürlich nutzen sie jede Gelegenheit, Sport zu treiben, eher Nadja als Maria, um die Wahrheit zu sagen, daher fahren sie nicht mit dem Fahrstuhl. Sie nehmen brav die Treppen nach oben, in den dritten Stock. Bis sie dort ankommen, ist Maria bereits außer Puste. Sie umklammert das Geländer mit so festem Griff, dass ihr Handgelenk weiß hervorsticht. Kaum im dritten Stockwerk angekommen, macht jemand die Tür einen Spaltbreit auf. Das Klingelschild zeigt in großen Buchstaben den Namen: „Fleischmann" an. Trotz der kleinen Öffnung ist der Mann hinter der Tür dennoch gut zu erkennen: Er ist groß gewachsen, ca. Mitte dreißig. Er hat kurz geschorenes schwarzes Haar und stechend blaue Augen, ein bisschen wie Tom Cruise. Die Nase scheint mal gebrochen gewesen zu sein, denn sie hängt etwas schief in seinem Gesicht. Und er grinst sie beide keck an. Sein Lächeln ist herablassend. Nichtsdestotrotz ist er ein sehr ansehnlicher Mann. Und er scheint auch noch einen durchtrainierten Körper zu haben, denkt sich Maria leicht lechzend. Eine herkulische Gestalt!

„Ja?", fragt er nur und mustert die beiden Damen von oben bis unten. Die Kette lässt er aber weiterhin vorgezogen. Sein Blick bleibt an Nadjas Ausschnitt kleben. Dann löst er die Kette und macht die Tür auf. Das bisherige Grinsen verwandelt sich in eine komische Fratze, als Nadja, unter seinem gierigen Blick, ihren Dienstausweis zückt und ihn dem Mann unter die Nase hält.

Auch Maria zeigt ihren Ausweis vor, bleibt aber, wie so oft, ungesehen und unbeachtet. Der Mann vor ihnen schmunzelt wieder. Aber die Tür, die soeben sperrangelweit offen war, ist jetzt wieder nur noch einen Spalt breit offen.

„Guten Abend! Tut uns leid, Sie so spät am Abend zu stören. Wir sind Kriminalkommissarinnen Lupus und Erhardt. Sind Sie zufällig Herr Fleischmann?"

„Kommt darauf an", antwortet dieser unverschämt.

„Wie heißen Sie?", fragt Maria gelangweilt.

„Was?"

„Na, wie Sie heißen … Würden Sie sich bitte ausweisen?", fragt sie weiterhin leicht genervt. Immer diese Sprüche, denkt sie sich.

Den Blick von Nadja nicht abwendend, erwidert dieser: „Nö, aber kommen Sie doch ruhig rein. Und legen Sie ab …"

„Dürfen wir?", fragt Maria leicht naiv.

„Nein! Das war sarkastisch gemeint!", schreit dieser die zwei Kriminalkommissarinnen an. „Und überhaupt! Ich muss mich nicht ausweisen! Das muss ich wirklich nicht! Sie kreuzen hier am Abend bei mir auf, und ich soll mich ausweisen? Soweit kommt's noch! Ich mache mir in die Hose vor Angst!" Und dann fügt er in einem weiblichen Ton noch hinzu: „Oh, nein! Die Polizei steht vor der Tür! Was soll ich nur tun?" Und dann ganz normal weiter: „Was soll das? Was wollen Sie von mir?"

Die zwei Beamtinnen stehen da und warten ab, dass der Wortschwall ein Ende findet, dann fragt Kommissarin Erhardt: „Fertig?"

Leicht irritiert und verwirrt nickt der Mann nur.

Und dann erklärt sie: „Wir haben ein Handy gefunden und würden es gerne dem rechtmäßigen Besitzer übergeben, der in diesem Fall wohl Sie sein dürften."

Kaum dass er seine Stimme wiedergefunden hat, sagt er in einem neckischen Ton: „Und dazu kommen zwei Bullen zu mir nach Hause? Machen sie öfter Nachtbesuche? Wenn ich Sie so anschaue, kann ich es mir gut vorstellen!" Eine Hand versucht nach Nadja zu greifen. Sichtlich angepisst springt sie einen Schritt zurück, erwidert aber nichts.

Wenn Blicke töten könnten!, denkt sich Maria, als sie ihre Partnerin anschaut.

Der Mann hinter der Tür macht im selben frechen Ton weiter: „Haben sich meine Kollegen einen Spaß erlaubt? Sie sind gar keine echten Bullen, oder? Sie warten nur darauf, sich endlich die Kleider vom Leibe reißen zu dürfen!" Sein Blick wandert von einer Polizistin zur anderen, wobei sich seine Stirn leicht kräuselt, als er Maria Lupus anschaut.

Augenblicklich stockt sein Atem, und er verzieht das Gesicht, als er Maria beobachtet, wie sie dabei ist, ihre Dienstwaffe aus dem Halfter zu lösen.

„Wenn Sie mich jetzt entschuldigen würden! Ich habe Besuch! Sollten Sie was anderes wissen wollen, holen Sie sich eine richterliche Verfügung. Ach, übrigens, könnte ich jetzt mein Handy wiederhaben?" Und dabei streckt er ein weiteres Mal seine offene Handfläche durch den Türspalt durch.

„Wenn Sie es haben wollen, holen Sie sich eine richterliche Verfügung", entgegnet Nadja im Weggehen und grinst ihn ebenso keck, aber unfreundlich an, während sie ihm eine Visitenkarte des Polizeipräsidiums in die Hand drückt: „Da können Sie es wiederhaben!" Im selben Augenblick fällt die Tür auch schon wieder ins Schloss.

Nadja ist mies gelaunt und würde daher am liebsten die Treppe hinunterfegen, um sich etwas zu beruhigen. Aber dann lässt sie es doch dabei bewenden. Für den Weg nach unten entscheiden sie sich dann doch dafür, den Fahrstuhl zu benutzen. Während der kurzen Liftfahrt sagt keine von ihnen was, aber als sie auf den Bürgersteig treten, bestätigt Maria Nadjas Bedenken. Sie beide haben ein komisches Gefühl, den Mann und seine Identität betreffend.

Maria grübelt: „Ich kann mich nicht erinnern, eine solche Gestalt auf dem Video von der Tanke gesehen zu haben. Ich glaube nicht, dass dieser Mann hier Herr Fleischmann ist. Abgesehen davon finde ich ihn etwas zu keck. Frau Dumitrus Erzählung nach hätte ich ihn für etwas zurückhaltender eingestuft. Natürlich kenne ich ihn nicht, aber irgendetwas macht mich stutzig. Irgendetwas passt nicht ins Bild."

„Da gebe ich dir recht."

„Wir könnten uns die Videos von der Tankstelle noch mal anschauen, ob diese Gestalt hier darauf zu sehen ist, wobei ich uns keine sehr hohen Erfolgschancen zurechne."

„Und was bringt uns das, selbst wenn er darauf zu sehen wäre? Wir wüssten immer noch nicht, ob er auch wirklich Willi Fleischmann ist."

„Stimmt! Mist!", flucht Maria. „Abgesehen davon hatte ich das Gefühl, dass er mit leichtem Akzent spricht, was auf einen Willi Fleischmann nicht zutreffen sollte, oder? Meine Mutter meinte des Öfteren: Der erste Eindruck zählt, und der Schein trügt immer! Was meinst du, fahren wir ins Revier und laden uns Bilder vom Willi Fleischmann runter?"

„Das würde uns die Frage sofort beantworten!"

„Die Führerscheinstelle oder das Einwohnermeldeamt müssten Fotos in ihrer Kartei haben, sollten wir ihn nicht in unserer Datenbank haben. Wobei ich mir eigentlich nicht vorstellen kann, dass der echte Willi Fleischmann jemals was verbrochen haben könnte. Und wir sollten ihn googeln, vielleicht kommt da was raus!"

„Wie kommst du darauf, dass er nichts angestellt hat?"

„Nur so ein Gefühl."

„Du und deine Intuition!", meint Nadja kopfschüttelnd und gleichzeitig voller Bewunderung.

„Also, lass uns noch schnell zurückfahren. Dann haben wir Gewissheit, Opfer und/oder Handybesitzer betreffend, falls es sich dabei nicht um ein und dieselbe Person handeln sollte."

„Ja, unbedingt!"

„Zwei Polizistinnen waren hier. Was jetzt? Soll ich ihnen folgen?"

„Nein, lass nur", versichert die gelangweilte, aber selbstsichere Stimme am anderen Ende.

Die kurze Fahrt ins Revier verläuft ziemlich wortkarg. Beide Kriminalkommissarinnen hängen ihren Gedanken nach und versuchen sich einen Reim auf die Erlebnisse der letzten Stunden zu machen. Aber bisher will nicht wirklich was zusammenpassen.

Auf dem Revier angekommen, läuft ihnen Dengler ganz euphorisch entgegen, so, als hätte er die ganze Zeit auf ihre Ankunft gewartet: „Raten Sie mal!"

„Sollten Sie nicht schon zu Hause bei Ihrer Frau sein?", fragt Nadja. Aber ihr Einwand scheint irgendwo im Nirwana unerhört zu landen.

Maria steht da, eine Tasse Tee in der Hand. Sie umarmt diese, als wäre sie ein Ersatz für eine Umarmung. Sie starrt den Spezialisten an. Tee läuft ihr aus der Tasse, direkt auf die Schuhe, aber sie scheint das nicht zu bemerken. Nadja starrt sie mit hochgezogenen Augenbrauen an und schüttelt nur noch den Kopf.

„Sie haben das Nummernschild, nicht wahr? Sie alter Fuchs, Sie!", erkundigt sich Maria Lupus mit einem breiten Grinsen im Gesicht und tätschelt ihm leicht auf die Schulter. „Und Sie haben vermutlich auch schon den Namen des Besitzers?"

An Nadja gewandt: „Ich bin nicht verheiratet, das wissen Sie doch." Er zuckt mit den Schultern. Und dann schaut er in Marias Richtung und auf ihre Hand, die noch immer auf seiner Schulter ruht, und sein Gesicht erstrahlt, als er leicht benebelt und liebestrunken sagt: „Ja, sicher! Ich mache doch keine halben Sachen, oder? Ich komme gleich zu Ihnen ins Büro. Ich hole mir nur noch schnell einen Kaffee."

„Für mich bitte auch einen, wenn es Ihnen nicht zu viel Mühe macht!", ruft Nadja Erhardt ihm hinterher.

Die zwei Kriminalkommissarinnen machen sich auf den Weg in ihre Büros und vereinbaren, sich in fünf Minuten in Nadjas Büro zu treffen.

In ihrem Büro angekommen, macht Nadja das Licht an. Das grelle Neonlicht blendet sie augenblicklich. Sie drückt auf den Knopf ihres Laptops und vernimmt sofort das leichte Surren, sobald sich die Lüftung einschaltet. Sie setzt sich hin, lächelt, lauscht und fängt leise zum Zählen an: eins, zwei, drei …

Maria rennt zu ihrem Büro, um ihren eigenen Laptop zu holen.

… sieben, acht …

Klirrendes Geschirr ist zu hören, als Maria in Eile mit dem Ellbogen eine Tasse umschmeißt. „Mist! Mist! Mist! Mist!", ist aus ihrem Büro zu vernehmen.

… und elf!", beendet Nadja und schmunzelt dabei. Gerade mal elf Sekunden! „Neuer Rekord!", ruft Nadja aus und klatscht in die Hände.

Als Maria in Nadjas Büro ankommt, schaut sie komplett aufgelöst aus, als hätte sie einen Marathonlauf hinter sich.
    „Sorry, ich habe was umgeschmissen und musste noch schnell die Scherben wegräumen."
    Nadja schmunzelt immer noch, während sie den Kopf schüttelt. Als sich Lupus hinsetzt, hält Erhardt bereits ihren Laptop, vorsichtshalber, mit beiden Händen fest umklammert auf ihrem Schoss, sollte sich versehentlich Kaffee oder Tee auf dem Tisch selbstständig machen. Eine Tatsache, mit der man immer rechnen muss, wenn man einen solchen Wirbelwind als Partnerin hat.

Um Zeit zu sparen, arbeiten sie simultan an ihren Laptops. Der Vorteil ist, dass sie die abgerufenen Daten miteinander vergleichen können.
    Während sie ihren Laptop hochfährt, beobachtet Maria ihre Kollegin. Diese macht einen ungewohnt müden, erschöpften Eindruck. Und ich befürchte, das liegt nicht nur an der Arbeit, überlegt Maria.

Sie setzt sich Nadja gegenüber und beißt in einen Apfel, bis das erwünschte Programm arbeitsfähig ist.
    „Auch einen Apfel?"
    „Nö, danke!"
    „Mit wem fängst du an? Führerscheinstelle oder Ausweis?"
    Nadja antwortet recht wortkarg: „Google! Probierst du mal dein Glück auf Facebook?" Maria beobachtet ihre Kollegin; ein Lächeln umgibt dabei ihre Mundwinkel.

Tief in den Dateien versunken, überhören sie das leise Tür-klopfen. Das ruckartige Aufschwingen der Tür erschreckt beide. Frank Dengler postiert sich im Türrahmen. In einer Hand balanciert er ein Tablett mit zwei Kaffeetassen und unaufgefordert einem Teekännchen darauf. Mit Freude nimmt er das wohlwollende Lächeln von Maria zur Kenntnis, als sie das Kännchen erblickt.

Eingeklemmt unter der Achsel seines anderen Arms hält er einen recht dünnen Ordner fest. Er lässt diesen leicht auf den Tisch gleiten, während er den Tee vor Maria und erst danach den Kaffee vor Nadja stellt. Das Tablett stellt er auf den Boden und läuft kaffeeschlürfend um den Tisch herum, um sich auch einen Stuhl zu holen. Er überlegt es sich aber doch anders und stellt sich an einem der Tischenden zwischen den zwei Beamtinnen hin. Das Kindische, das sich um seine Mundwinkel spiegelt, verleiht ihm ein jugendliches Aussehen, trotz fortgeschrittenen Alters, stellt Maria fest.

„Also, das war ein Kinderspiel! … und Tada: das Nummernschild. Bisher wurde es nicht als gestohlen gemeldet. Bisher, wie gesagt. Es läuft übrigens auf einen Herrn mit dem Namen
äh … Willi Fleischmann.“
 „Mann, dieser Mann macht mich jetzt wahnsinnig“, ruft Nadja laut auf, haut sich an die Stirn, wirft ihr dichtes Haar nach hinten. Dabei zupft sie am kurzen Ärmel ihres Designershirts. Eine Geste, die sie immer macht, wenn sie wütend ist.
 „Wieso mache ich Sie wahnsinnig?“
 „Nein, nicht Sie, Entschuldigung!“
 „Kennen Sie den, oder wieso macht er Sie wahnsinnig?“
 „Nein, eigentlich nicht! Äh, ich meine, nein, ich kenne ihn nicht. Aber irgendwie scheinen die Indizien immer mehr darauf hinzuweisen, dass dieser Willi Fleischmann mit dem Mord was zu tun hat. Das Handy, das Maria, ich meine, Frau Lupus, am Tatort gefunden hat, gehört ihm, und jetzt teilen Sie uns mit, dass das beschädigte Auto, wie könnte es auch anders sein, auch diesem Willi gehört.“

„Das hätte ich Ihnen aber auch schon längst sagen können!",
erwähnt Dengler ganz entrüstet.

Nadja schaut auf und fragt: „Was hätten Sie uns sagen können?"

„Na, dass, das Handy diesem Herrn gehört." Dabei schiebt er
seine Hände in die Hosentaschen und wendet den Blick Richtung
Maria.

„Und wieso haben Sie das nicht?"

„Sie hatten es ganz eilig und sind einfach davon gestürmt.
Wissen Sie noch? Als ich Ihnen die anderen Daten ausgehändigt
hatte? Sie wollten nicht mehr warten …"

„Na ja, wir wollten sowieso mit dem letzten Gesprächspartner
zuerst telefonieren. Ich gebe ehrlich und offen zu, dass Sie sehr
effiziente Methoden haben, Dengler, aber so haben wir es auf
unsere Art und Weise in Erfahrung gebracht", bestätigt Nadja.

„Zumindest decken sich die Aussagen", betont Maria noch. Und
dabei entblößt sie ihre gepflegten weißen Zähne und lächelt den
Computer-Spezialisten herzlich an.

„Dengler, wissen Sie zufällig, gab es im Laufe des Tages irgendwelche Vermisstenmeldungen?", fragt ihre Kollegin.

„Nicht, dass ich wüsste. Ich kann schnell mal nachfragen und
melde mich."

„Nein, das brauchen Sie nicht. Wir können selber nachfragen.
Danke!", grinst Maria.

Dengler verabschiedet sich und lächelt Maria flüchtig an, als
er sich umdreht und gehen will.

Aber dann ruft ihm Nadja noch zu: „Ach, Dengler, würden
Sie bitte freundlicherweise das Auto zur Fahndung freigeben?
Das wäre eine große Hilfe. Danke!"

„Ist schon passiert, Chefin!"

„Danke! Sie leisten hervorragende Arbeit. Habe ich Ihnen
das schon mal gesagt?"

„Andauernd! Das wird ja schon lästig!" Dabei lacht er voller
Stolz.

Als Dengler das Büro verlässt, machen sich die zwei Damen daran, alle Datenbanken inklusive Facebook, Instagram usw. abzu-

rufen, um dem Namen Willi Fleischmann endlich ein Gesicht zu geben. Ein junger Keanu Reeves lacht ihnen entgegen. Und die Bilder, die sie dabei erhalten, ähneln dem Opfer nur geringfügig. Abgesehen von dem herzförmigen Haaransatz und der dunklen Haarfarbe ist die einzige auffällige Ähnlichkeit zwischen Opfer und Fleischmann die extrem ovale Gesichtsform.

Kriminalkommissarin Maria Lupus klingt erleichtert, als sie beginnt: „Willi Fleischmann ist definitiv nicht unser Opfer. Aber wo könnte der stecken? Und was hat er am Tatort zu suchen gehabt? Meinst du, er ist vielleicht unser Mörder? Oder war er vielleicht nur zufällig Zeuge des Verbrechens? Könnte er dem Mörder gefolgt sein? Vielleicht ist er deshalb untergetaucht? Und wer war der unfreundliche Mann in Willis Wohnung?"

„So viele Fragezeichen! Mal langsam mit den wilden Pferden. Aber, nö, das kann nicht sein, er hatte Frau Dumitru gegenüber erwähnt, er würde verreisen – also, das war schon mal geplant! Und abgesehen von den vielen Fragezeichen, ganz schön viele Wenn und Aber, findest du nicht? Und wieso ist sein Auto überhaupt beschädigt? Hat er vielleicht unser Opfer angefahren?"

„Nein, kann nicht sein!"

„Wieso nicht?"

„Das Opfer hatte gar keine Kopfverletzung", fügt Maria zwischen zwei Bissen hinzu.

„Stimmt. Oder kann das eventuell alles nur Teil eines teuflischen Plans gewesen sein? Vielleicht hat dieser Fleischmann alles eingefädelt! War die Mitteilung an seine Kollegin über seine Pläne für nächste Woche nur getürkt? Mit der Absicht, alle in die Irre zu führen? Irgendwie halte ich ihn für stark involviert, wenn nicht sogar für den Täter."

„Also, was jetzt? Wollen wir noch eine Runde drehen und uns die Wohnung nochmals anschauen?"

Woraufhin Nadja antwortet: „Nee, ohne richterliche Verfügung kommen wir nicht rein. Und was, wenn er seinem Kumpel die Wohnung übers Wochenende überlassen hat und wir stören die Turteltäubchen?"

„Seit wann lässt du dich von solchen Kleinigkeiten abhalten? Aber, ja, ich glaube, du hast recht, wir sollten für heute Schluss machen. Vielleicht gibt es morgen Vermisstenanzeigen, die unser Opfer suchen", stimmt auch Maria zu.

„… und Kontobewegungen, Kreditkarten und Ähnliches sollten wir auch prüfen. Aber das kann bis morgen warten. Ich bin müde."

Auf dem Weg zum Parkplatz verabschieden sich die zwei Kolleginnen voneinander, wobei sich Maria des Eindrucks nicht erwehren kann, dass mit Nadja etwas nicht stimmt. Das Grübeln war seit dem Gespräch mit Lucia Dumitru nicht mehr aus ihrem Gesicht gewichen. Ein Grübeln, das sich von dem unterscheidet, das ihr sonst so eigen ist, wenn sie gemeinsam einen Fall bearbeiten.

Maria will gerade ihre alte Kiste, den Renault, anlassen. Aber das Gesicht des Mannes, den sie in Willis Wohnung gesehen hatten, lässt sie nicht los. Da hat sie eine Idee: Was will ich zu Hause? Da erwartet mich nichts!, denkt sie sich. Es ist Samstagabend, keine Sau wartet auf mich! Und kein Schwein freut sich auf meine Rückkehr, da werde ich nur depressiv!

Also springt sie wieder aus ihrem Auto raus, voller Tatendrang trotz vorgerückter Stunde, und geht zurück aufs Revier. Beim Eintreten begrüßt sie den Nachtdiensthabenden, der über ihr erneutes Erscheinen nicht besonders verwundert zu sein scheint, und geht mit großen Schritten – denen sie mit ihren kurzen und dicken Stumpfbeinen überhaupt fähig ist – schnurstracks in ihr Büro. Nach dreistündigem Marathon-Recherchieren und einer Menge ungenießbaren Tees aus dem Automaten endlich Bingo: Maria findet in der Verbrecherkartei das Gesicht des Mannes, den sie in Willis Wohnung gesehen hatten: „Oh, Mann! Der ist so gefährlich, wie die Hölle heiß ist!", sagt sie laut und überlegt, wo sie diesen Spruch aufgeschnappt haben könnte.

Vassily Vassilievics ist sein ganzes Leben lang schon ein Krimineller. Aufgewachsen unter der Tyrannei eines dauerbetrunkenen Vaters und einer so gut wie nie anwesenden Mutter hatte er von klein auf gelernt, sich gegen andere, größere, ungerechte Menschen durchzusetzen. Das Prostituierten- und Drogen-Milieu machten daher um ihn keinen Bogen, und mit der Zeit wurde aus ihm ein gerissener kleiner Gauner, der sich mit einer kriminellen Entourage umgab.

Als die Zeit verging, blieb er zwar weiterhin nur ein kleiner Gauner, einer, der die Drecksarbeit für größere Gauner erledigt, aber einer, der nicht wegzudenken ist, einer, der wusste, sich unentbehrlich zu machen.

„Problem eins gelöst", versichert Walter Bauer, ein Mann von kleiner Statur, aber sichtlich durchdringender Kraft, wäre da nicht die Krücke, die ihm beim Gehen hilft. Er scheint unter großen Schmerzen zu leiden. Dennoch macht er ein zufriedenes Gesicht, als er diesen Satz verkündet. Die schwarzen Augen scheinen vor Befriedigung zu leuchten. Die stark hervortretenden Zähne geben ihm ein absonderliches, erschreckendes Aussehen.

Der Mann vor ihm sagt nichts. Er nickt nur. Alle Augen sind auf ihn gerichtet. Es ist deutlich zu sehen, dass alle in diesem Raum anwesenden Personen diesem Mann Respekt zollen. Die grauen Strähnen, die sein volles, dunkles Haar durchziehen und die leichten Wellen verleihen ihm ein gediegenes und dennoch jugendliches Aussehen. Seine Augen hinter der Halbrandbrille strahlen hohe Intelligenz aus. Er fixiert und durchbohrt mit seinem Blick Vassily Vassilievics, als er diesen anspricht: „Vassily, was ist mit den Reagenzgläsern? Hast du sie gefunden?"

„Ich bin dran, Boss. Keine Sorge, ich werde Sie nicht enttäuschen!"

„ICH mache mir keine Sorgen!" Seine Stimme klingt dabei so bitter wie Galle. „Es ist schließlich dein Kopf, der auf dem Spiel steht, nicht meiner!"

Vassily wird aschfahl im Gesicht. Er scheint seine Worte mit Bedacht auszuwählen, bevor er hinzufügt: „Geben Sie mir drei Tage. Mehr brauche ich nicht."

„Das höre ich gerne, ja, das höre ich gerne. Wir können keine weiteren Unannehmlichkeiten gebrauchen", antwortet der Mann ganz phlegmatisch. Und zu den anderen gewandt erklärt er weiter: „Wir hatten eine kurze Unterbrechung. Ein Zwischenspiel mit unschönen Aspekten. Wir wissen aber aus zuverlässiger Quelle, dass die Leiche bereits gefunden wurde. Es bleibt abzuwarten und abzuklären, ab wann wir mit unserer Lieferung fortfahren können. An sich haben wir eigentlich schon alles unter Dach und Fach, nur der Zeitpunkt muss noch bestimmt werden. Es darf nur nicht zu offensichtlich sein. Weitere Informationen und Termine werden, wie immer, zur gegebenen Zeit mitgeteilt. Und Vassily, wir sprechen uns in zwei Tagen, nicht in drei!"

Sonntag

Strahlender Sonnenschein dringt von außen in Nadjas Büro. Die leichten Lamellen können die sich anbahnende Hitze nicht ganz davon abhalten, den Raum zu erwärmen. Als sie ihr Büro betritt, sitzt ihre Kollegin Maria bereits da. Einen lecker riechenden Kaffeeduft verströmt die Tasse, die bereits auf dem Schreibtisch steht und nur noch darauf wartet, getrunken zu werden.

Nadja grüßt ihre Kollegin herzlich, so wie sie es jeden Tag macht. Dennoch, Maria fällt es auf, dass der Schatten im Gesicht ihrer Freundin noch immer nicht verschwunden ist, trotz des farbenfrohen Sommerkleids in Leuchtendgrün. Maria nimmt ohne Neid zur Kenntnis, dass Nadja mal wieder auch die passenden Schuhe dazu trägt, Schuhe, deren Absätze einen schwindelig werden lassen könnten. Die kontrastfarbige Tasche in Lila macht das Outfit perfekt.

„Danke für den Kaffee! Hattest du gestern nicht auch schon dasselbe an?", mustert Nadja ihre Partnerin, wobei es eigentlich sowieso keinen großen Unterschied macht, denkt sie sich und muss dabei schmunzeln. Und dann nimmt sie ihrer Kollegin gegenüber Platz.

„Du kannst dein Schmunzeln gleich wieder wegpacken! Ich habe es gesehen." Maria tut dabei so, als wäre sie eingeschnappt. Dabei kann sie Nadja natürlich nicht böse sein. Sie weiß, dass sie sie nur veräppeln wollte. Sie kennen sich schon viel zu lange, um die Witze der anderen nicht zu verstehen.

„I've got news for you!", ruft sie aus. Und dann weiter: „Und ja, wenn es dich beruhigt, ich hatte gestern dasselbe an, ich habe hier übernachtet. Ich fahre gleich heim zum Duschen, aber vorab Folgendes: Tatatada! Trommelwirbel bitte!"

„Jetzt sag schon!"

„Das Gesicht des Mannes in Willi Fleischmanns Wohnung hat jetzt auch einen Namen. Also, eigentlich nicht nur sein Gesicht, ha, ha, sondern er selbst."

„Mach jetzt! Spuck schon aus!"

„Ich habe mir letzte Nacht um die Ohren geschlagen und mir die Verbrecherkartei angeschaut. Und bin tatsächlich fündig geworden! Er heißt Vassily Vassilievics. Rate mal, wer zu seiner Entourage gehört, na, wer weiß es, wer weiß es? 100-Punkte-Frage … Na, niemand?"

Aus gespielter Verzweiflung haut Nadja ihren Kopf auf die Tischplatte und streckt die Hände gen Himmel.

„Ja! Das Rotlicht-Milieu! Sein Strafregister ist so lang …" Und dabei versucht sie, die Arme so weit wie möglich auseinander zu strecken. „Man könnte es auch ‚Fluss ohne Wiederkehr' nennen: vom Frauenhandel bis hin zur Prostitution und Drogen alles vertreten. In letzter Zeit war's wohl eher still um ihn", schließt sie ihre Darstellung ab und klappt dabei ihren Laptop auf, damit Nadja selbst einen Blick darauf werfen kann. Nadja stöhnt.

„Ganz ehrlich, es würde mich nicht wundern, wenn er sich gestern mit einer von denen, du weißt schon, was ich meine, vergnügt hätte, als wir in Willis Wohnung waren", verzieht Maria das Gesicht.

„Oje, oje, mit was für Menschen gibt sich dieser Willi nur ab? Siehst du? Der hat Dreck am Stecken."

„Ich weiß nicht, ob er sich mit denen abgibt oder einfach nur hineingeschlittert ist, aber er ist definitiv nicht einschlägig vorbestraft, ich konnte nichts finden. Und du schließlich auch nicht! Gar nichts! Na ja, abgesehen von den paar Strafzetteln wegen zu schnellen Fahrens kann er eine weiße Weste vorweisen. Aber ich befürchte, der könnte auch schon in irgendeiner Tonne liegen, weil er zu viel mitgekriegt hat."

„Was …" Aber weiter kommt sie nicht, denn das Handy in ihrer Tasche fängt an zu vibrieren. Sie meldet sich mit „Erhardt", schreibt was mit und gibt nur „Hm" und „Hm" von sich, bevor sie sich mit „Wir sind gleich da" verabschiedet.

„Was sollten diese Ganzen ‚hm, hm' bedeuten?", fragt Maria und macht dabei Nadja sehr gut nach.

„Das heißt, dass deine heiß ersehnte Dusche noch etwas warten muss. In einer dunklen Gasse wurde ein abgestelltes Auto mit kaputter Fronscheibe gefunden. Innen sind Blutspuren zu sehen. Und es ist Willi Fleischmanns Auto."

„Das habe ich schon befürchtet."

„Was? Dass du nicht zum Duschen kommst?"

„Nicht witzig!", entgegnet Maria.

„Stimmt!"

„Also, lass uns schnell hinfahren. Liegt da eine Leiche drin?"

„Nein."

„Huh, immerhin keine Leiche drin! Und wer sagt, dass es Willis Blut sein muss? Oder?" Und dabei macht sie erneut einen erleichterten Eindruck, so, als würde sie mit Willi sympathisieren.

Nadja mustert sie und bemerkt spöttisch: „Und wenn Willi doch der Täter war, sagst du dann immer noch: ‚Wer sagt, dass es Willis Blut sein muss?'" Und imitiert ihrerseits Marias Stimme bis zur Perfektion.

Maria zuckt mit den Schultern: „Ist das ein Quizz, oder was? Ich glaube immer noch nicht, dass er was damit zu tun hatte."

Nadja meint händeringend: „Du bist unverbesserlich! Auf geht's! Zack! Zack! Keine Zeit!" Und schon machen sich die zwei Kommissarinnen auf den Weg.

Als sie vor Ort ankommen, ist die Spurensicherung fleißig dabei, Fingerabdrücke zu nehmen und alles zu fotografieren. Dr. Rares, der Pathologe, ist auch heute wieder mit von der Partie. Ungefragt murmelt er sofort: „Bezogen auf unsere Teichleiche …" Er lacht dabei und wiederholt seinen eigenen Witz: „Teichleiche! Ha, ha! Den Bericht der Autopsie kriegen Sie erst morgen, aber vorab schon mal was sehr Interessantes: Die Zunge des Opfers wurde postmortem eingeschnitten. Sie hat nicht sehr stark geblutet. Sehen Sie?" Und dabei zieht er ein Foto aus seiner Jackentasche, hält es ihnen hin und schaut sie dabei erwartungsvoll an. Beide verziehen die Gesichter, Maria Lupus verdreht sogar die Augen.

„Ernsthaft?", fragt der Pathologe. „Langweilt Sie meine Berichterstattung?"

Maria fühlt sich ertappt und murmelt leicht unverständlich „Sorry."

Der Arzt betont süffisant weiter: „Und ja, wenn Sie sich wundern: Sie wurde nicht wahllos eingeschnitten, sondern wirklich kunstvoll bearbeitet!" Gefolgt von einer künstlerischen und bedeutungsschwangeren Pause. „Ich weiß nicht, ob es Ihnen aufgefallen ist, aber diese ähnelt – nach dieser minutiösen Behandlung – einer Schlangenzunge. Da hat sich jemand künstlerisch verausgabt."

„Das klingt ja fast so, als würden Sie die Arbeit bewundern", erwidert Nadja leicht irritiert.

„Nonsens! Das hatte ich bisher eben noch nicht! Ich finde das mal …, na, wie soll ich sagen, erquickend, ja, fast interessant."

Nadja mustert ihn und kräuselt die Stirn. Maria verdreht erneut die Augen.

„Ja, schon gut, ich weiß, Sie können dem Ganzen nichts abgewinnen, aber man ist so abgestumpft vom ewigen normalen" – und dabei deutet er mit den Fingern Gänsefüßchen an – „Sezieren, dass es mal interessant ist, endlich was anderes anzutreffen. Na, wie dem auch sei, ich werde mich erkundigen, ob irgendwelche Okkulten oder Anspielungen dahinterstecken könnten. Vielleicht hat es sogar in der Tat eine Bedeutung, die wir entziffern müssen. Oder ich entziffern sollte … Aber wie gesagt, morgen kriegen sie alle genauen Infos von mir." Und bevor die Damen auch nur „Hallo! Und Auf Wiedersehen!" sagen können, dreht sich dieser wieder um, schüttelt den Kopf nur ganz kurz und geht.

Maria ruft noch hinterher: „Danke! Bis morgen! Wir sind schon sehr gespannt!" Die zwei Kolleginnen schauen sich an und schaudern.

Anschließend erkundigen sie sich bei der Spusi, ob irgendwelche Augenzeugen gefunden werden konnten, abgesehen von den Anglern, oder ob sich jemand gemeldet hätte, der das eine oder andere beobachtet hätte. Leider ohne Erfolg bisher. Bis auf den

Herrn, der das abgestellte Auto meldete, gibt es bisher keine weiteren Infos.

Nadja und Maria gehen näher an das Auto heran und schauen sich die kaputte Frontscheibe an.

„Das könnte ein schwerer Gegenstand verursacht haben."

„Genauso gut könnte es aber auch von einem Auffahrunfall herstammen, und das Opfer ist mit dem Kopf gegen die Scheibe gestoßen", bemerkt Kriminalkommissarin Lupus.

„Hm", entgegnet ihre Kollegin. „Ich tippe eher auf einen schweren Gegenstand als auf einen Kopf. Siehst du? Da sind weder Hautfetzen noch Haare zu sehen. Komm mal her, Maria. Guck mal, da stecken noch Splitterreste drin. Frag mal bitte die Leute von der Spusi, ob sie schon eine Probe davon genommen haben."

Aber bevor Maria was sagen kann, folgt die Antwort auf den Fuß: „Haben wir schon! Wir sind doch keine Anfänger!"

Nadja lächelt den Mann an, bedankt sich, und dann an Maria gewandt: „Pass auf, was hältst du davon: Ich fahre dich zu deiner Wohnung, damit du duschen kannst. Ich besorge uns währenddessen was zum Essen. Danach, schön erfrischt, fahren wir mal wieder zu Willis Wohnung."

„Ja, klingt schon mal sehr gut. Zumindest die ersten zwei Vorschläge. Meinst du aber nicht, wir sollten bis Montag warten, damit wir einen Richter anrufen können? Wir können nicht einfach so seine Wohnung stürmen."

„Du und deine Regeln! Nein, der Sachverhalt ist jetzt anders, oder? Wir haben schließlich sein verlassenes Auto gefunden. Im Fahrzeug selbst befinden sich Blutspuren. Und nicht zu verachten ist die Tatsache, dass sein Handy an einem Tatort gefunden wurde. Was für Gründe brauchst du noch, damit wir uns zu seiner Wohnung Zutritt verschaffen?"

„Und was ist mit unseren Kollegen? Meinst du, wir sollten Unterstützung anfordern? Immerhin haben wir gestern einen Kriminellen in Willis Wohnung angetroffen. Was, wenn er noch da ist?"

„Hm, ich denke, dass du recht hast und dass wir das wirklich tun sollten. Ich denke zwar, wir zwei könnten ihn auch überwältigen …" Und dabei klopft sie sich schmunzelnd auf die Schulter. „Aber sicher ist sicher", pflichtet ihr Nadja bei.

Eine knappe Stunde später befinden sie sich erneut vor dem netten Gebäudekomplex. Willis Apartmenthaus wird bereits von unauffälligen Polizeiwagen bewacht. Beim Anblick der zwei Kriminalkommissarinnen steigen die Kollegen aus ihren Autos aus und folgen den Damen, stillschweigend und nur gestikulierend, wie in einer Szene aus einem Film. Als sie an der Wohnungstür ankommen, klopft Kriminalhauptkommissarin Erhardt an und springt augenblicklich zur Seite. Eine Reflexreaktion, nur für alle Fälle. Als nach mehrmaligem Klopfen und Klingeln nicht aufgemacht wird, treten die Beamten, nach kurzer Vorwarnung, die Tür ein. Vor ihren Augen macht sich ein Bild der Verwüstung breit. Die Wohnung und die Einrichtung wurden durchwühlt, und nicht nur das, sie wurde sogar teilweise kurz und klein geschlagen. Trotz des Chaos kann man deutlich erkennen, dass diese hier die Wohnung eines Junggesellen ist. Hier findet man grelle Farben und Möbel, die wahllos kombiniert wurden, um Komfort zu bieten – nicht um der Ästhetik zu entsprechen, aber auch nicht schäbig, eher nur funktional –, und schwere, dunkle Vorhänge, die die Sonne draußen halten sollten nach einer durchzechten Nacht. Es ist mehr als offensichtlich, dass diese hier keine durchgestylte Wohnung war, selbst vor dem momentanen Chaos: Stühle liegen am Boden, Kissen sind aufgeschnitten worden, und die Füllung quillt teilweise heraus. Überall auf dem Boden liegen Dokumente herum. In der Küche ist es sogar noch schlimmer. Hier scheinen alle Doseninhalte ausgeleert worden zu sein. Mehl und Zucker, soweit das Auge reicht!

Maria Lupus zückt augenblicklich ihr Handy aus der Manteltasche und gibt der Spusi Bescheid. Dengler nimmt den Anruf entgegen und fragt: „Ja, gibt's denn heute keine Entwarnung mehr? Wo Sie hingehen, hinterlassen Sie eine Spur der Verwüstung." Er lacht ins Telefon.

Maria lacht ihrerseits laut ins Telefon. „Ich würde sagen: Die Verwüstung lag schon vor uns da, und wir sind nur darauf gestoßen", scherzt Maria neckisch und lacht etwas zu laut über den eigenen Witz.

Nadja Erhardt beobachtet die Szene und denkt sich: Ja, schon wieder? Sollte ich so etwas wie der Zeuge eines Flirtversuches geworden sein? Zeit wär's. Sie würden außergewöhnlich gut zusammenpassen. Sie schüttelt den Kopf wohlwollend und schmunzelt dabei. Aber eigentlich findet sie es erfrischend, dass angesichts der prekären Situationen, die sie tagein, tagaus in ihrem Beruf erleben, es doch noch Menschen gibt, die die Arbeit Arbeit sein lassen und sich von anderen Sachen ablenken lassen können.

Als Maria auflegt, wendet sie sich an ihre Kollegin: „Wollen wir Frau Lucia Dumitru vielleicht auch noch einen Besuch abstatten? Vielleicht weiß sie doch etwas! Irgendwelche Infos, ganz gleich was, über außerbetriebliche Aktivitäten vom Willi …"

„Das war jetzt aber ein Gedankensprung! Ich weiß nicht, es ist Sonntag! Ja, ich weiß, du hast das Gefühl, dass sie uns was verschweigt. Vielleicht rufen wir sie vorher an, meinst du nicht auch?"

„Glaubst du, dass es mit der Arbeit was zu tun hat?"

„Kann ich mir eigentlich gar nicht vorstellen", nuschelt Nadja in ihren Bart hinein.

„Ich weiß nicht, wo wir sonst ansetzen könnten", bestätigt Maria.

„Jungs, können wir euch allein lassen, bis die Spusi eintrifft?", fragt Kriminalkommissarin Erhardt an ihre Kollegen gewandt.

„Sicher, kein Thema!", antworten diese wie aus einem Mund.

Die zwei Polizistinnen nehmen dieses Mal die Treppen nach unten. Etwas Bewegung hat noch niemandem geschadet. Sie tun es aber hauptsächlich aus dem Grund, weil sie beide ihren Überlegungen nachgehen wollen.

Unten angekommen, fragt Nadja Erhardt: „Wollen wir irgendwo auf einen Kaffee gehen und überlegen, wie wir weitermachen wollen?"

„Du meinst, irgendwo einen Kuchen zu uns nehmen?" Grins!

„Kennst du zufällig was in der Nähe?"

„Ja! Ich kenne überall was in der Nähe! Das solltest du mittlerweile wissen!" Sie lacht dabei.

„War ja auch nur eine rhetorische Frage."

„Du kannst den Wagen stehen lassen. Das Café ist gleich ums Eck. Die backen den Kuchen noch selbst. Der ist zum Sterben gut!", stöhnt Maria, und bei dem Gedanken daran schwelgt sie schon in Tagträumen.

„So weit würde ich nicht gehen, um einen guten Kuchen zu essen!"

„Ha, ha! Selten so gelacht!"

Das Café ist, wie versprochen, in Gehweite. Und auch der Kuchen, nach Art des Hauses, ist definitiv das Geld wert, da muss Nadja ihrer Kollegin recht geben. Auch wenn der Kaffee ihrer Meinung nach, etwas wässerig ist. Aber zumindest können sie sich kurz ungestört unterhalten, rekapitulieren, was sie bisher wissen und überlegen, wo sie ansetzen könnten.

„Was haben wir und was wissen wir bisher? Wollen wir das kurz aufzählen? Haben wir bekannte Anhaltspunkte? Jaein!"

„Uhha", meint Maria mit vollem Mund.

„Na gut, dann rede ich, und du hörst zu! Und wenn du den Kuchenberg, der deinen Mund verstopft, runtergeschluckt hast, kannst du dich am Gespräch beteiligen und deinen Senf dazugeben." Eine unbeabsichtigte Lachsalve folgt. Beide müssen so laut lachen, dass Maria sich daran verschluckt. Die klebrige Creme haftet an ihrem Gaumen. Sie röchelt und würgt, wobei sie die Hälfte des Kuchens wieder ausspuckt.

„Igitt!", sagt Nadja.

„Na großartig! Wirklich! Der gute Kuchen! Wegen dir muss ich mir noch ein Stück bestellen!", gibt Maria lachend zurück und ist sichtlich froh über die gelungene Ausrede.

„Ernsthaft?" Und in einem ernsten Ton fährt sie dann fort: „Wir haben eine unidentifizierte Leiche, fast unbekleidet, im Wasser treibend, gefunden. Bevor der Mann umgebracht wurde, hat man ihn offensichtlich gefoltert. Er hat keine Papiere bei sich."

„Was das Wort ‚unidentifiziert' wohl auch schon ausschließt, nicht wahr, wehrte Kollegin?", macht sich Maria über Nadja lustig.

„Bla, bla! Also, weiter: Man hat ihm die Zunge gespalten."

„Mensch! Wie krank muss man denn sein, um so was zu machen? Da kann ja einem der Appetit vergehen!"

„Iss deinen Kuchen und unterbrich mich nicht ständig, sonst verliere ich den Faden! Und abgesehen davon, die Gefahr, dass du deinen Appetit auf Kuchen verlieren könntest, besteht bei dir nicht!" Sie grinst dabei ihrer Kollegin frech ins Gesicht.

Maria nimmt es Nadja nicht übel, sie weiß, dass diese eigentlich recht hat. Und Kuchen ist nun mal Kuchen, und hier schmeckt er auch noch himmlisch, fantasiert Maria.

Nadjas Aufführung holt sie viel zu schnell in die Realität zurück: „Dann haben wir am Tatort ein Handy gefunden, entschuldige, ich meine natürlich: Du hast ein Handy gefunden! Ein Handy, das wiederum jemand anderem gehört, nicht unserem Opfer. Das Auto des Handybesitzers wurde in irgendeiner gottverlassenen Gegend verwaist entdeckt, die Frontscheibe ist beschädigt, das Innere des Autos weist Blutspuren auf, seine Wohnung wurde verwüstet, und von ihm fehlt bisher jede Spur. Kann man diesen Willi Fleischmann auf grund von Indizien zu den Tatverdächtigen letztendlich dazu zählen, was meinst du?"

„Du meinst, zu den restlichen Tatverdächtigen, die wir auch nicht haben? Abgesehen von Vassily? Nein, das würde ich irgendwie nicht. Der muss irgendetwas mitgekriegt haben und ist vielleicht den Mördern gefolgt. Die haben ihn entdeckt und haben ihm einen Stein gegen die Scheibe geschleudert! Vielleicht, um ihn am Weiterfahren zu hindern? Aber woher wussten dann die anderen, wer Willi ist, um sich sofort Zutritt zu seiner Wohnung zu verschaffen?"

„Machst du Witze? Hallo? Das dürfte ein Kinderspiel gewesen sein, sobald sie sein Autokennzeichen hatten."

Zwischen zwei Bissen antwortet Maria: „Ja, vermutlich. Aber was haben sie dann in seiner Wohnung gesucht? Nee, ich glaube, da muss mehr dahinterstecken."

„Da gebe ich dir recht. Also, rufen wir Lucia, diese Kollegin von Willi Fleischmann, an, oder statten wir ihr gleich einen Besuch ab?"

„Weißt du, wie ich mich momentan fühle? So, als würden lauter Puzzleteile auf dem Tisch liegen und wir würden einen Blinden davorsetzen und ihn bitten, das Bild zu vollenden. Wir haben viele Puzzleteile, aber sehen nicht den Zusammenhang! Ich sehe nicht das Muster hinter dem Ganzen!" Sie kratzt sich mal wieder am Kopf, ein sicheres Zeichen dafür, dass sie nachgrübelt und nicht weiterkommt. „Ich bin momentan auch etwas ideenlos. Anrufen ist gut! Ja, das finde ich auch! Nicht vorbeifahren! Es ist Sonntag, im Universums-Namen! Hast du keinen Respekt vor der Privatsphäre anderer?"

„Vor deiner nicht!", betont Nadja, und beide grinsen dabei. „Obwohl, wenn ich es mir recht überlege, hast du gar keine!"

„Das ist echt fies!", erwidert Maria und tut so, als wäre sie ganz entrüstet über diese Aussage.

„Na ja, du weißt, von wem das kommt." Sie grinst ansteckend.

„Apropos, tut sich da was mit Dengler?"

„Eine Dame schweigt und genießt."

„So, so! Das ist also ein Ja!"

„Nein!"

„Wer das so vehement abstreitet, hat was zu verbergen!"

„Wir sind vom Thema abgekommen." Und damit versucht Maria, das Thema so unauffällig wie möglich zu wechseln. „Rufst du sie an? Du hast diese Fähigkeit, Leute zum Reden zu bringen."

„Das sagst du nur, weil du nicht gerne telefonierst und weil du das Thema wechseln wolltest", neckt Nadja ihre Kollegin.

„Abgesehen davon stimmt es trotzdem."

„Also gut. Dann lass uns zahlen und zum Auto gehen. Hast du die Nummer zufällig dabei?"

„Nein, aber wir könnten Dengler anrufen."

„Ich denke, du telefonierst nicht gern!"

„Mensch, Nadja!"

„Schon gut! Lädst du mich zu deiner Hochzeit ein?"

„Wie kann man nur so kindisch sein? Auf geht's! Oder sollte ich lieber sagen: Auf geht's! Zack, zack?"

„Okay, die Botschaft ist angekommen."

Obwohl sie nicht Willis Handy benutzt und sie auch ihre Nummer nicht unterdrückt hat, um sicher zu gehen, dass die Laborantin abhebt, tut sich auch beim siebten Klingelzeichen nichts. Lucia hebt nicht ab. Und obwohl die Angerufene sie nicht hören kann, legt Nadja die Hand auf die Sprechmuschel und flüstert ihrer Kollegin zu: „Mir schwant Schlimmes."

Sie überlegt, ob sie eine Sprachnachricht hinterlassen sollte, aber vergeblich, denn eine Mailbox schaltet sich nicht ein. Gerade als sie auflegen will, hebt Lucia Dumitru übel gelaunt ab und schreit fast rein: „Was?"

„Frau Dumitru, legen Sie bitte nicht auf! Hier spricht Kriminalkommissarin Erhardt. Sie erinnern sich? Wir haben wegen Herrn Willi Fleischmann telefoniert."

Patzig antwortet sie: „Halten Sie mich für dämlich? Also, was gibt's so Wichtiges, dass Sie mich am Sonntagabend stören müssen mit Ihrem nicht endenden nervtötenden Klingeln?" Sie versucht dabei, ihrer Stimme einen nur leicht gekränkten Ton zu geben, obwohl sie am liebsten schreien würde.

„Frau Dumitru, wir haben das Auto Ihres Kollegen gefunden." Weiter kommt sie mit ihren Ausführungen nicht, denn Lucia schneidet ihr das Wort ab: „Und? Kann man sein Auto nicht irgendwo abstellen? Mann, Sie haben Nerven, mich deshalb zu stören!"

Maria flüstert ihrer Kollegin zu: „Mann, die hat Haare auf den Zähnen."

Nadja schmunzelt, als sie fortfährt: „Ich war noch nicht fertig. Wenn Sie mir eine Minute Ihrer kostbaren Zeit schenken könnten, würde ich Sie aufklären. Also, das Auto wies einen großen Schaden an der Frontscheibe auf."

„Um Himmel swillen! Hat er einen Unfall gehabt?"

Nadja schnauft schwer und verdreht dabei die Augen.

„Darf ich jetzt weiterreden, oder wäre es Ihnen lieber, ich erzähle Ihnen das nicht am Telefon und meine Kollegin, Frau Lupus und ich, wir kommen zu Ihnen nach Hause?"

„Nein!", ruft sie. „Ist schon gut! Ich höre zu! Nun machen Sie schon! Erzählen Sie endlich!"

„Die Infos, die ich Ihnen jetzt durchgebe, sind streng vertraulich. Und wir wenden uns an Sie, weil wir auf Ihre Hilfe angewiesen sind. Also abgesehen von der kaputten Scheibe, die von außen und nicht von innen beschädigt ist – somit kann ich Sie schon mal beruhigen: Herr Fleischmann ist bei einem Aufprall nicht mit dem Kopf dagegen geknallt –, befanden sich Blutspuren im Inneren des Wagens. Das verlassene Fahrzeug und das Handy, von dem wir Ihnen schon erzählt haben, lagen kilometerweit auseinander. Zusätzlich dazu wurde die Wohnung vom Herrn Fleischmann vollkommen demoliert."

„Oh Gott!", schreit Lucia. „Jetzt reden Sie schon: Ist er tot?" Die Bestürzung klang beinahe lächerlich, aber die Unruhe in ihrer Stimme, die war irgendwie echt, stellt Maria fest – und doch …

„Also, im Auto war er nicht, wenn Sie das beruhigt. Daher unsere Frage an Sie: Könnten Sie sich einen Grund vorstellen, weshalb jemand die Wohnung vom Herrn Fleischmann auf den Kopf stellen sollte? Was dieser Jemand gesucht haben könnte? Was könnte Willi, äh, Verzeihung, ich meine Herr Fleischmann, so Wertvolles besitzen, dass die Mühe lohnt, eine komplette Wohnung auseinander zu nehmen?"

Lucia antwortet in einem blasierten und entrüsteten Ton: „Sie scherzen, oder? Woher soll ich das wissen? Ich war noch nie bei ihm daheim!"

„Ich weiß auch nicht, ich hatte angenommen, Sie und Herr Fleischmann hätten ein sehr kollegiales Verhältnis zueinander und er hätte Ihnen vielleicht mal was erzählt. Schließlich waren Sie die letzte Person, die er sprechen wollte, bevor er verschwand."

Maria weiß, dass die letzten Worte ihrer Kollegin ihre Wirkung nicht verfehlen werden. Lucia würde sich geschmeichelt fühlen, dass jemand sie sprechen wollte, bevor er verschwand, und sie würde damit ihren Argwohn wegfegen. Es würde nicht lange dauern, und Frau Dumitru würde anfangen, aus dem Nähkästchen zu plaudern.

Eine kurze Pause folgt, und dann tatsächlich: „Wollen Sie auf einen Kaffee vorbeikommen?" Sie gibt ihnen ihre Adresse noch schnell durch und legt auf.

Die Chemielaborantin residiert in einem sichtbar teuren niedrigen Gebäudekomplex mit gepflegten Vorgärten. Beim Anblick dessen gibt Maria einen kurzen, anerkennenden Pfiff von sich. Jeder Hauseingang ist in einer anderen frohen Farbe gehalten. Nicht übertrieben farbenfroh, sondern eher angenehm fürs Auge. Die Hausnummer 23, in der sich Lucias Wohnung befindet, erstrahlt in mattem Blau. Das Appartement liegt im Erdgeschoß und verfügt auch über einen dieser schönen Gärten.

Ein kurzes Klingeln, und die Tür im Parterre springt schon auf: eine mittelgroße Frau, in etwa 25–30 Jahre alt, mit einem frechen dunklen Bob, macht ihnen die Tür auf. Sie ist ungeschminkt, ihre Gesichtsfarbe ist frisch und strahlend und wirkt auf ihre natürliche Art und Weise sehr attraktiv.

Maria sinniert: Kein Wunder, dass Willi einen Narren an ihr gefressen hat. Sie ist in der Tat ein bezauberndes Wesen, wenn sie nicht gerade unfreundlich ist, wie eben am Telefon! Sie trägt eine lässige Jeans und ein einfaches weißes Shirt dazu und schaut dennoch fabelhaft aus. Diese Natürlichkeit ist betörend. Maria beobachtet ihre Kollegin dabei, wie auch diese die Laborantin einer kurzen Musterung unterzieht – eine Musterung, die offensichtlich definitiv zufriedenstellend ausfällt. Aber auch diese starrt ihrerseits die Kriminalkommissarin Nadja Erhardt etwas zu lange an und ignoriert Maria Lupus vollkommen, bevor sie sie hineinbittet, nachdem sie die Dienstausweise begutachtet hatte.

Der erste Eindruck beim Betreten der Wohnung ist: keimfreie Wohnfläche.

Leute! Holt eure Schutzmasken heraus und eure Handschuhe! Hier darf man keine Erreger versprühen!, phantasiert Maria und grinst dabei.

Alles scheint sehr sauber und aufgeräumt. Alles glänzt. Nicht ein Staubkörnchen! Alles liegt ordentlich an seinem Platz, und nicht einmal ein benutzter Teller stört das Auge. Die müsste mal zu mir kommen!, überlegt sie weiter. Frische Blumen thronen in einer roten Vase auf dem Küchentresen.

Lucia folgt dem Auge von Maria und sagt fast entschuldigend: „Selbst gekauft! Nicht von einem Verehrer! Ich habe gerne Buntes in meiner Wohnung, vor allem, wenn es so hübsch aussieht und obendrein auch noch gut riecht."

Und das überdeckt den Geruch von Sagrotan, wenn man seine Wohnung so keimfrei hält, vollendet Maria im Gedanken den Satz. Sie lächelt mitfühlend. Nadja dagegen überlegt, wann sie wohl das letzte Mal Blumen von ihrem Mann bekommen hatte.

Maria begutachtet das Zimmer: keine Topfpflanzen, keine Bilder an den Wänden. Auf dem Regal ihnen gegenüber: eine große Schüssel mit Quitten – ausgerechnet! Warum nicht Äpfel?, fragt sich die Kommissarin.

Lucia deutet ihnen, sich zu setzen und fragt höflich, wem sie eine Tasse Kaffee anbieten könnte. Maria traut sich kaum, Platz zu nehmen. Trotz des einladenden Eindrucks, den der Sessel vermittelt. Gedanken wie Plastikfolienbezüge, die schnell von Lucia drüber geworfen werden, spuken ihr durch den Kopf. Sie beißt sich auf die Lippen, um nicht zu lachen.

Dann sagt sie: „Wenn es nicht zu viel Umstände macht, hätte ich lieber einen Tee. Von Sagrotan wird mir schlecht, äh, ich meine, vom Kaffee", versichert sie entschuldigend. „Ohne jeglichen Schnickschnack dazu, außer mit viiiiiiiiiiiel Zucker."

Lucia dreht sich um und schaut auch Nadja Erhardt fragend an.

Diese bestätigt ganz schnell: „Eine Tasse Kaffee wäre großartig. Keine Milch und auch keinen Zucker für mich bitte. Danke!"

Lucia verschwindet sofort in der Küche.

Nadja nutzt die Abwesenheit der Gastgeberin, um ihre Kollegin zu fragen, was das soeben war.

Maria flüstert nur: „Hier ist alles so sauber, ich glaube, die desinfiziert ihre Wohnung mit Sagrotan, und dann ist es mir eben rausgerutscht."

Nadja schmunzelt, Lachtränen bilden sich in ihren Augenwinkeln, als sie erwidert: „Ich liebe es, mit dir zu arbeiten!" Sie schüttelt belustigt den Kopf.

Frau Dumitru kommt recht zügig und vollbeladen mit Tassen und heißen Getränken zurück.

Sie muss alles schon hergerichtet haben, damit wir nicht zu lange bleiben, grübelt Maria. Und aus dem Augenwinkel kann sie erkennen, dass auf dem Unterboden der Tassen und Teller die Preisschilder noch aufgepappt sind. Was zum Teufel?, fragt sie sich …

„Bitte, bedienen Sie sich", fordert die Laborantin ihre ungebetenen Gäste auf, während sie schon nach der Kaffeekanne greift. Sie schenken sich gegenseitig ein und beäugen sich dabei – so unauffällig wie möglich, versteht sich.

Die drei Frauen trinken ihre Getränke schweigend, bis Nadja den Faden wieder aufnimmt und Fragen stellt.

Frau Dumitru erzählt, dass sie und Willi Fleischmann nicht in irgendeiner IVF-Praxis arbeiten, sondern in einer sehr renommierten. Sie zwei seien Teil des Laborteams, betont sie. Maria beobachtet sie dabei, wie ihre Hände weit ausholend gestikulieren, wie um ihre Erzählungen zu unterstützen. Ihre Stimme klingt dabei angenehm, mit einem gewissen Maß an Stolz. Die Laborantin erzählt weiter, dass Dr. Koch, für den sie beide arbeiten, so etwas wie ein Genie auf dem Gebiet der In-Vitro-Befruchtung ist und dass dieser bereits vielen Frauen geholfen hatte, sich den größten Wunsch zu erfüllen: nämlich ein Baby zu bekommen. Und sie erzählt ihnen weiter, dass sie beobachtet hatte, dass Willi des Öfteren seine Nase in gewisse Angelegenheiten, die ihn nichts angingen, recht gerne reingesteckt hatte und dass es beinahe mal Ärger gegeben hätte.

Nadja macht einen betrübten Eindruck und scheint nicht ganz bei der Sache zu sein. Also übernimmt Maria die Befragung:

„Was meinen Sie mit ‚beinahe Ärger gegeben'? Wie kann es so etwas in einem Labor geben?", fragt sie.

„Da hat es mal einen Zwischenfall gegeben mit einer prominenten Dame, deren Namen ich nicht erwähnen darf. Von da an hatte ich das Gefühl, dass Willi irgendetwas entdeckt haben könnte. Er fing an, jeden mit Röntgenaugen zu durchleuchten, so, als hätte er Lunte gerochen, als würde was nicht stimmen. Er wurde richtig argwöhnisch und nervös. Und dem Herrn Doktor Koch war das natürlich auch nicht entgangen. Obwohl er sich nie dazu geäußert hatte, war es offensichtlich, dass der Doktor mit der Situation unzufrieden war."

„Aber was genau das war, wissen Sie nicht?", fragt jetzt Nadja.

„Nein, er sagte nur so was wie: ‚,Es ist alles zu spät! Es hat gar keinen Sinn mehr.' Dennoch wollte ich das nicht am Telefon erwähnen. Wissen Sie, irgendwie kriege ich jetzt doch Angst. Was kann Willi zugestoßen sein? Glauben Sie, dass das etwas mit unserer Arbeit zu tun hat?"

„Das wissen wir nicht. Möglicherweise ist Herrn Fleischmann nichts zugestoßen! Vielleicht ist er einfach untergetaucht. Wir haben nicht den leisesten Ansatz, wo wir anfangen könnten und hatten gehofft, Sie wüssten mehr."

„Nein, tut mir leid. Ich kenn auch keine Verwandten von ihm, bei denen er sich aufhalten könnte, damit sie dort anfragen."

Die drei Frauen sitzen um den Tisch herum und schlürfen an ihren Getränken. Sie schweigen erneut. Jede von ihnen scheint über etwas nachzudenken. Man könnte sagen, hier hätten sich Freundinnen eingefunden, wäre da nur nicht dieses Gefühl des Unbehagens, das sich immer mehr auszubreiten scheint. Lucia Dumitru wirkt unruhig in ihrem Sessel, steht auf, es ist mehr ein Springen als ein Aufstehen, und es ist mehr als offensichtlich, dass sie die Beamtinnen los- werden will.

Maria hat das Gefühl, richtig hinausmanövriert zu werden. In der Tür bleibt sie kurz stehen und dreht sich noch einmal um. Dabei prallt sie fast gegen ihre übel gelaunte unfreiwillige Gastgeberin. Sie macht den Anschein, als würde sie noch was sagen wollen. Die Furche auf Lucias Stirn hält sie aber davon ab. Also dreht sie sich wieder um und stößt zu ihrer Kollegin dazu. Als die Tür ins Schloss fällt, sieht sie vor ihrem imaginären Auge, wie Lucia ausatmet.

Während der Fahrt nach Hause reibt sich Nadja immer wieder die Augen und versucht, sich auf den Verkehr zu konzentrieren, aber das Denken fällt ihr schwer. Voller Wehmut und Melancholie muss sie immer wieder an die eigene Situation denken.

MONTAG

Am Montagmorgen steht Maria Lupus voller Tatendrang auf. Sie springt in die Dusche, während das Teewasser noch kocht, zieht die selbe Jeans wie am Vortag an, holt sich aber ein frisches und gut duftendes T-Shirt aus dem Schrank, schmeißt einen Teebeutel in die Tasse, übergießt diesen mit heißem Wasser und rennt zum Briefkasten, um sich die Zeitung zu holen.

Mit einer Hand sperrt sie das Fach auf und holt mit der anderen die Zeitung raus.

Sie fühlt sich etwas schwerer an als sonst, denkt sie sich. Ob der Zeitungsjunge mal wieder einen Brief mit seinen besten Wünschen und seiner PayPal-Verbindung dazugelegt hat? Na ja, sie weiß, er spart das ganze Geld vom Zeitungsaustragen, um sich ein neues Tablet zu leisten.

So ist es fein, denkt sie sich, als sie an ihrem Küchentisch Platz nimmt und die Füße auf einen Stuhl stellt. Sie lässt den grünen Tee wie immer zu lange ziehen, bis er bitter wird, und schmeißt noch drei Würfelzucker rein, schließlich wäre der Tee sonst ungenießbar, rechtfertigt sie sich bei sich selbst. Sie nimmt anschließend zwei Schluck, bevor sie auf den Balkon geht und ihre zwei Kanarienvögel begrüßt und füttert. Sie stellt ihnen noch frisches Wasser in den Käfig und geht wieder rein. Dann macht sie sich noch ein Sandwich für später, packt ihre Thermoskanne ein, bevor sie sich endlich wieder gemütlich hinsetzt, um ihre Zeitung zu lesen.

Als sie die Zeitung aufschlägt, stellen sich schon all ihre Haare auf. Sie kann den Blick nicht abwenden. Das Herz fängt an wie wild zu pumpen. Der Puls wird schneller. Das Blut scheint ihr in die

Füße gesackt zu sein, denn das Herz zieht nur noch Luft durch die Kammern und hinterlässt das Gehirn blutleer. Sie braucht ein paar Sekunden, um sich wieder zu fangen. Sie zwickt sich selbst, um wieder zur Normalität zurück zu kehren. Und um sich wieder etwas zu beruhigen.

Was zum Teufel?, denkt sie sich. Der Brief kann nicht vom Zeitungsjungen sein!

Obwohl der Umschlag von seiner gewöhnlichen Kritzelei geschmückt ist. Aber er ist etwas dicker als sonst. Das Licht bricht sich an der Oberfläche, als hätte man etwas Kleines, aber Voluminöses reingelegt. Leichte Blutspuren sind darauf zu sehen. Reflexartig holt sie sich die Einmalhandschuhe aus der Schublade und zieht diese unter großer Anstrengung an, bevor sie den Brief berührt. Die Hände zittern und verweigern kurzzeitig den Dienst. Dann kann sie den Brief an einem Eck packen und festhalten. Mit der anderen Hand versucht sie, das Kuvert aufzumachen. Sie zieht langsam das Schreiben heraus. Aber es bleibt stecken. Irgendetwas Glitschiges blockiert das gleichmäßige Gleiten. Trotz der hohen Temperaturen ist ihr ganzer Körper von Gänsehaut bedeckt. Kalter Schweiß läuft ihr den Rücken runter. Maria sieht, wie ihre Hände unter den Handschuhen zu Schwitzen anfangen. Feuchte Stellen zeichnen sich deutlich darauf ab, als sie die Hand zaghaft in den Umschlag steckt. Und dann kann sie es fühlen. Fast wie ein kleines Stück Schwamm. Ekel überkommt sie, aber sie hofft inständig, es wäre nur ein Scherz des Zeitungsjungen in Anlehnung an ihren Beruf.

Okay, aufmachen muss ich ihn trotzdem, denkt sie sich. Dann zieht sie es mit einem Ruck raus. Das schwämmchenartige Etwas fällt hinunter und landet auf ihrer Zeitung. Und dann trifft es sie wie ein Schlag ins Gesicht: Das ist kein Scherz!

Oh, nein! Sollten sie ihm was angetan haben?, überlegt sie fieberhaft. Mit zittrigen Händen kramt sie ihr Handy aus der Manteltasche heraus und wählt die Nummer des Zeitungsjungen. Die Hände sind schweißbedeckt.

Das Wählen fällt ihr schwer, es ist so, als würde sie versuchen, mit Fäustlingen einen Faden durch ein Nadelöhr zu fädeln.

Das Handy gleitet ihr wieder aus der Hand und landet auf dem Boden. Sie hebt es auf und stellt fest, dass es einen Riesensprung im Display hat. Sie drückt auf die Wiederwahltaste und hofft innbrünstig, dass es nicht den Dienst versagt. Es klingelt. Maria lässt es solange klingeln, bis sich die Mailbox einschaltet. Sie hinterlässt keine Sprachnachricht, sondern versucht es erneut. Sie würde gerne eine WhatsApp schicken, aber die Buchstaben sind schwer zu erkennen. Was soll sie machen? Soll sie hinfahren? Aber, nein! Womöglich würde sie nur jemanden erschrecken!

Sie versucht immer wieder ihn zu erreichen. Jedes einzelne Mal erfolglos.

Dengler muss die ganze Zeit an Maria denken. Ob er sie anrufen soll? Nein, sie hat gar keine Augen für ihn, überlegt er frustriert. Aber dann hält er es nicht mehr aus und wählt ihre Nummer.

Das Handy klingelt. Maria hebt ab: „Tommy? Geht es dir gut?"

„Hier ist Frank Dengler! Und ja, mir geht's gut, sollte es Sie interessieren!"

„Ach, Sie sind's!"

„Ja!"

„Entschuldigen Sie! Mein Handy hat einen Riesensprung im Display, und ich kann nichts erkennen."

„Wer ist Tommy? Und abgesehen davon: Geht es Ihnen gut? Ich erkenne Ihre Stimme kaum wieder", fragt Dengler in einem etwas zu neugierigen und gleichzeitig beunruhigten Ton.

Und trotz des Erlebten fühlt sich Maria geschmeichelt und muss lachen, als sie erwidert: „Tommy ist nur der Zeitungsjunge. Ich versuche ihn zu erreichen." Und dann, in kurzen Zügen, erzählt sie ihm, was passiert war.

„Oh Mann! Jetzt mache ich mir aber Sorgen um Sie!"

„Hören Sie, Dengler, erzählen Sie ja nichts meiner Kollegin. Ich melde mich später bei Ihnen." Sie legt auf, bevor Dengler sie noch umstimmen könnte.

Sie versucht immer wieder Tommy zu erreichen. Jedes einzelne Mal erfolglos. Aber dann endlich: Eine verschlafene, genervte Stimme meldet sich.

„Tommy? Geht es dir gut?", fragt sie gleich.

„Bis vor ein paar Sekunden schon noch!"

„Entschuldige, Tommy, hier ist Kommissarin Lupus. Ich wollte nur hören, dass es dir gut geht."

„Was wollen Sie von mir? Und wieso sollte es mir nicht gut gehen?"

„In meiner Zeitung lag heute ein Brief von dir …"

„Und das ist so wichtig, dass Sie mich so früh am Morgen vollquatschen müssen? Kann es nicht bis später warten?", fragt dieser dazwischen.

„Wie gesagt, in meiner heutigen Ausgabe lag ein Brief mit drinnen …" Aber weiter kommt sie wieder nicht.

„Und dafür wecken Sie mich auf? Sie wissen doch, dass ich öfters einen Brief mit reinlege. Eine kleine Spende hat noch keinem geschadet, oder?" Und dabei lacht er ins Handy.

„Das weiß ich. Natürlich werde ich daran denken, die kleine Spende zu tätigen! Aber im Brief selbst steckte heute noch was anderes. Hör mal Tommy, von wem hast du das?"

„Keine Ahnung, von so einem Typen halt. Der hat mir einen Fuffi in die Hand gedrückt. Da sage ich doch nicht nein, oder?"

„Nein, vermutlich nicht …"

„Er meinte, er wäre ein Verehrer von Ihnen und hat mir gleich die Zeitung aus der Hand gerissen. Ich hoffe, mein Brief ist noch drinnen gewesen."

„Ja, der war drinnen. Wie erwähnt, da steckte sogar noch mehr drin."

„Was denn?"

„Nicht wichtig. Und, du hast nur den Brief beigelegt, oder?"

„Mann! Das sagte ich doch gerade, oder?"

„Entschuldige, Tommy, aber kannst du mir den Mann beschreiben? Irgendetwas Auffälliges an ihm?"

„Was weiß ich? Ich habe nicht so genau hingeschaut. Groß, muskulös! Schwarze Haare. Hatte so `ne krumme Nase. Mehr weiß ich nicht. Ich war müde. Und der Fuffi in meiner Hand hat mich abgelenkt. Hey, das war früh am Morgen! Da hat man noch andere Sachen im Kopf! Habe mich nur gewundert, dass so einer auf Sie steht!"

„Danke, ich weiß das Kompliment zu schätzen", erwidert Lupus sarkastisch.

„So habe ich das nicht gemeint."

„Danke, Tommy! Schlaf weiter!"

Nadja trudelt an diesem Morgen außergewöhnlich früh – zumindest für ihre Verhältnisse – im Polizeipräsidium ein. Auf dem Weg zu ihrem Büro begegnet sie mehreren Kollegen, die sie freundlich, aber distanziert begrüßt. Dengler kommt ihr entgegen. Er lächelt sie an, aber sie scheint das nicht bewusst wahr zu nehmen. Im letzten Augenblick murmelt sie dann: „Ach, Dengler, Sie sind's! Tut mir leid, ich bin wohl noch etwas müde."

Er lächelt sie gequält an, sagt aber nichts.

„Ist Maria, ich meine Frau Lupus, schon da, wissen Sie das zufällig?"

„Nein, ich habe sie noch nicht gesehen. Abgesehen davon ist noch nichts zu Bruch gegangen und auch noch nichts umgeschmissen worden. Da kann sie also noch nicht da sein." Und dabei grinst er schelmisch.

Nadja grinst zurück, wünscht ihm noch einen wunderschönen Tag und macht sich gemütlich auf den Weg zum Kaffeeautomaten. Den hat sie heute Morgen mal wieder dringend nötig, stellt sie fest.

Als Maria das Gespräch mit Tommy beendet, starrt sie auf das Stückchen Fleisch vor sich, ein Stück, das irgendwann mal eine Zunge gewesen sein könnte. Sie ist sich nicht schlüssig, was sie mit den Sachen machen soll. Ob das wohl von einem Menschen abstammt oder von einem Tier, kann sie nicht beurteilen.

Sie liest immer und immer wieder den Inhalt der kurzen Notiz:

„Wir bedanken uns beim Zeitungsjungen für die freundliche Unterstützung und sein Entgegenkommen. Ihr habt euch mit den Falschen angelegt. Ich glaube, die gespaltene Zunge würde dich auch ganz gut kleiden.

Und noch was. Für deine Kollegin mit dem tiefen Ausschnitt ist das Kinderprogramm hiermit zu Ende: Detskaya programma okonchena"

Natürlich haben sie schon öfters Drohungen bekommen, das bringt ihr Beruf leider mit sich, somit ist das keine Neuigkeit für Maria – selbst wenn es einem dennoch jedes Mal aufs Neue den kalten Schweiß den Rücken runter treibt. Aber was war mit dem „Kinderprogramm" gemeint? Sollte ich mich nicht täuschen?, fragt sie sich.

Sie ist sich sicher, dass sie mit ihren Untersuchungen und Nachforschungen einen Nerv getroffen haben, auch wenn sie selbst noch nicht wissen welchen. Denn das, was sie wissen, ist im Grunde genommen nicht viel. Sie überlegt deshalb, dass sie Nadja nur beunruhigen würde, wenn sie ihr von den Vorkommnissen erzählt. Daher entschließt sie sich, das Erlebte vorerst für sich zu behalten. Sie zieht erneut Einmalhandschuhe an und packt den Brief samt Inhalt in eine Tupperschüssel und legt diese ins Gefrierfach.

Als sie endlich im Revier eintrudelt und an Nadjas Büro vorbeigeht, sieht sie, dass diese bereits hinter ihrem Schreibtisch sitzt. Sie grüßt im Vorbeigehen und fügt noch hinzu: „Ich hole nur schnell noch meinen Laptop und bin gleich bei dir."

Nadja schreckt hoch: „Ach, du bist es!"

„Nein, Maria Mutter Gottes", zischt diese in einem frech-lustigen Ton.

„Schnepfe!", gibt Nadja patzig zurück, und beide müssen grinsen.

Während Maria mit ihrem Laptop und selbstverständlich Brotzeitbox vollbepackt Nadjas Büro betritt, erklärt diese schon: „Mach es dir erst gar nicht gemütlich! Wir fahren noch mal schnell zur Wohnung vom Herrn Fleischmann und schauen, ob wir seine

Kreditkartenabzüge und Bankbelege finden. Wir müssen uns erkundigen, ob es irgendwelche Kontobewegungen gegeben hat, seit der werte Herr verschwunden ist."

„Dann mache ich es mir erst recht gemütlich. Ich bin vorhin Dengler auf dem Weg nach oben begegnet und habe ihn schon darum gebeten, dass er sich damit befasst. Du weißt, er kriegt immer alles raus!"

„Und?", fragt Nadja. „Muss man dir alles aus der Nase ziehen?"

„Na gut, ich mag ihn."

„Das war nicht meine Frage!"

Maria schickt einen angedeuteten bösartigen Blick Richtung Nadja.

Diese lacht sich kaputt und betont: „Obwohl diese Info auch sehr interessant war! Freut mich sehr, aus deinem Mund zu hören, dass du jemanden magst. Aber jetzt ernsthaft. Irgendwelche Kontobewegungen? Geldabbuchungen? Hotels …? Irgendetwas?"

„Weiß noch nicht. Das war gerade mal vor 5 Minuten. Hallo? Jemand zu Hause? Das war auf dem Weg nach oben! Natürlich habe ich noch kein Feedback. Oder aber mein Charme wirkt heute nicht so betörend wie sonst!" Maria erwähnt es eigentlich im Spaß, aber Nadja meint es vollkommen ernst, als sie erwidert: „Quatsch! Der hat schon längst einen Narren an dir gefressen. Du warst nur immer zu beschäftigt und zu hochnäsig, um es zu sehen. Der arme Mann!"

„Ich bin nicht hochnäsig, das ist dein Part! Ha!"

Das Telefon auf Nadjas Schreibtisch läutet.

„Das war jetzt aber schnell", meint Nadja. Aber dann schüttelt sie den Kopf und flüstert: „Nicht Dengler."

Keine Viertelstunde später kommt Dengler tatsächlich schon vorbei und erzählt ihnen, dass Freitag, in der Tat, noch diverse Zahlungen vorgenommen wurden. Zu denen gehören Ausgaben und Abbuchungen, wie z. B. an der bereits erwähnten Tankstelle. Und er erzählt weiter, dass Fleischmann Geld direkt am Automaten abgehoben hatte. Die interessanteste Information hebt er sich für den Schluss auf: In der Früh, also am Samstag, als die Leiche bereits entdeckt wurde, hätte dieser sein Konto und Sparbuch leergeräumt. Und seitdem nichts mehr.

Also sagen beide unisono: „Der hat sich abgesetzt." Maria fügt noch hinzu: „Das ist enttäuschend, aber ich hatte wirklich, wirklich gedacht, dass Willi Fleischmann mit der Ermordung nichts zu tun gehabt hätte. Also hat er tatsächlich Dreck am Stecken und ist untergetaucht."

„Und wenn jemand anderes seine Konten leergeräumt hat, um uns in die Irre zu führen? Vielleicht schaut er sich die Radieschen schon längst von unten an, und wir suchen nach ihm …"

Erhardt schaut ihre Kollegin an und erwähnt noch: „Du liegst mit deinen Vermutungen eigentlich immer richtig! Du täuschst dich nie …"

„Oder aber, wie wir zuerst angenommen hatten, Willi hat irgendetwas beobachtet, ist ungewollt da hineingeraten und musste deshalb untertauchen!", ruft Maria Lupus voller Euphorie aus. „Ja, die Lösung gefällt mir besser."

Dengler, der die ganze Zeit mitgehört hatte, stimmt auch der Zweitlösung zu, natürlich hauptsächlich, um Maria zu gefallen.

Dann erwähnt er noch nebenbei, dass Willi Fleischmann persönlich in der Bank vorgesprochen hätte, das wüsste er deshalb so genau, weil er in der Bank angerufen hätte, um sich sicher sein zu können, bevor er den Damen die Infos weiter gibt. Eine Aussage, die den Damen nur ein enttäuschtes „Menno" entlockt.

„Herr Computerfreak, haben Sie zufällig recherchiert, ob es irgendwelche Verwandte gibt?"

Dengler ignoriert den frechen Ton: „Ja, Maria, äh, ich meine Frau Lupus hatte mich schon darum gebeten. Es gibt nur einen sehr entfernten Verwandten: Er hat einen Cousin zweiten Grades in Schottland. Aber über den gibt es seit Jahren keine Einträge mehr. Keine Sterbensurkunde zu finden, aber auch keine aktuelle Adresse. Nichts. Nada. Rien. Die Spur verläuft sich im Nirgends, eben eigentlich alles Dead End. Diese Spur führt nirgendwo hin", betont er. „Und abgesehen davon keine weiteren lebenden Verwandten mehr. Sorry."

„Mist! Verzeihung! Vielen Dank, Dengler! Sie haben tolle Arbeit geleistet. Mal wieder!" Und dann an Maria gewandt: „Jetzt liegt es an uns, was wir daraus machen."

„Von mir auch danke!", betont Maria und starrt Dengler hinterher. Dieser dreht sich noch mal um und winkt ihr zu. Die Kommissarin schmunzelt und schnauft einen Tick zu laut.

„Ich hole mir von unten einen Kaffee, magst du auch was?" Aber dann sieht sie, dass Lupus nur den Kopf schüttelt und dabei ist, ihre Brotzeitbox auszupacken, als hätte sie vor, auf dem Schreibtisch zu picknicken.

„Die Decke fehlt!", bemerkt sie daher in einem zynischen, spöttischen Ton.

„Ich sage nur: purer Neid! Magst du auch was?"

Nadja verneint und geht ohne weitere Erklärungen.

Als sie wiederkommt, stellt sie fest, dass Maria am Hörer klebt. Sie vernimmt nur: „Herr Doktor, Frau Erhardt ist jetzt auch da, ich stelle Sie gleich auf Lautsprecher."

Nadja zieht die Stirn kraus und formt ein Fragezeichen mit den Augen.

Maria deckt die Sprechmuschel ab und flüstert: „Dr. Rares." Dann stellt sie das Gespräch auf laut.

„Hallo, Frau Kriminalhauptkommissarin", grüßt der Pathologe. Nadja mag es nicht, wenn man sie so tituliert, auch wenn es stimmt. Sie findet, es klingt zu formell, dabei kennen sie sich schon seit Jahren.

„Hallo, Herr Doktor!", erwidert sie dann. „Was gibt es von der Leichenfront zu berichten?"

„Nur ein paar Extradetails – und die genaue Todesursache steht jetzt fest. Ich bin in zwei Minuten oben bei Ihnen."

Keine zwei Minuten später trifft der Pathologe auch schon wirklich ein.

Sein Gang ist immer so leicht, dass Nadja und Maria es gar nicht zur Kenntnis nehmen, dass dieser bereits hinter ihnen steht. Erst als er loslegt und so anfängt, als wären sie bereits mitten in einem Gespräch, schrecken beide hoch: „Also, das mit der Zunge hatte ich Ihnen schon mitgeteilt."

„Hallo, Herr Doktor …", beginnt Nadja, aber Dr. Rares führt seine Schilderungen resolut weiter: „Ich konnte allerdings keine Okkulten, Mythen oder Organisationen finden, die so etwas anwenden, um auf sich aufmerksam zu machen. Auch nicht, um jemanden zu bestrafen. Sie wissen ja: Ich halte nur Tatsachen fest, die Puzzleteile müssen Sie finden, sorry!" Und während er das bemerkt, schaut er beide eindringlich an.

Nadja und Maria nicken. Also fährt er unbeirrt fort: „Dass er gefoltert wurde, auf grund der vielen Hämatome und Schnitte – was wir sowieso alle angenommen hatten –, das kann ich Ihnen auch bestätigen. Ich muss aber sagen, und das soll bitte nicht abgebrüht oder gar herzlos klingen: Ich habe schon Schlimmeres gesehen. Also, entweder hat er schnell geplaudert, oder er hatte sowieso nicht viel zu enthüllen, was weiß ich!"

„Was war mit den Spuren an den Gelenken?", fragt Maria.

„Ja, das haben Sie gut erkannt. Man findet an den Händen und Füßen Abrasionsspuren. Definitiv Fesselspuren. Aber das war, bevor er die Wassertemperatur getestet hat."

„Und was schließen wir nun daraus?", übergeht sie seinen makabren Witz.

„Um die Wahrheit zu sagen, glaube ich, dass diese Folterspuren zugefügt wurden, um uns auf die falsche Spur zu lenken. Das schaut irgendwie alles etwas zu sanft, fast theatralisch aus. Und ich glaube auch nicht, dass man versucht hätte, irgendwelche Informationen aus ihm herauszupressen. Ich glaube nicht, dass das der Grund war, weshalb er getötet wurde. Das kommt mir alles etwas getürkt vor. Aber das ist, wie bereits erwähnt, meine Schlussfolgerung auf grund der leichten Verletzungen. Anschließend hat man ihm eine Giftspritze verabreicht, und das war's dann auch schon! Aus und vorbei!"

„Und? Ertrunken?"

„Nein, er ist nicht ertrunken. In der Lunge war überhaupt kein Wasser zu finden. Zu dem Zeitpunkt, als er ins Wasser geworfen wurde, war er vermutlich bereits ca. zwei bis höchstens drei Stunden tot. Das injizierte Gift hatte ihm den Garaus gemacht."

Und wieder dieser möchtegern -lustige Unterton, denkt sich Nadja und fragt dann weiter, so, als hätte sie ihre Gedanken versehentlich laut ausgesprochen: „Wieso wartet jemand zwei, drei Stunden ab, um sich der Leiche zu entledigen?"

„Tja, die Frage gebe ich gerne an Sie weiter. Abgesehen davon: Ein paar wenige Infos hätte ich schon noch. Er hatte am besagten Abend noch gut diniert. Gewähltes Essen und einen guten Tropfen dazu. Das, was er zu sich genommen hat, wird Sie vermutlich nicht interessieren, falls doch, geben Sie mir Bescheid. Aber allein schon auf grund dessen kann man getrost davon ausgehen, dass es sich dabei nicht um Selbstmord handelt. Na gut, das hatten weder Sie noch ich angenommen!", bestätigt Dr. Rares und nimmt dabei den Polizistinnen, die bereits etwas einwenden wollten, den Wind aus den Segeln.

„Aber zumindest kann man diese Möglichkeit definitiv ausschließen. Und noch was: Gleich hinter dem Gaumenzäpfchen, noch gar nicht richtig in der Speiseröhre, befand sich ein winziges Stückchen getrockneter Acrylkleber. Das fand ich etwas bizarr. Wieso der da war, da kann ich mir keinen Reim darauf machen. Wäre der weiter nach hinten gerutscht, wäre er mir entgangen, daher schließe ich daraus, dass er es Sekunden vor seinem Tod verschluckt haben muss."

„Das ist wirklich komisch! Hmmmm! Und bezüglich des Zeitpunktes, als er im Wasser gelandet ist?"

„Anhand der Wassertemperatur kann ich Ihnen die Aussage des Anglers bestätigen. Das, was dieser Herr zu Protokoll gegeben hatte, stimmt mit dem überein, was ich festgestellt habe, nämlich, dass die Leiche wirklich nicht mehr als ca. vier bis fünf Stunden im Wasser gelegen haben kann, bevor sie von den Anglern rausgefischt wurde."

„Hatten Sie Zeit, die Fingerabdrücke durch die Datenbank laufen zu lassen?", fragt Erhardt.

Dr. Rares mustert Nadja kurz, dann betont er: „Hübsch schauen Sie wieder aus! Eine Augenweide für müde Menschen!" Er dreht sich um, starrt Maria an, seine Augenbrauen wandern kurz nach oben, dann erwähnt er, vermutlich mehr aus Höflichkeit als aus Ehrlichkeit heraus: „Sie natürlich auch!" Maria verdreht nur die Augen.

„Ja, ich habe die Fingerabdrücke durchlaufen lassen, aber der ist uns leider nicht bekannt. Keine Vorstrafen, sorry. Soll nicht heißen, dass er nichts angestellt haben kann, sondern nur, dass er uns nicht bekannt ist. Eben nicht einschlägig vorbestraft, würden Sie sagen. Na ja, klar wissen Sie das auch schon."

„Und abgesehen davon? Was ist mit dem Auto? Dort vielleicht etwas Interessantes gefunden?"

„Ja, und das ist der springende Punkt …"

Just in diesem Moment klingelt Nadjas Handy. Sie würde gerne den Anruf abweisen, aber das Display zeigt die Nummer ihres Mannes an. Entschuldigend nimmt sie ab.

„Fass dich bitte kurz!", brüskiert sie ihn. Doch schon im nächsten Augenblick weicht ihr alle Farbe aus dem Gesicht, und sie setzt sich hin. Maria geht mit großen Schritten auf ihre Kollegin zu, bleibt aber sofort wieder stehen. Ein Blick von Nadja, und sie verstehen sich ohne Worte. Dann schüttelt Erhardt den Kopf. Die Hand am Hörer zittert, obwohl sie sichtlich versucht, das Zittern unter Kontrolle zu bekommen. Eine Träne löst sich aus dem Winkel ihres rechten Auges. Trotz der Sorge um ihre Freundin schaut Maria Nadja voller Bewunderung an und kann sich nur immer wieder darüber wundern, wie ihre Kollegin weinen kann, ohne die Schminke zu verschmieren. Das ist ein Kunststück! Ich würde sofort wie ein Zombie aus „Thriller" ausschauen, stellt sie fest und begutachtet ihre saloppe Kleidung mit den bequemen Turnschuhen. Nadja dagegen schaut mal wieder aus, als hätte sie einen Designerladen leer gekauft. Na ja, im nächsten Leben, überlegt sie und lächelt zufrieden.

Als Nadja aufgelegt hat, schaut sie den Pathologen und ihre Kollegin an, teilt ihnen mit, dass ein Notfall in der Familie eingetreten wäre, und sie würden das Gespräch später fortsetzen müssen. Mit einem Sprung ist sie bei ihrer Tasche, schnappt sich diese und ist zur Tür raus.

Dr. Rares und Lupus stehen da, etwas fassungslos. Die Polizistin scheint als Erste ihre Stimme wieder gefunden zu haben: „Oh menno, hoffentlich nichts Schlimmes!"

„Ist das Ihr Ernst?", rügt der Pathologe. „Frau Erhardt stürzt hinaus, weil ein Notfall eingetreten ist, und Sie meinen, es wäre nichts Schlimmes?"

Maria steht etwas betreten da. Sie fühlt sich wieder wie eine Zehnjährige, die etwas Unerlaubtes angestellt hat.

Der Doktor bemerkt offensichtlich seinen Fauxpas und sagt beruhigend: „Tut mir leid, ich bin wohl etwas übermüdet." Maria lächelt schüchtern.

„Na, wie dem auch sei, ich würde vorschlagen, wir beide wenden uns anderen Aufgaben zu. Geben Sie mir bitte Bescheid, sobald Frau Erhardt wieder da ist, dann können wir das Gespräch weiterführen."

„aund Ihre Entdeckung?"

„Hat Zeit!"

Nadja sitzt im Auto. Ihr Blick scheint ins Nichts zu gehen. Autos fahren an ihr vorbei, aber sie ist mit den Gedanken ganz weit weg. Sie scheint ihren Erinnerungen zu erliegen: sie mit ihrem Papa beim Baden, sie mit ihm im Autoskooter, sie beide auf dem Jahrmarkt … Aber dann kehrt sie in die Realität zurück und stellt den Wagen auf dem Krankenhausparkplatz ab. Sie rennt die Treppen rauf in den zweiten Stock, nimmt immer wieder zwei Stufen auf einmal, während sie versucht, sich an die Zimmernummer zu erinnern, die ihr ihr Mann zwanzig Minuten zuvor durchgegeben hatte. Als sie vor dem Zimmer 231 steht, klopft sie zuerst nur zaghaft. Dann etwas fester. Ihr Mann macht die Tür auf. Sie fällt ihm in die Arme, lässt aber sofort los und geht mit großen Schritten zum Bett ihres Vaters, der mit verbundenem Kopf ruhig schläft. Sie schaut ihren Mann fragen an. Dieser nickt nur und deutet Richtung Tür.

„Wie schlimm ist es?", fragt sie ganz aufgelöst.

„Er ist über den Berg. Offensichtlich hat er die rote Ampel missachtet und wurde ganz einfach angefahren. Tut mir leid! Aber er ist stark! Es wird schon wieder!" Dabei zieht er Nadja zu sich her, nimmt sie fest in die Arme und streichelt ihr über die Haare. Dicke Tränen rollen ihr die Wange runter. Im nächsten Augenblick löst sie sich aus seiner Umarmung und entschuldigt sich bei ihm, um ein Telefonat zu führen. Sie wählt die Nummer ihrer Kollegin. Maria nimmt sofort ab.

„Entschuldige, dass ich so schnell abgedüst bin. Ich wollte nur schnell mal Bescheid geben, damit du dir keine Sorgen machst. Mein Papa hatte einen leichten Unfall …"

„Tut mir leid, das zu hören!" Dabei lässt sie versehentlich den Hörer fallen.

„Ist zum Glück nicht so schlimm wie befürchtet …"

„Entschuldige, was sagtest du?"

Nadja verdreht die Augen: „Na, was ist es dieses Mal?"

„Nichts, nur Hörer runtergefallen. Was sagtest du eben?"

„Ich sagte, nicht so schlimm wie befürchtet. Hör mal, jetzt, wo der Schreck vorbei ist und ich meinen Papa gesehen habe, könntest du bitte Dr. Rares anrufen? Ich könnte in ca. einer Stunde wieder da sein."

„Willst du nicht vielleicht …"

Aber Nadja schneidet ihr schon das Wort ab: „Nein, wir sehen uns gleich!" Sie legt schon auf.

Als Nadja im Büro eintrudelt, sitzen der Pathologe und ihre Kollegin am Tisch und unterhalten sich angeregt über etwas, das Nadja nicht hören kann. Sobald Dr. Rares sie erblickt, fängt er in seiner üblichen Art ein Gespräch mitten im Satz – ohne sich mit einer überflüssigen Floskel wie Guten Tag oder Ähnliches aufzuhalten – an: „Wo waren wir noch mal stehen geblieben? Ach ja, die DNA. Sie werden es nicht glauben, aber als ich die DNA der Leiche mit den Spuren im Auto verglichen habe, und zwar mit den Spuren aus dem Kofferraum des Wagens, um genau zu sein, da wurde ich fündig. Beim Vergleich ergaben diese eine 99,9 % ige Übereinstimmung. Diese Spuren befanden sich nirgendwo sonst! Nur im Kofferraum! Also, ich würde meinen, es könnte durchaus sein, dass unser Opfer den Wagenbesitzer gekannt haben muss. Warum sonst sollten sich seine Spuren im Auto befinden?"

„Stimmt!", sagen beide Kolleginnen gleichzeitig. „Könnte aber auch sein, dass die Leiche in einen beliebigen Kofferraum gelegt worden ist", fügt Maria etwas kleinlaut hinzu.

„Möglich! Und noch was: Das waren nicht die einzigen Spuren, die ich im Auto gefunden habe."

„Nicht?", fragen beide Polizistinnen erneut gleichzeitig.

„Nein! Es befanden sich noch weitere Spuren von DNS und Blutspritzer darin, allerdings habe ich diese noch nicht identifiziert."

„Oh! ..."

„Ich war gerade dabei zu eruieren, was wir in der Datenbank haben, aber ich wollte Sie vorab schon mal auf den neuesten Stand bringen. Ich melde mich später bei Ihnen. Oder auch viel später sogar."

Erhardt und Lupus schauen Dr. Rares fragend an. Seine Stirn kraust sich, als wäre er irritiert.

„Es befanden sich wirklich viele, viele, viele verschiedene Fingerabdrücke darin! Dieses Auto wurde schon recht lange nicht mehr geputzt, wenn ich das so nebenbei erwähnen darf. Vermutlich könnte ich im Notfall auch noch Cäsars Tod aufklären und den Mord an Kennedy auch, wenn ich mich ein bisschen anstrenge."

Die zwei prusten los. Nadja entgegnet: „Wirklich so schlimm?"

Dr. Rares schnauft. Maria macht einen abwesenden Eindruck. Der Pathologe schaut sie an und fragt sarkastisch: „Und, Frau Lupus? Was könnte ich in Ihrem Auto finden? Den Grund für den Untergang von Atlantis?"

„So in etwa!", antwortet diese und zuckt mit den Schultern.

„Ist nicht böse gemeint!"

„Keine Angst, das trifft mich nicht!"

„Gut! Ach ja, noch was: Ein paar der Fingerabdrücke konnten wir tatsächlich schon identifizieren und jemandem genauen zuordnen. Wie gesagt, die anderen laufen noch durch unsere Datenbank. Aber diese hier gehören einem gewissen Walter Bauer. Ich weiß nicht, ob Ihnen der Name geläufig ist, aber das ist auch so einer von denen, die so ziemlich überall mitmischen. Im negativen Sinne, versteht sich!"

„Das heißt", erwidert Maria Lupus, „wenn wir diesen Walter – schlag mich tot …"

„Bauer!", korrigiert sie der Mediziner.

„Ja, Bauer! Durch unser System laufen lassen, wird uns dieser auch keinen konkreten Anhaltspunkt liefern, damit wir unser Opfer identifizieren können. Schade!"

„Aber angesehen davon: W as fangen wir jetzt damit an, dass sich das Mordopfer und Willi gekannt haben oder sich zumindest zeitweise über den Weg gelaufen sind? Und noch schlimmer: Was, wenn sie sich bis zu diesem Zeitpunkt, als das Verbrechen geschah, noch gar nicht gekannt haben? Dann ist das auch eine Dead-End-Street", schnauft Nadja.

„Meine Damen, ich lasse Sie jetzt. Dann können Sie mit Ihren Recherchen fortfahren und ich mit den restlichen Untersuchungen. Sie kriegen von mir die bisherigen Details in ein paar Minuten per Mail geschickt. Die Kollegen und ich möchten jetzt noch die ziemlich unbrauchbaren Autospuren vom Tatort mit denen von diesem Wagen hier vergleichen, wobei ich ehrlich gesagt schon stark davon ausgehe, dass eine gewisse Übereinstimmung existieren könnte."

„Ja, das kann gut sein", meint Maria.

„Noch was! Am Auto selbst, und zwar auf der Unterseite, war ein GPS-Peiler angebracht."

„Ach, so, dann hat wohl jemand seine Fahrten überwacht!", stellt sie weiterhin fest.

„Ach so, ja, ja, ja. Und dann gibt's noch die ganzen Abdrücke in der Wohnung des Herrn Fleischmann. Wir haben diese auch noch nicht alle untersucht. Das wird auch noch etwas dauern."

„Ja, das ist ganz wichtig!"

„Ich glaube, Sie, Frau Erhardt, hatten erwähnt, dass der Mann keine Handschuhe trug, als er Ihnen die Tür geöffnet hat."

„Ja, das stimmt, das hatte ich erwähnt. Wir kennen mittlerweile auch schon seine Identität."

„Ich muss Sie aber leider enttäuschen, dem können Sie momentan nichts anhängen: Dieser Mann hat seine Spuren gründlich entfernt, pauschal ausgedrückt: Er ist vom Fach. Nichts zu finden! Zumindest an der Tür nicht. Er wusste, dass seine Spuren verschwinden müssen."

„Mist, wieder nichts!", fährt sie ehrlich entrüstet fort.

„Aber wir sollten nicht verzagen, es ist nicht so, dass wir überhaupt keine Fingerabdrücke gefunden hätten, nur diese an der Tür, die waren leider nicht mehr vorhanden", fügt Dr. Rares noch hinzu und verabschiedet sich.

Nadja wendet sich Maria zu und betont: „Dir ist jetzt aber schon klar, dass wir Willi Fleischmann hiermit zur Fahndung freigeben müssen, oder? Vermutlich hat er seine Wohnung selbst durchwühlt, um uns von sich abzulenken. O der war das vielleicht doch Vassily?", faselt Erhardt.

„Ja. Vermutlich hast du recht. Fleischmann sollten wir wirklich schleunigst finden. Dengler hat vorhin angerufen", informiert Maria ihre Kollegin.

„Hat er noch was rausgekriegt zwecks Zahlungen?"

„Äh, das war eher inoffiziell. Denke ich. Abgesehen von der Mitteilung, dass Willi Fleischmann seit Samstag keine der Kreditkarten mehr benutzt hat."

„Das war inoffiziell, weil?"

„... er was von wegen Tee trinken und Weiteres gestammelt hat."

„Du hast ein Date! Du hast ein Date!" Und dabei singt Nadja fröhlich.

„Nein, ich glaube, das ist kein Date. Ich glaube, der will nur mit mir was besprechen, vermutlich Arbeit", winkt sie ab.

„Mensch, Maria! Manchmal glaube ich wirklich, du bist auf den Kopf gefallen! Natürlich ist das ein Date!"

„Um drei Uhr am Nachmittag? Bin ich ihm nicht mal ein Abendessen wert? Ich glaube, ich sage ab." Und dabei wiegt sie den Kopf unentschlossen hin und her.

Nadja verdreht nur die Augen. „Wie kann man nur so kindisch sein? Natürlich gehst du hin."

Montagnachmittag

Montagnachmittag kurz vor fünf Uhr klingelt Nadjas Handy. Diese hört zu, schreibt etwas mit und macht anschließend ein zufriedenes und gleichzeitig bekümmertes Gesicht, als sie ihre Kollegin anschaut und lacht. Maria hält sich ein Kühlpad an die Stirn: „Wie kann man mit dem Kopf gegen die Fensterscheibe prallen?"

„Die war so sauber. Ich dachte, das Fenster wäre offen, und ich wollte nur rausschauen."

„Du bist unmöglich", bemerkt Nadja mit einem Lächeln auf den Lippen. „Wieso passieren dir nur andauernd solche Sachen?"

„Glaubst du, ich bin froh darüber? Wer war's gerade eben? Deinem Lächeln nach – lass mich raten: Es ist eine Vermisstenmeldung eingegangen, oder? Männlich, groß, dunkelhaarig?"

„Da hast du mal wieder recht, Freundin! Unsere Leiche hat einen Namen: Dr. Ralf Koch. Natürlich müssen wir es erst von jemandem bestätigen lassen, aber alles deutet daraufhin, dass unser Opfer Dr. Koch war. Oje, das wird mein Mann nicht gerne hören!"

„Dein Mann?", fragt Maria komplett erstaunt. „Wieso dein Mann? Was hatte der denn damit zu tun?"

Nadja übergeht gekonnt die Frage und entgegnet nur: „Frau Lucia Dumitru, Willis Bekannte, hat uns mitgeteilt, dass der Doktor vermisst wird und uns angeboten, ihn auch zu identifizieren, sollte es sich bei unserer Leiche um diesen handeln. Laut ihrer kurzen Beschreibung deutet alles darauf hin, dass es sich dabei tatsächlich um den Herrn Doktor handelt."

„Jetzt fügen sich die Puzzleteile zusammen", meint Nadja nur und geht nicht weiter auf Marias vorherige Frage ein. „Ja, es schaut so aus, als hätte unser Willi doch mit dem Opfer was zu schaffen gehabt. Schließlich haben sie zusammengearbeitet.

Natürlich vorausgesetzt, Frau Dumitru identifiziert das Opfer als Dr. Koch."

„Aber was sollte Willi für einen Grund gehabt haben, diesen ermorden zu wollen? Ich weiß nicht, du kannst mich für dumm erklären. Aber obwohl ich diesen Will nicht kenne, kann ich mir einfach nicht vorstellen, dass er jemanden foltern könnte. Irgendetwas passt da nicht!", erwidert Maria Lupus entschieden.

„Sie haben zusammengearbeitet! Vielleicht Streit, vielleicht Liebe. Vielleicht waren sie schwul und der Doktor wollte nicht mehr! Es soll Morde aus nichtigeren Gründen gegeben haben, nicht wahr?"

„Quatsch! Willi ist nicht schwul! Der mag doch Lucia, ich meine Frau Dumitru."

„Vielleicht war das nur Tarnung!"

„Nein, nein, nein und nochmals nein!"

„Du bist und bleibst eine hoffnungslose Romantikerin!", sagt Nadja anerkennend. „Komm, lass uns hinfahren, sonst ist Frau Dumitru vor uns in der Rechtsmedizin."

Lucia betritt das Polizeirevier mit einem schwarzen, jedoch offensichtlich teuren Anzug bekleidet. Vermutlich in der Annahme, dass sie dem toten Doktor damit die letzte Ehre wird erweisen können, sollte es sich bei dem leblosen Körper tatsächlich um den des Doktors handeln.

Maria nimmt sie in Empfang und hakt sich bei ihr unter, so, als würde Lucia eine leichte Stütze brauchen. Und so eingehakt gehen sie, wie ein altes Ehepaar, zusammen in die Abteilung der Rechtsmedizin.

Der Raum ist kalt. Die grelle Beleuchtung lässt die Leiche auf dem Tisch noch blasser aussehen, als sie es eh schon ist …

Die Assistentin scheint zu frösteln, als sie an den toten Körper näher herangeht. Eine Zeitlang sagt sie nichts, starrt nur auf den leblosen Menschen vor sich, dessen Seele schon längst entflohen war. Ihr Gesicht ist starr. Zeigt keine Gefühlsregung. Abgesehen von dem erschreckend kränklichen Eindruck, den sie auf einmal macht. Maria beobachtet Frau Dumitru, wie sie, wie versteinert, den Leichnam fixiert. Sie fühlt jedes einzelne Haar ihres Körpers sich aufrichten. Sie traut sich nicht, sich zu rühren. Erst als Lucias Zähne zum Klappern anfangen, geht sie hin und zieht sie abseits, damit diese den Blick abwenden kann.

Gerade als Nadja zu ihnen dazu stößt, identifiziert die Laborantin die Leiche, die tatsächlich mal der renommierte Dr. Koch war, und bricht in Tränen aus. Fluchtartig verlässt sie den Raum. Maria folgt ihr und weist ihr, vorausschauend, mit einer Kopfbewegung, die Richtung zur Damentoilette. Die Laborantin erblickt diese, stürzt hinein und übergibt sich ausgiebig. Als sie wiederkommt, wartet Lupus mit einer Tasse Tee bereits auf sie.

„Frau Dumitru, geht's wieder? Kann ich Sie was fragen?", fragt Maria leise.

Diese nickt nur stumm und schnäuzt sich geräuschvoll.

„Als wir Sie am Wochenende besucht haben, da erwähnten Sie den Doktor noch gar nicht. War dieser am Freitag noch in der Arbeit?"

Lucia schaut beide mit verheulten Augen an und nickt nur stumm.

„Aber als Sie heute anriefen, da meldeten Sie sich gleich bei uns. Glauben Sie, dass Herr Fleischmann damit was zu tun haben könnte?"

„Nein! Ganz entschieden nein! Willi ist ein ganz harmloser Mensch, der kann damit nichts zu tun haben!", schreit sie wutentbrannt auf.

Nadja ergreift sofort das Wort: „Wir haben so viele unscheinbare Menschen gesehen, denen man auch nichts zugetraut hätte, und dennoch haben diese Böses angerichtet. Einem Mörder steht es leider nicht ins Gesicht geschrieben. Das wäre eine ganz schöne Arbeitserleichterung für uns." Und dabei streichelt sie Frau Dumitru über den Arm.

„Wieso hat ihn bisher niemand vermisst und niemand vermisst gemeldet? Wir haben die Leiche immerhin schon seit Samstag, und heute ist der Tag auch schon fast rum", sagt Maria.

„Ach so, ja, wir wissen alle nicht viel über ihn. Und damit meine ich unser Team in der Praxis. Der Herr Doktor war sehr darauf bedacht, sein Privatleben strikt von der Arbeit getrennt und geheim zu halten. Ich weiß daher nichts über eine Lebenspartnerin, aber verheiratet war er jedenfalls nicht. Und vermutlich hat ihn bisher niemand vermisst, so traurig das auch klingt!"

„Das würde es erklären. Schließlich war es Wochenende, als die Leiche gefunden wurde. Aber was ist mit Ihren Kollegen? Wieso hat sich heute abgesehen von Ihnen niemand sonst gemeldet?"

„Keine Ahnung! Ich nehme an, dass niemand etwas Schlimmes hinter seinem Wegbleiben vermutet und wahrscheinlich den nächsten Tag noch abwartet …"

„Ja, wahrscheinlich. Da gebe ich Ihnen recht."

„Wissen Sie", fügt Lucia noch hinzu „wir hatten glücklicherweise nur einen Transfer für heute angesetzt, und den haben Dr. Spange und ich durchgeführt. Aber wie geht es jetzt weiter? Sie müssen verstehen, wir haben so viele Patientinnen, die ihre Behandlung nicht abbrechen können. Diese ewig lange Prozedur lässt sich keine freiwillig grundlos erneut antun. Niemand bricht ohne triftigen Grund das Verfahren ab. Und niemand lässt freiwillig ihre Embryos eingehen, um komplett von vorne anzufangen: mit Nasensprays, Spritzen, ewigen Kontrollen von Blutwerten und heranreifenden Eizellen, nur weil einer der Ärzte nicht anwesend ist. Es gibt so viele Berufstätige, die niemandem mitgeteilt haben, dass sie eine solche Tortur über sich ergehen lassen. Und solche Frauen können es nicht einfach neu starten, ohne dass es auffällt. Verstehen Sie? Aber ohne Dr. Koch? Ich weiß nicht! Dr. Spange ist zwar sofort eingesprungen…"

Und wieder ergreift Nadja das Wort: „Sehen wir das so: Die Praxis ist möglicherweise ein Tatort. Vielleicht auch nicht, wer weiß? Ein Ort, wo vermutlich ein Mord geschah – oder auch nicht! Na ja, um ehrlich zu sein, sind heute im Laufe des Tages mit höchster Wahrscheinlichkeit sowieso alle Spuren zertrampelt worden … Wir werden dennoch eine Truppe hinschicken, damit sie schauen, ob was zu finden ist. Bis morgen früh sollten wir die Praxis wieder freigeben können. Sie und Ihre Kollegen werden sich die Arbeit aufteilen müssen soweit wie möglich. Aber Sie sollten keine neuen Behandlungen anfangen, bevor nicht alles abgeschlossen ist, ich meine damit die Klärung der Tat. Glauben Sie, dass es machbar wäre?", fragt Maria weiter.

„Ich denke, dass Dr. Spange das ganz gut im Griff haben könnte, und wir, also alle anderen aus dem Team, werden das schon irgendwie schaukeln. Oh Gott! Wenn ich daran denke! Wie soll ich es meinen Kollegen nur mitteilen?"

„Das übernehmen wir. Machen Sie sich jetzt erst mal keinen Kopf darüber. Wir danken Ihnen für Ihre Hilfe!", sagt Nadja und fügt noch hinzu: „Wie kommen Sie nach Hause? Sollen wir Sie heimfahren?"

Als diese den Kopf schüttelt, verabschieden Sie sich voneinander. Maria und Nadja fahren sofort zum Haus des Doktors. Unterwegs unterrichten sie die Spurensicherung über die weitere Entwicklung, damit sich diese die Praxis und anschließend das Haus des Arztes vornehmen kann.

„Wieso hat mir Dengler die Anschrift so kurz angebunden durchgegeben?", fragt Nadja und schaut ihre Kollegin stirnrunzelnd an.

„Vielleicht hast du heute ein schlechtes Karma …"

„Ha, ha! Selten so gelacht!"

„Ach, ich habe ihm doch abgesagt …"

„Du bist unmöglich! Der arme Mann! Ich wusste gar nicht, dass du so eine Herzensbrecherin bist. Ich habe dich komplett falsch eingeschätzt!"

Maria übernimmt automatisch Nadjas soeben ausgesprochenen Satz: „Ha, ha! Selten so gelacht!"

„Das entwickelt sich allmählich zu einem Dauerspruch! Das mit Dengler solltest du schleunigst wieder gut machen. Wir brauchen noch seine Informationen", bemerkt Nadja scherzhaft, womit sie sich eine sofortige Grimasse einhandelt.

„Was meinst du, holen wir uns unterwegs schnell was vom Chinesen?", fragt sie weiter, wofür sie ein zustimmendes Lächeln erntet.

Die lauwarme Sommernacht und der klare Sternenhimmel, von einem prächtigen Vollmond beleuchtet, begleiten sie auf ihrem

Weg, aber Lupus und Erhardt haben kein Auge für die am Himmel leuchtenden Sterne. Im Auto ist es wieder einmal still, und beide grübeln über das soeben Erfahrene und lassen die Erlebnisse der letzten Tage nochmals Revue passieren. Natürlich haben sie den Mörder noch nicht gefasst, aber zumindest wissen sie endlich, wer das Opfer war und können anfangen, in dessen Arbeits- und Privatumfeld zu suchen. Und so ungern sie mit der Presse zusammenarbeiten, wissen sie doch, dass die Identität des Opfers bekanntgegeben werden muss und dass die Medien mitunter doch nützliche Informationen ans Tageslicht gebracht haben. Und so tätigt Maria Lupus den notwendigen, aber ungeliebten Anruf, um ihren Kontakt, den Journalistenkollegen Lukas Mayer, über die Gegebenheiten zu informieren.

Das Haus des Doktors macht von außen einen einladenden Eindruck. Tipptopp gepflegter Rasen im Eingangsbereich und kein abbröckelnder Putz an den Wänden. Selbst die sensorgesteuerte Lampe, die sich sofort einschaltet, als sie deren Wirkradius betreten, wirft ein angenehmes schummriges Licht ab. Die Bäumchen im Vorgarten schauen aus, als wären sie erst frisch gestutzt worden. Zwischen den Pflastersteinen, die zum Haus führen, wachsen weder Grashalme noch Moos. Alles in allem: sehr gepflegt. Und so fällt die Unordnung, die man bereits durch die Fenster erspähen kann, unangenehm auf. Bevor sie etwas anfassen und eventuell wichtige Spuren versehentlich vernichten, ruft Erhardt die Spurensicherung an und erkundigt sich, wo diese abgeblieben sind.

„Nicht schon wieder!", kriegen sie zu hören. „Wo Sie hingehen, ist Hopfen und Malz verloren!", entgegnet die Stimme am anderen Ende. „Wir brauchen noch etwas Zeit hier in der Praxis, aber es sind bereits ein paar Kollegen unterwegs zum Haus. Dürfte nicht mehr lange dauern."

Aus einer gewissen Entfernung betrachten die zwei Kriminalkommissarinnen das Türschloss, das sichtbar beschädigt ist, als sich jemand daran zu schaffen gemacht hatte.

Als die Spusi vor Ort eintrifft, ist es offensichtlich, dass jemand was Bestimmtes gesucht haben muss. Der große Lüster im geräumigen Wohnzimmer brennt noch immer. Die Eindrücke im dichten Teppich zeigen, dass der große Nussbaumtisch beiseitegeschoben wurde. Der Safe fehlt, und sämtliche Papiere liegen am Boden verstreut. Dort, wo vermutlich erst kürzlich noch der Safe gestanden haben muss, klafft ein großes Loch in der Wand. Kampfspuren sind jedoch keine zu sehen. Weder Möbel noch Blumen, von denen es hier reichlich gibt, wurden umgeschmissen. Nur Unterlagen, soweit das Auge reicht. Trotz des herumliegenden Chaos ist es deutlich zu erkennen, dass dieses Haus stilvoll und teuer eingerichtet ist. In einer Ecke steht eine echte chinesische Kommode mit einem Messingleuchter darauf. Dicht daneben ragt bis zur Decke hoch ein wunderschön verzierter ovaler Spiegel. Trotz der Größe erscheint er nicht protzig. Der benachbarte Zeitungsständer scheint filigran bearbeitet und fast kaum sichtbar. Fachzeitschriften türmen sich darin. Auch alles andere in diesem Raum und höchstwahrscheinlich im ganzen Haus scheint mit Geschmack und viel Geld ausgesucht worden zu sein.

Der Blick aus dem Fenster in den Innenhof geht auf eine Doppelgarage. Eine Garage, die offen steht und zwei wunderschöne Autos zum Vorschein bringt. Keines der Autos scheint beschädigt zu sein.

Marias Blick schweift vom Fenster wieder auf die Wand im Zimmer. Ein leises Pfeifen entweicht ihren Lippen, als sie erwähnt: „Das ist ein Picasso! Und mit Sicherheit echt …"

„Echt jetzt?", fragt ihre Kollegin und stellt sich mit Maria in eine Reihe, um auch ihrerseits das Bild besser betrachten zu können. „Glaubst du, dass der Gustav Klimt hier auch echt ist?"

„Würde ich vermuten."

„Wow!"

„Ja!"

Ein paar Minuten später trudelt die Spusi vor Ort ein und holt die Beamtinnen wieder in die Wirklichkeit zurück. Lupus und Erhardt beobachten ihre Kollegen. Jedes Teil wird fotografiert, nummeriert und minutiös dokumentiert: das ewige emsige Treiben von Ameisen oder Bienen, überlegt Maria.

„Tja, meine liebe Maria, vom Mord im Affekt kann also nicht mehr die Rede sein. Da hat jemand was Bestimmtes gesucht."

„Unterlagen. Aber was für Unterlagen?"

„Du nimmst mir die Worte aus dem Mund."

„Aufpassen! Sie kleckern hier alles voll mit Ihren Nudeln-to-go! Sie vernichten wichtige Hinweise und Spuren", kriegen sie von einem sichtlich genervten Beamten zu hören.

„Uuups! Tschuldigung", murmelt Maria und zwängt sich ein gequältes Lächeln auf die Lippen.

„Wieso sind beide Wohnungen durchsucht worden? Welche Unterlagen könnte jemand gesucht haben?", fragt Erhardt, und im Gegensatz zu ihrer Kollegin überhört sie gekonnt die Rüge.

„Du, Nadja, was hältst du davon, wenn wir nochmals zu der Wohnung vom Willi fahren? Hier können wir momentan sowieso nicht viel ausrichten. Wir sind der Spurensicherung vermutlich eh im Weg. Abgesehen davon, ich weiß nicht, wie ich das sagen soll, aber ich habe das Gefühl, dass wir was übersehen. Ich weiß, es besteht kein Grund dazu, trotzdem möchte ich hinfahren …"

„… und wie wir alle wissen, hast du immer recht mit deinen Vermutungen. Also schwing die Hufe. Ups! Schon so spät? Na, auch egal!"

Die kurze Fahrt zur Wohnung vom Willi Fleischmann verläuft wie immer in vollkommener Stille. Beide Polizistinnen genießen es, ihren Stimmbändern eine Auszeit zu gönnen. Das sonst so wort lastige Leben wird kurzzeitig auf Eis gelegt. Sie sind eben ein eingespieltes Team, das oft ohne Worte auskommt.

Nadja stellt den Wagen ab. Sie gehen die Treppen nach oben, doch noch bevor sie die Tür erreichen, können sie bereits erkennen, dass die Polizeiabsperrung entfernt wurde. Alle Bänder liegen am Boden, und das Siegel an der Tür wurde aufgebrochen. Nadja zückt ihre Waffe. Etwas, was sie sehr selten macht, stellt Maria fest.

Die Tür ist nur angelehnt, und als Nadja diese mit dem Fuß aufstößt, sehen sie im leichten Lichtschein der Treppenhausbeleuchtung erneut das Chaos, das sie beim letzten Besuch auch schon empfangen hatte. Sie gehen auf Zehenspitzen rein, bleiben stehen. Maria ruft: „Herr Fleischmann, sind Sie da?" Aber es sind keine Geräusche zu vernehmen.

„Mir stellt es gerade die Nackenhaare auf", flüstert Maria. „Findest du den Lichtschalter?"

Als Erhardt endlich das Licht anknipst, brauchen ihre Augen einen Moment, um sich an das grelle Licht zu gewöhnen. Und das, was sie sehen, würden beide am liebsten wieder wegblinzeln. Maria geht zum Lichtschalter und knipst das Licht wieder aus und wieder an.

„Hast du sie noch alle?", fragt Nadja.

„Ich hatte gehofft, es wäre nur eine Fata Morgana. Ich mache das Licht aus und dann wieder an, und Abrakadabra: Es ist weg."

„Mensch, Maria, du hast echt einen Knall!" Nadja muss lächeln, trotz der Umstände: Ein Mann liegt mitten im Raum. Das Gesicht ist nach hinten abgewandt, weg von der Tür. Aber selbst so können sie sofort erkennen, um wen es sich dabei handelt.

Maria brabbelt nur: „Das gibt's doch nicht! Glaubst du, er ist tot? Ich will jetzt heim." Dennoch bückt sie sich und berührt den Hals des Mannes, um den Puls zu spüren. Anschließend starrt sie ihre Kollegin an und schüttelt den Kopf.

„Du hattest aber auch mal wieder ein Gefühl dafür!"

„Scheiß-Gefühl!"

„Wie du das machst, ist mir jedes einzelne Mal aufs Neue ein Buch mit sieben Siegeln."

„Das ist nichts, worauf man stolz sein kann", erwidert Maria traurig.

„Das finde ich schon."

„Er ist noch warm. Es kann also gar nicht so lange her sein, dass er ermordet wurde."

„Stürz dich nur nicht wieder drauf!"

„Nicht witzig! Das kann jedem mal passieren!"

„Du meinst: Das kann nur dir passieren!"

„Bla, bla! Ich könnte dir Hunderte aufzählen, denen auch ständig was passiert."

„Fang an!"

„Keine Zeit! Wir haben hier wieder eine Leiche."

„Hast du das Gesicht erkannt?", fragt Nadja.

„Ja."

„Ja, ja, so schnell kann's gehen."

Als Nadja die Nummer der Spurensicherung in die Tastatur tippt, ahnt sie schon die Reaktion, die folgt: „Ernsthaft? Schon wieder? Und dieses Mal mit Leiche? Und Sie kennen auch den Namen? Na, immerhin etwas. Wir sind gleich da."

Als Maria gegen drei Uhr morgens endlich in den Federn liegt, kann sie nicht einschlafen. Zu vieles ist passiert. Die Ereignisse überschlagen sich, und nichts davon ergibt einen Sinn. Obendrein kommt noch die Sache mit Dengler hinzu. Sie stellt sich vor, wie er die meisten Tage allein in seinem Labor verbringt, nur von Computern und technischem Schnickschnack umgeben: Dengler, der Zuverlässige, Dengler der nette, unauffällige Mann (zumindest für andere) von nebenan. Sie hat das Gefühl, ihn zu vermissen. Natürlich mag sie ihn, sogar noch mehr als nur mögen. Aber könnte sie in ihrem Leben ausreichend Platz für ihn machen? Würde sie das überhaupt wollen? Sie war es schon immer gewohnt, allein zu sein und über ihr Leben selbst zu bestimmen. Ein Mann, selbst für eine kurze Dauer, war nicht eingeplant. Und schon gar nicht ein Kollege! Im Hintergrund läuft der Fernseher – Werbung: Eine erwachsene Frau watschelt wie ein Pinguin, und die Kinder, offensichtlich die eigenen, laufen ihr hinterher. Alle lachen! Das Bild der perfekten Familie drängt sich ihr auf. Unwillkürlich stellt sich vor Marias innerem Auge das Bild einer eigenen Familie mit Dengler als Vater vor. Dann denkt sie an ihre Arbeit und an die Gefahren, die diese mit sich bringt, und die Traumblase verschwindet genauso schnell wieder, wie sie gekommen war. Na ja, überlegt sie, eh wurst! Es hat sich sowieso alles erledigt! Was mache ich mir überhaupt Gedanken darüber? Ich habe ihm abgesagt, und damit Schluss! Und dann muss sie an das neue Opfer denken! Wieso habe ich das nicht kommen sehen? Und, stellt sie fest, wie bei der letzten Leiche war auch diese hier mit Hämatomen und Schnittverletzungen übersät. Wie können Menschen nur zu solchen Taten fähig sein? Und was verleitet einen Menschen dazu, einen anderen Menschen zu foltern und zu töten? Ist jeder von uns von Geburt aus böse, nur dass es die meisten Menschen unterdrücken können, während es bei anderen durchbricht und sie gewalttätig werden? Wieso frage ich mich das andauernd? Ich bin schließlich Polizistin geworden, um solche Täter zu fassen, nicht, um hinter ihr Denken zu gelangen, sonst wäre ich Psychologin geworden, oder?

Und das mit Dengler kann ich mir morgen auch noch durch den Kopf gehen lassen. U nd dabei schläft sie endlich ein.

Die Müdigkeit und die Anstrengungen der letzten Tage fordern ihren Tribut, und auch Nadja fällt müde ins Bett.

Am nächsten Morgen wacht sie mit den ersten Sonnenstrahlen auf. Ein dumpfes Gefühl von Traurigkeit überkommt sie, als sie ihren schlafenden Mann liebevoll betrachtet. Sie muss an den Tag denken, als sie sich den Hund zugelegt hatten. Sie waren auf einer Hundeausstellung. Alle Hundebabys waren süß, aber dann sahen sie sie: Queeny. Gerade mal drei Monate alt und schon mit Ziegenbärtchen: ein kleiner Scottish Terrier in Grau- Weiß, Salz und Pfeffer genannt. Und der ganze Hund hatte gewackelt, als sie sich bückte, um ihn zu streicheln, und sie wussten sofort: Das ist unser Hund. Das alles scheint so weit zurückzuliegen, dabei ist es gerade mal zwei Jahre her, dass man ihr mitgeteilt hatte, dass sie keine Kinder haben könnte.

Zärtlich streichelt sie den Kopf des kleinen Hundes, der an ihren Füßen liegt und sie mit den gutmütigsten Augen, die man sich vorstellen kann, anhimmelt.

Der Bericht des Pathologen lässt am nächsten Morgen nicht lange auf sich warten:

„Ich habe gehört, der Name des Mannes wäre Ihnen bereits bekannt. Dann brauche ich mich nicht mit Kleinigkeiten aufzuhalten. Nur so viel: Erneut gespaltene Zunge. Erneut post mortem zugefügt. Erneut gefoltert. Und ja, erneut Giftspritze. Dieses Mal gekonnt versteckt, und zwar in der Achselhöhle. Der Mörder wollte es mir nicht leicht machen, vermutlich. Warum sich jemand die Mühe sonst machen sollte, es verstecken zu wollen, weiß ich nicht. Das müssen Sie rauskriegen. Bei der letzten Leiche war es gut sichtbar in der Armbeuge gesetzt worden", fügt er noch hinzu, obwohl ihnen das bereits vom letzten Bericht des Mediziners bekannt war …

Seit dem Tag des Transfers ist das Verhältnis zwischen Angestellte und Arbeitgeberin ziemlich derangiert. Maria-Sophie hat das Gefühl, wie auf rohen Eiern zu gehen, während Greta zwischen unfreundlich und unausstehlich schwankt. Dennoch, als sie die Nachricht über das Ableben des Doktors vernehmen, ist die Assistentin die einzige weibliche Person, mit der der Star reden möchte. Aschfahl im Gesicht, greift sie nach Maria-Sophies Hand, eine kalte Hand, aber nicht herzlos kalt.

„Was mache ich jetzt?"

„Du brauchst den Doktor gar nicht mehr!", erwidert Maria-Sophie.

„Aber …"

„Kein Aber, du musst dich schonen, dich ablenken und an schöne Sachen denken. Du musst ihn als eine Episode in deinem Leben abhaken. Nicht böse gemeint, aber, so, wie du es für gewöhnlich mit deinen Männern machst."

„Aber nicht mit Gary!", betont Greta trotzig und ein bisschen stolz.

Der Blick in Maria-Sophies Augen ist leicht erstaunt. Sie versucht mühsam, den Kloß in ihrem Hals nicht zur Kenntnis zu nehmen und ihn runterzuschlucken. Letztendlich schafft sie es. Um ihre vorübergehende Verwirrung zu überspielen, erwidert sie nur: „Ja, außer mit Gary", und dabei leidet sie genauso, wie jeder andere an ihrer Stelle gelitten hätte. Eine ungemütliche, schwierige Stille tritt ein.

Wie aus dem Nichts, so, als würde sie keine Antenne für die Qualen der anderen haben, sagt Greta: „Ich rufe jetzt Dr. Pohl an", womit für sie das Gespräch beendet zu sein scheint und sie eine traurig dreinblickende Assistentin hinter sich lässt.

Da Greta ihrer Meinung nach von Maria-Sophie nicht die erhoffte Aufmunterung erhalten zu haben scheint, ruft sie ihren Frauenarzt an. Seine verschlafene Stimme macht es deutlich, dass er soeben erst aufgewacht war. Daher lässt dessen Reaktion einiges zu wünschen übrig, als er sagt: „Das weiß ich schon! Ist nicht schade um den."

„Wie, Das wissen Sie schon'? Und es ist nicht schade um den? Ich denke, ich habe Sie aufgeweckt?"

„Nein, ich habe mich falsch ausgedrückt. Ich wollte nur sagen, das war zu erwarten."

„Finden Sie?"

Eine betretene Stille setzt ein, dann beendet der Filmstar urplötzlich das Gespräch, schaut seine Assistentin mit großen Augen an und fragt mit einer unschuldigen Mädchenstimme: „Glaubst du, der hatte was damit zu tun?"

„Jetzt mach mal einen Punkt", schmettert Maria-Sophie Gretas Aussage nieder.

Und auch im Hause der Familie Pastor scheint der Haussegen schief zu hängen, als die Nachricht über den Doktor sie erreicht.

„Glaubst du, wir müssen von vorne anfangen?", fragt sie etwas unsicher.

„... und die ganzen Kosten erneut tragen?"

„Ist das dein einziges Problem? Das Geld? Und was ist mit mir? Und mit dem Baby?"

Ein mattes, müdes Schnaufen folgt, bevor Herr Pastor von der gemütlichen weißen Couch in ihrem Wohnzimmer aufsteht und ohne ein weiteres Wort zur Tür hinausspaziert. Und auch die nächsten Tage scheinen keine Abkühlung der angespannten Lage mit sich zu bringen.

Ein paar Tage später

Ein paar Tage vergehen, ohne dass sich Neues im Fall der beiden Leichen getan hätte. Die Praxis läuft weiter, als wäre nichts geschehen, die Obduktion und die Auswertung der Fingerabdrücke wurden abgeschlossen, aber nichts Neues war ans Licht gekommen.

Die Bürotür von Kriminalkommissarin Erhardt wird schwungvoll aufgerissen: „Tu deinen Stinkefüßen was Gutes an, zieh die hübschen Manolo Blahnik oder Wie-auch-immer-Sandaletten an und lass uns eine Runde drehen. Ich will mal in die Praxis des Dr. Koch. Vielleicht bekommen wir was zu hören oder zu sehen, was wir beim ersten Verhör übersehen oder überhört haben", gibt Lupus frech von sich.

„Ja, dir auch einen guten Morgen, liebe Maria! Wegen dir habe ich mein Kleid mit Kaffee vollgekleckert."

„Kann man waschen! Komm, wir holen uns unterwegs etwas Gebäck und statten denen mal einen unerwarteten Besuch ab. Klaro?"

„Bist du besoffen, oder sind das nur Glückshormone?"

„Eine Dame schweigt und genießt."

„Wo ist denn hier eine Dame? Natürlich abgesehen von mir!"

„He! Randale!"

„Nein, ganz ehrlich: Schon wieder? Den Spruch kenne ich schon, den hast du vor ein paar Tagen schon gebracht. Und ein paar Tage zuvor auch schon!", ruft Nadja belustigt aus und grinst dabei. Insgeheim freut sie sich sehr für ihre Freundin, die nicht nur eine großartige Polizistin, sondern auch ein ganz lieber Mensch ist.

In der Praxis angekommen, werden sie sofort von einem attraktiven Arzt, der sich als Dr. Spange vorstellt, mit Beschlag belegt. Es ist mehr als offensichtlich, dass er jetzt der einzige Verantwortliche ist, so, als hätte er die Klinik übernommen, so wie es die Laborantin schon erwähnt hatte. Aus jedem Gesprächsfetzen ist herauszuhören: „Ich habe dieses geschafft, ich habe jenes geleistet …" Eine einzige Aufreihung von Lobgesängen auf die eigene Person, und dabei legt er so viel Bedeutung in seine Aussage, dass man annehmen könnte, er hätte im Alleingang die Welt vor dem sicheren Untergang gerettet. Im Laufe des Gesprächs gesellt sich auch eine adrett gekleidete Ärztin, Dr. Beeren, dazu. Ihr schulterlanges rotes Haar ist glatt gekämmt, ihr Äußeres makellos, und in ihrem ganzen Gehabe mischt eine Spur Autorität und gleichzeitig Leichtsinn mit, wie Nadja Erhardt ohne Neid feststellt. Die Ärztin entfernt imaginäre Fusseln vom Kittel des Dr. Spange, verhält sich ansonsten aber absolut neutral und verabschiedet sich nach nur ein paar Minuten wieder. Und mehr ist auch keinem der weiteren Mitarbeiter zu entlocken. Mehr ist einfach nicht in Erfahrung zu bringen, denn Dr. Koch hatte sein Privatleben von der Praxis geheim gehalten, und über Willi wissen alle nur, dass er Lucia anhimmelte. Einer der Kollegen, Herr Wohle, fügte noch hinzu: „So viel ich weiß, hat Hr. Fleischmann mal an einem Marathon teilgenommen." Was die Kriminalhauptkommissarinnen damit anfangen sollten, war jedoch unklar und blieb in der Luft hängen wie ein Heliumballon an einem Baum.

„Sag mal, was sind das für Leute? Reden überhaupt nicht über Privates", stellt Nadja fest.

„Bäh, Eigenlob stinkt!", ruft Maria aus, kaum dass sie im Revier eintreffen. „Hast du das mitgekriegt: Ich bin toll, ich bin super? V on Dr. Spange? Ich wette, der hat Dreck am Stecken. Der wollte einfach die Praxis übernehmen und tötet den Arzt."

„Ich weiß nicht. Machen wir es uns da nicht zu einfach?"

„Ach ja, und diese Dr. Beeren ist offensichtlich in unseren Dr. Spange verliebt."

„Häh?", fragt Nadja. „Das Gefühl hatte ich gar nicht."

„Sie hat ihn entlaust."

„Spinnst du jetzt? Sind dir die Glückshormone zu Kopf gestiegen und beeinträchtigen dein Denkvermögen?"

„Das nennt sich ‚soziale Fellpflege'. Das machen die Affen auch. Damit bestimmen sie ihre Rangordnung."

„Und Dr. Beeren hat Dr. Spange entlaust?"

„Mach einen Schritt nach rechts! Du stehst auf der Leitung! Nee, die hat ihm imaginäre Fusseln vom Kittel entfernt. Hast du das nicht gesehen?"

„Und das heißt, dass sie ihn mag?"

„Na klar! Und wenn du das bei deinem Mann machst, dann weißt du, dass du ihn magst, und zusätzlich dazu kennst du auch noch deine Rangordnung bei euch zu Hause", grinst Maria und beobachtet Nadja dabei, wie sie die Augen nach oben verdreht und nachgrübelt. Anschließend lacht sie laut und sagt: „Du bist so abgefahren! Deswegen und wegen anderer Kleinigkeiten auch mag ich dich so gern. Kein Wunder, dass Dengler so eingeschüchtert ist und sich nichts traut."

„Ist er gar nicht!" Und dabei klingt Maria wie ein kleines Kind.

„Problem zwei gelöst, Boss", betont Walter Bauer zum Boss gewandt, und seine schwarzen Augen scheinen erneut vor Befriedigung zu leuchten.

Der Mann vor ihm, der soeben mit Boss angesprochen wurde, sagt nichts. Aber die Augen hinter der Brille schießen Pfeile in Walters Richtung: „Bist du blöd? Du hirnloser Esel! Sag mal, wie blöd muss man denn sein, um die Leiche in die Wohnung zu schleppen?"

Walter stottert entschuldigend: „Ich wollte ihn doch nur noch mehr belasten."

„Und wenn sie dich erwischt hätten? Dann hätten sie dich auch mit der ersten Leiche in Zusammenhang gebracht!"

„Nee", betont Walter voller Zuversicht „Es kann gar nichts passieren. Wir bringen sie damit nur auf eine falsche Spur."

Lupus und Erhardt stehen auf dem Flur vor Nadjas Büro und starren aus dem Fenster. Der Blick schweift über das üppige, gepflegte Grün der Sommerwiese unter einem wolkenlosen Himmel.

Maria dreht sich um und beobachtet ihre Kollegin. Kriminalkommissarin Erhardt ist, wie immer, adrett angezogen. Das enge hellblaue schlichte T-Shirt wäre nicht nach ihrem Geschmack, hätte es nicht einen tiefen Ausschnitt. Dennoch, an ihr schaut es nicht vulgär aus. Es passt einfach zu ihr. Die Skinny-Jeans, die sie dazu trägt, betont ihre traumhafte Figur, wie Maria neidlos immer wieder feststellt. Und dazu trägt sie viel zu hohe Absätze. Darauf könnte ich nie laufen, überlegt sie weiter und schaut dankbar auf ihre Turnschuhe runter.

Das Telefon auf dem Schreibtisch klingelt. Nadja rennt hin und schafft es, beim vierten Klingeln abzuheben.

„Ach, ich wollte schon auflegen", keucht eine Frauenstimme, als Nadja sich mit „Kriminalkommissarin Erhardt am Apparat" meldet. „Was kann ich für Sie tun?"

„Hören Sie, wahrscheinlich hat das nichts damit zu tun. Vielleicht hat mein Mann mich einfach nur verlassen. Ach, Entschuldigung, jetzt habe ich mich gar nicht vorgestellt. Mein Name ist Kastell", erklärt eine zittrige Frauenstimme.

„Frau Kastell, was kann ich für Sie tun?", fragt Nadja erneut.

„Ich will nicht hysterisch klingen, aber ich habe gelesen, dass Dr. Koch ums Leben gekommen ist. Wahrscheinlich gibt es da gar keinen Zusammenhang, aber wir waren Patienten bei Dr. Koch, und mein Mann wird seit ein paar Tagen vermisst. Wahrscheinlich mache ich nur die Pferde scheu."

Nadja unterbricht sie höflich und versichert ihr, dass sie und ihre Kollegin sofort vorbeikommen wollen. Sie lässt sich noch schnell die Adresse geben, erklärt Maria, um was es geht, und beide machen sich auf den Weg.

Die angegebene Adresse führt sie über Land, durch scharfe Kurven und letztendlich durch einen Wald, in dessen Lichtung ein Bauernhof steht. Idyllisch!, denkt sich Maria. Aber auch einsam. Ich brauche meinen Stadtlärm mit den hupenden Autos. Nein, nein und nochmals nein, ich könnte niemals aufs Land ziehen. Ich brauche in der Früh frische Semmeln, die ich nicht selbst backen muss. Und ich möchte am Wochenende meine Pizza oder

Sushi geliefert bekommen, wenn ich faul im Bett liegen bleiben will. Na ja, vielleicht denke ich anders, sollte ich mal Kinder haben. Sollte! Wohl gemerkt!

Erhardt parkt den Wagen. Das Wohnhaus schaut, aus der Nähe betrachtet, richtig imposant aus. Etwas heruntergekommen, aber dennoch, immer noch imposant. Maria drückt die Klingel, die am Zaun angebracht ist. Und ohne auf die Einladung des Hausherrn oder der Hausherrin zu warten, drückt sie die Klinke nach unten und geht in den Hof hinein. Nadja folgt ihr auf den Fuß und schließt das Tor hinter sich ab. Als sie sich umdreht und weiter gehen will, steht sie Angesicht zu Angesicht mit einem riesigen Vogel, mit einem Strauß.

„Maria", flüstert sie. „Maria", etwas lauter.

Diese dreht sich um und kriegt einen Lachanfall, bis ein weiterer Strauß dazu stößt und ihr die Lache im Hals stecken bleibt. Dieser bückt sich und klaut Maria die hübsch glänzende Brille, während der andere Vogel Nadja die teure MCM-Tasche zu entreißen versucht.

„Hey, lass das bleiben! Die brauche ich noch!"

„Lula, Gus! Aufhören mit euren Spielen! Lula, gib das Spielzeug wieder her!", ruft eine Frau, die aus dem Haus angerannt kommt. Der Vogel bückt sich, legt die Brille auf den Boden und entfernt sich mit großen Schritten.

„Tut mir leid, sie sind eigentlich zahm. Zu ihrer Verteidigung muss ich aber sagen, dass Sie in unseren Hof eingedrungen sind. Sie sind sozusagen eine Gefahr gewesen. Die Tiere sind sowas wie Schutzhunde", betont die Frau, während sie ihre Hände an der Schürze abtrocknet. Dann streckt sie den beiden die Hand entgegen: „Hallo! Ich bin Frau Kastell. Ich nehme an, Sie sind von der Polizei?"

Ein mickriges und verschüchtertes „Ja" folgt.

Nadja begutachtet die Frau, die ihnen gegenübersteht: eine mittelgroße Frau von ca. 35–38 Jahren. Sie hat gepflegte braune Haare mit leichten rötlichen Strähnen und lackierte Fingernägel, trotz der verlassenen Gegend, in der sie wohnen, stellt Nadja mit Begeisterung fest. Sie ist nur leicht geschminkt. Die Kleidung ist adrett, von der Kochschürze abgesehen nicht auffällig, aber sichtbar teuer. Die bunte Bluse dürfte von Gucci sein. Die legere Hose in Dunkelblau harmoniert wunderbar mit den bunten Schuhen. Um den Hals herum trägt sie keine Kette. Die schlichten goldenen Creolen in ihren Ohren zeugen von gutem Geschmack. Alles in allem eine sehr attraktive und gepflegte Frau. Eine Frau, die man auf einem Bauernhof nicht zu finden hofft.

„Lassen Sie uns ins Haus gehen, da nerven die Tiere nicht. Im hinteren Hof halten wir die restlichen Strauße. Wir züchten Sie, wissen Sie? Aber diese zwei von eben, die sind mit den Kindern groß geworden. Sie sind sowas wie ihre Haustiere." Sie deutet mit der Hand Richtung Haus und nimmt dabei ihre Schürze ab: „Tut mir leid, ich habe soeben einen Kuchen gebacken, daher die Aufmachung."

Beim Gedanken an Kuchen erwidert Maria sofort „Nicht schlimm!" und hofft insgeheim, ein Stückchen abzubekommen. Wir müssen nur das Gespräch ein bisschen in die Länge ziehen, überlegt sie, und dabei lacht sie innerlich.

Nadja schaut sie an, scheint ihre Gedanken erraten zu haben. Sie schüttelt den Kopf. Eine Braue wandert nach oben, und sie grinst Maria an.

Frau Kastell führt die zwei Beamtinnen durch einen langen, mit Kinderbildern behängten Gang, öffnet die zweite Tür auf der linken Seite und weist ihnen den Weg ins Wohnzimmer. Das Haus ist hell und geräumig. Am Boden liegen überall Spielsachen verstreut. Dennoch schaut es nicht unordentlich aus, sondern eher behaglich. Das Haus an sich strahlt Gemütlichkeit aus, stellt Maria fest. Und der Duft, der aus der Küche hereinströmt, macht die Atmosphäre noch angenehmer. Sie fühlt sich fast heimelig, als sie sich in dem großen Kuschelsessel niederlässt.

Frau Kastell dagegen macht einen eher unruhigen Eindruck. Es ist ihr deutlich anzusehen, dass sie sich unwohl fühlt, als sie endlich mit der Geschichte loslegt. Sie erzählt ihnen, wieso sie meint, dass das Verschwinden ihres Mannes etwas mit dem Doktor Koch zu tun haben könnte. Sie erklärt, dass sie vor Jahren bei Dr. Koch in Behandlung gewesen wären, da ihr Mann unfruchtbar wäre, das heißt, dass seine Spermien zu langsam wären, um aus eigener Kraft eine Eizelle zu befruchten und sie deshalb nicht schwanger werden konnte. Aus diesem Grund hätten sie eine IVF-Klinik, also die Kinderwunschklinik, aufgesucht. Sie erwähnt euphorisch, dass sie mit Dr. Kochs Hilfe zwei Kinder gekriegt hätten: Zwillinge. Dann, mit einem Mal, weicht das Lächeln aus ihrem Gesicht, und sie erzählt von der Krankheit, die ihren Sohn Michael ereilt hatte: Nierenprobleme.

„Mein Mann und ich ließen uns untersuchen. Es musste festgestellt werden, wer von uns mit unserem Sohn kompatibel wäre, um ihm eine Niere zu spenden. Es stellte sich heraus, dass ich die leibliche Mutter bin, aber mein Mann nicht der leibliche Vater von Michael ist. Wir ließen daher auch unsere Tochter, Mirabelle, untersuchen. Und siehe da: in ihrem Fall sind wir beide ihre leiblichen Eltern. Verstehen Sie? Ein Kind ist von uns beiden und eines nicht. Wie kann so etwas sein, fragten wir uns? Mein Mann stellte daraufhin – erst kürzlich – Herrn Koch zur Rede. Er meinte, die Embryos wären vermutlich versehentlich vertauscht worden und entschuldigte sich mit einer Menge Geld bei uns. Nun meine Frage an Sie: Ich liebe unseren Sohn genauso sehr, wie ich unsere Tochter liebe. Aber was passiert, wenn eines Tages jemand daherkommt und meinen Sohn zurückfordert? Genetisch gesehen ist mein Mann nicht der Vater. Was dann? Mit Geld kann man nicht alle Probleme lösen! Und jetzt ist mein Mann verschwunden. Ich weiß nicht, vielleicht sind ihm die Sorgen irgendwann einfach zu viel geworden, und er ist deshalb abgehauen? Wissen Sie? Das war ein ziemlicher Schock für uns: Krankheit und Elternschaftsfrage … Vielleicht hat es ihn mehr mitgenommen, als er zeigen wollte."

„Frau Kastell, tut mir leid, wenn ich Sie unterbreche, aber eine kurze Frage vorab: Es ist immerhin bereits ein paar Tage her, dass Ihr Mann weg ist, und Sie haben uns erst jetzt über sein Wegbleiben informiert. Hat das einen bestimmten Grund?", fragt Erhardt.

„Ja, es ist so: Mein Mann ist Computerspezialist. Am Montagmittag ist er zu einem Computerevent aufgebrochen. Mal wieder so eine Konferenz, wo alle Nerds ihre neuesten Ideen vorstellen, miteinander vergleichen und sich gegenseitig überbieten. Ich bin es gewohnt, dass er sich manchmal zwei, drei Tage nicht meldet. Wissen Sie, wenn er mit seinen Computerfreaks zusammen ist, dann vergisst er manchmal die reale Welt vollkommen."

„Hat Ihr Mann irgendwelche Sachen mitgenommen? Kleidung, Pass, Geld?", fragt sie weiter.

„Nicht, dass ich wüsste, abgesehen von den Sachen für die Tagung und seinen heißgeliebten Laptop. Falls er uns wirklich verlassen haben sollte, muss ich betonen, dass er unser gemeinsames Konto nicht geplündert hat, wenn Sie das meinen. Wahrscheinlich denkt er, ich brauche es nötiger. Mit zwei Kindern und so … Ach, übrigens, noch was: Vermutlich ist das irrelevant, aber letztens, das war nach einer durchzechten Nacht mit Freunden, da kam er mit einem blauen Auge und einer leichten Verletzung nach Hause. Das war die Nacht von Freitag auf Samstag. Und als ich ihn darauf angesprochen habe, hieß es, er wäre ausgerutscht und hätte sich versehentlich den Autoschlüssel ins Auge gerammt. Komische Sachen in letzter Zeit, wenn Sie mich fragen."

Eine kurze Pause entsteht, dann fragt Maria: „Halten Sie mich nicht für herzlos, aber können Sie mir erklären, wie das IVF-Verfahren abläuft? Wie kann so etwas passieren? Man kriegt Zwillinge, und sie stammen aber von zwei verschiedenen Vätern ab? Ich habe mich mit diesem Thema leider offensichtlich nicht genug befasst."

„Oh, Sie brauchen sich nicht zu entschuldigen. Das ist ein ganz komplexes Thema, aber ganz einfach zu erklären: Die Spermien meines Mannes waren, wie ich schon erwähnte, extrem langsam und mussten in meine Eizellen injiziert werden, da sie von allein nicht in die Eizellen eingedrungen wären. Dieses Verfahren läuft im Rahmen der In-Vitro-Behandlung ab, also im Reagenzglas, nennt sich aber ICSI. Das heißt, man kann einfach irgendwelche Spermien hernehmen und diese in das Ei injizieren. Es müssen daher nicht zwingend die meines Mannes sein. Ob das bei uns mutwillig passiert ist oder tatsächlich ein Fehler war, weiß ich nicht. Es ist also wirklich ein Leichtes, andere Samen zu verwenden, wenn man nicht aufpasst. Es klingt so lapidar, aber die Folgen sind verheerend."

„Sind denn nicht alle Reagenzgläser beschriftet?"

„Das sollte man meinen!", stöhnt Frau Kastell traurig.

„Frau Kastell, hätten Sie ein aktuelles Foto von Ihrem Mann, auf dem man ihn deutlich erkennt?"

Frau Kastell steht auf, geht zu ihrer Tasche und kramt das Handy raus. Sie blättert in den Fotos und fragt: „Haben Sie WhattsApp? Ach, was, ich drucke es Ihnen schnell aus."

Und noch bevor die Polizistinnen was sagen können, hört man schon das leise Drucken eines Handprinters, den Frau Kastell im nächsten Augenblick aus ihrer Tasche hervorholt. Sie hält den Beamtinnen das Bild eines Mannes entgegen. Maria und Nadja schauen sich das Foto an: ein Mann von ca. 45–50 Jahren, mit einem dichten Bart und Vollglatze. Er macht einen sympathischen Eindruck. Dennoch, Nadja findet Männer mit Bart nicht ansprechend.

„Ihre Tasche ist wie ein Zauberhut! Sie müssen nur den Zauberstock schwingen, und Tada! Was können Sie sonst noch so alles herzaubern?", fragt Maria, sichtlich belustigt.

„Ach, wissen Sie, die Kinder sind manchmal so ungeduldig, da ist es recht praktisch, wenn man unterwegs was drucken kann", murmelt sie entschuldigend. „Eine Sekunde, bitte. Ich muss den Kuchen aus dem Ofen holen. Mag jemand Kuchen oder Kaffee? Oder beides? Tut mir leid, ich bin so unhöflich, ich habe Ihnen noch gar nichts angeboten!" Marias Augen werden ganz groß. Wie in der Schule, setzt sie an, die Hand zu heben und fegt prompt eine auf dem Tisch liegende Tasse auf den Boden. Nadja schaut sie an und schmunzelt, als sie die Tasse vom Boden aufhebt. Erleichtert sagt Maria „Nichts passiert!" und grinst stolz dabei, als hätte sie den ersten Platz beim Hürdenlaufen gewonnen.

Ein paar Minuten später stößt Frau Kastell, vollbeladen mit Tee, Kaffee und Kuchen, erneut zu ihnen.

Während der Verköstigung führen die Damen Small Talk über das Wetter und das Haus. Zum Abschluss erwähnt Nadja noch:

„Frau Kastell, eine letzte Frage bitte, sagen Ihnen folgende Namen irgendetwas: Willi Fleischmann, Vassily Vassilievics oder Walter Bauer?"

Was ist nur los mit Nadja, dass sie schon wieder so abrupt das Thema „Kinder" wechselt?, grübelt Maria. Wir sprachen gerade eben doch noch über Kinder, und jetzt sind wir schon bei den Verbrechern.

Frau Kastell überlegt ganz kurz, dann schüttelt sie den Kopf: „Stehen diese Herren in irgendeiner Verbindung zum Doktor, oder haben sie mit dem Verschwinden meines Mannes etwas zu tun?"

„Das wissen wir auch nicht. Wir tappen im Dunkeln und hatten gehofft, Sie wüssten eventuell was. Vielleicht haben Sie einen der Namen irgendwo mal aufgeschnappt?"

„Nein, sorry. Abgesehen von Dr. Koch kenne ich keinen."

Aus einem Impuls heraus legt Maria Bilder der genannten Personen auf den Tisch. Mit einem Mal erhellen sich die Augen von Frau Kastell, und sie deutet auf das Foto, auf dem Willi ihnen entgegen lacht.

„Den kenne ich! Der arbeitet bei Doktor Koch in der Praxis. Aber was er macht, weiß ich nicht mehr. Ich weiß nur, dass wir diesen Herrn im Laufe der Behandlung öfter zu Gesicht bekommen haben. Aber den Namen hätte ich nicht gewusst."

Nadja schaut Maria an und gibt ihr nur ein „Thumbs-up"-Zeichen.

„Hat der was damit zu tun, dass mein Mann weg ist oder damit, dass der Giftmischer vom Doktor tot ist?"

Maria gibt ehrlich und offen zu: „Das wissen wir noch nicht!"

Traurig, murmelt Frau Kastell: „Um die Wahrheit zu sagen, der Gedanke ist mir auch schon öfter gekommen: Ich wäre dem Koch so gerne an die Gurgel gegangen, als wir die Wahrheit erfahren haben! Natürlich hat sich das bei mir irgendwann gelegt. Es geht mir in erster Linie darum, mein Kind gesund zu kriegen, aber mein Mann hatte schon schwer daran zu kauen."

Die Beamtinnen verabschieden sich und versprechen, ihr Möglichstes zu tun, um Herrn Kastell heil nach Hause zu bringen.

„Glaubst du, dass der Ehemann hinter dem Tod des Doktors stecken könnte?", fragt Kriminalkommissarin Erhardt.

„Und er hat ihm die Zunge gespalten? Nö! Das kann ich mir nicht vorstellen. Das ist ein Computerfreak, kein Mörder! Außerdem würde das implizieren, dass er auch mit dem zweiten Toten was zu tun hätte. Und was hätte er hier für einen Grund gehabt?"

„Und wenn es nur ein Copy Killer war, der die Idee mit der Zunge übernommen hat?"

„Ich kann mir nicht vorstellen, dass Herr Kastell so was machen könnte. Und abgesehen davon: W oher hätte er das mit der Zunge wissen sollen?"

„Ich weiß, dass deine Intuition dich selten täuscht, liebe Maria, dennoch würde ich gerne mit Herrn Dr. Rares kurz Rücksprache halten."

„Ernsthaft, ziehst du diese Möglichkeit wirklich in Betracht?"

„Ich möchte die Möglichkeit nur ausschließen. Sagen wir nicht immer, dass die, die am unschuldigsten aussehen, meistens Dreck am Stecken haben?" Und dabei zückt Nadja schon ihr Handy und wählt die Nummer des Pathologen.

Dieser erklärt, dass er die Schnittwunden miteinander vergleichen wird und dass er sich später mit den Ergebnissen melden würde. Allerdings – und sein Gesicht nimmt einen hölzernen und einfältigen Ausdruck an, trotz seiner Brillanz, ein Gesicht, das die Beamtinnen zum Glück nicht zu sehen bekommen – betont Dr. Rares weiter: „Selbst wenn beide Schnitte von ein und demselben Täter ausgeführt wurden, heißt es noch lange nicht, dass er beide Male dieselbe Tatwaffe verwendet hat. Ach, übrigens, ich weiß nicht, ob ich es zu gegebener Zeit erwähnt hatte, aber im Büro von Herrn Dr. Koch befanden sich keine Fingerabdrücke von unseren bekannten Verbrechern, außer von Herrn Fleischmann. Es gab viele andere noch, aber keine uns bekannten und auch keine vom zweiten Opfer." Und damit verabschiedet er sich.

„Mist! Mal wieder keine weitere Spur! Also angenommen, aber wirklich nur angenommen, unser Herr Kastell hat mit den Morden wirklich nichts am Hut, so wie du meinst, dann befürchte ich das Schlimmste: dass ihm tatsächlich etwas zugestoßen sein könnte."

„Ich empfange keine Totenschwingungen!"

„Hallo? Erde an Maria? Jetzt drehst du aber total am Rad, oder?" Beide müssen so laut lachen, bis Maria keuchend erklärt, dass sie sich gleich in die Hose machen muss, was nur noch mehr Lacher nach sich zieht.

Als sie sich endlich beruhigt haben, fragt Nadja: „Also, was lernen wir aus dieser Geschichte? Wo ist der gemeinsame Nenner? Ein Arzt, ein Laborant, ein Patient und die Kriminellen? Zwei davon sind tot, wir haben einen, der von seiner Frau als vermisst gemeldet wurde – und hoffentlich nicht auch als Leiche auftaucht – und mehrere Verdächtige. Einen Verdächtigen insbesondere."

„Was hat ein Arzt mit Kriminellen zu tun? Hatte er überhaupt mit denen was zu tun? Worauf hatte er sich nur eingelassen?", grübelt Maria laut nach.

„Glaubst du, das war ein Versehen mit den vertauschten Samen? Theoretisch gesehen wäre das möglich, aber praktisch? Hm?"

„Und wenn es jemand mit Absicht macht, um seine Erfolgsquote zu erhöhen? Was meinst du dazu?", fragt Maria.

„Ja, das kann ein triftiger Grund gewesen sein. Wahrscheinlich hat er das öfter gemacht, daher sein maßloser Erfolg. Aber wo passen die Ganoven rein? Die haben mit Drogen und Prostitution zu tun."

„… und mit Menschenhandel!", betont Maria. „Auf der anderen Seite geben Männer, die in der Samenbank ihre Samen abgeben, diese freiwillig ab. Mit einem einzigen Becher voll Samen können sie mindestens hundert Frauen glücklich machen. Oder? Die wollen so viel Nachwuchs zeugen wie nur möglich, wenn sie dafür nicht aufkommen müssen! Dazu muss ich keinen Menschenhandel, besser gesagt: Handel mit Samen betreiben, oder?"

„Ja, richtig erkannt! Aber Frauen geben nicht freiwillig ihre Eizellen ab", antwortet Nadja. „Nicht nur, weil sie das nicht gerne tun, sondern weil es einer langwierigen Prozedur bedarf, bis die Eizellen heranreifen und entnommen werden können."

„Ich sehe, du hast deine Aufgaben gemacht und dich mit dem Thema befasst."

Nadja schnauft hörbar.

„Habe ich da einen Nerv getroffen?", fragt Maria.

„Wie kann man nur immer den richtigen Riecher haben? Wieso funktioniert deine Antenne immer? Apropos, bevor ich es vergesse: Wir müssen mit Lucia Dumitru reden, sie weiß sicherlich mehr, als sie selbst glaubt. Vielleicht hat sie doch mal was mitgekriegt, man weiß nie. Und weißt du? Ich habe weiterhin das dumpfe Gefühl, dass sie uns was verheimlicht."

„Ja, das sagtest du schon …"

„Oder sollten wir eher mit Dr. Spange reden? Was meinst du?"

Das Telefon klingelt.

„Dumitru", meldet sich eine wohlklingende Stimme.

„Hallo Frau Dumitru, hier Lupus und Erhardt am Apparat, die zwei Beamtinnen", betont Nadja.

„Ja, ja, ja, ich weiß, wer Sie sind. Glauben Sie, mir laufen täglich Dutzende von Polizistinnen über den Weg und dass ich täglich Leichen identifizieren muss?" Die Stimme klingt mit einem Mal nicht mehr so angenehm.

Was ist der schon wieder über die Leber gelaufen?, scheint sich Maria zu fragen. Nadja übergeht die Unverschämtheiten und spricht in einem vollkommen normalen Ton weiter: „Können wir kurz zu Ihnen kommen?"

„Kann ich Sie daran hindern?"

„Sie können uns auch gerne einen Besuch auf dem Revier abstatten, wenn es Ihnen lieber ist", entgegnet Nadja. Aber der Ton bleibt immer noch freundlich.

„Schon gut!", stöhnt diese. „Ich warte zu Hause auf Sie. Wie lange brauchen Sie ungefähr? Ich würde mir gerne noch was zum Essen bestellen."

„Machen Sie ruhig, wir brauchen mindestens eine Stunde noch, bis wir bei Ihnen eintreffen."

Kaum, dass Erhard aufgelegt hat, fragt Lupus: „Eine Stunde? Können wir dann auch was essen gehen?" Und dabei schaut Maria Nadja mit leuchtenden Augen an.

„Na klar, was glaubst du, weshalb ich uns eine Stunde eingeräumt habe? Ich kenne hier in der Nähe ein piekfeines Restaurant."

„Haben die auch Burger?"

„Mensch, Maria, gönn dir auch mal was! Ich sagte: ein piekfeines Restaurant, und du willst Burger! Mit Pommes vermutlich auch noch!"

Maria nickt und schleckt sich schon die Lippen bei der Vorstellung an ein ihrer Meinung nach leckeres Essen.

„Du bist unverbesserlich! Aber ja, sie haben tatsächlich die besten Burger, die ich je gegessen habe. Allerdings servieren sie keine Pommes, sondern Kartoffelspalten dazu."

„Nobel geht die Welt zugrunde."

„Hör, hör! Also, fahren wir hin?"

„Klar!", erwidert Maria, „Was für eine Frage!" Und beim Gedanken an das appetitliche Mahl fängt Marias Bauch zu grummeln an.

Nadja schaut ihre Kollegin an und prustet los: „Du bist unmöglich, Freundin!"

„Man lacht keinen hungrigen Menschen aus!"

„Aus nicht, aber an!"

Fünfundvierzig Minuten später machen sich die zwei Kolleginnen mit vollgestopften Bäuchen, versteht sich, und ausnahmsweise mal ohne weitere Vorkommnisse auf den Weg zu Frau Dumitru.

„Ich muss unterwegs kurz an der Tankstelle anhalten. Ich brauche dringend einen Kaffee."

„Wieso hast du im Restaurant keinen getrunken?"

„Die verlangen fünf Euro für den schrecklichsten Kaffee, den man sich vorstellen kann."

„Sei mir nicht böse, aber das kann ich mir beim besten Willen nicht vorstellen. Das Essen war sooo lecker!"

„Ja", grunzt Nadja „ist das nicht enttäuschend? Vielleicht sollte ich den Maître mal darauf ansprechen."

„Ich wette mit dir, der ändert das sofort. Einen Blick in deinen tiefen Ausschnitt, und du kriegst deinen Willen."

„Jetzt schlägt's aber dreizehn! Obwohl, da könntest du recht haben." Und beide müssen grinsen.

„Ich bin froh, dass du meine Partnerin bist."

„Dito", bestätigt Maria.

In einer Tankstelle unweit der Wohnung von Frau Dumitru holt Nadja einen Mars-Riegel für ihre Kollegin und für sich einen lecker duftenden Kaffee. Sie steigt ins Auto, nimmt das dankbare Lächeln ihrer Partnerin entgegen, als diese den Riegel auffängt, und steigt mit voller Kraft aufs Gaspedal. Die Reifen quietschen, als sie die Tankstelle verlassen. Im Rückspiegel kann Nadja Erhardt beobachten, wie ein älterer Herr ihr den Vogel zeigt.

Zwei Minuten später stehen sie erneut vor dem gepflegten Gebäudekomplex. Maria kann sich ein wiederholtes anerkennendes Schnauben nicht verkneifen. Bevor sie klingeln können, vibriert bereits der Türsummer, und die Tür geht auf.

Mit großen Schritten gehen sie auf die Wohnung zu. Sie sind auf die Hilfe der Chemielaborantin angewiesen. Sie können sich nicht vorstellen, dass diese nichts mitgekriegt haben soll. Mittlerweile gehen sie davon aus, dass kein Versehen, sondern mutwilliges Handeln beim Vertauschen der Samen bestehen muss.

Kaum zur Tür rein, denkt sich Maria: Mensch, ist das hier wieder sauber! Lebt sie denn überhaupt hier? Wahrscheinlich hängt sie mit dem Doktor mit drin, hat sich bestechen lassen und bunkert woanders das viele Geld … Vielleicht hat sie irgendwo eine Villa und unterhält diese Wohnung nur als Tarnung. Mich würde es nicht wundern.

„Frau Dumitru", fängt Nadja ohne Umschweife an, nachdem sie Lucia von oben bis unten gemustert hat und deren gut sitzende Jeans mit Kennerblick anerkennend begutachtet hat. „Im Falle des verstorbenen Dr. Koch haben sich neue Entwicklungen ergeben." Und sie erzählt vom verschwundenen Herrn Kastell, von den vertauschten Samen und dem zweiten Toten. Maria beobachtet ihre Mimik, kann aber nichts Auffälliges entdecken. Sie scheint genauso überrascht zu sein wie die zwei Kriminalkommissarinnen auch.

Abgesehen davon scheint Lucia nur den letzten Teil der Erzählung mitbekommen zu haben. Sie macht den Eindruck, als würde sie gleich explodieren, als sie die Beamtinnen anschreit:

„Sie haben gelogen! Sie sagten, dass Willi tot wäre!"

„Das haben wir nie behauptet. Wir haben lediglich erwähnt, dass eine Leiche in Herrn Fleischmanns Wohnung wäre. Die Schlussfolgerung daraus haben Sie allein gezogen. Aber abgesehen davon, glauben Sie, dass Willi aktiv geworden ist und mit den Kriminellen gemeinsame Sache macht?"

„Sie spinnen wohl! Tschuldigung! Ist mir rausgerutscht! Was meinen Sie mit ‚den Kriminellen'? Worin soll Willi involviert sein? Ich bin so froh, dass Willi noch am Leben ist."

„Tut mir leid, aber das wissen wir zu diesem Zeitpunkt nicht mit Sicherheit. Wir wissen nur, dass wir Herrn Fleischmanns Leiche bisher nicht gefunden haben und gehen somit davon aus, dass er noch am Leben ist. Aber falls das der Fall sein sollte, hat er viel Dreck am Stecken. So oder so hat Ihr Freund große Schwierigkeiten zu erwarten."

„Er ist nicht mein Freund."

„Das ist nicht der springende Punkt, Frau Dumitru. Ich habe das Gefühl, dass Sie eine selektive Wahrnehmung haben und nur die Sachen zu Ihnen durchdringen, die Ihrer Meinung nach relevant sind. Wir sind auf Ihre Hilfe angewiesen. Sagen Sie uns bitte, ob Sie jemals mitbekommen haben, dass vertauschte Samen oder Eizellen vorgekommen oder eingesetzt wären."

„Also, ich weiß nicht, ob das was hilft, aber einmal habe ich tatsächlich was Interessantes beobachtet. Ich hatte es bei Ihrem letzten Besuch schon erwähnen sollen, allerdings kam es mir zu jener Zeit nicht wichtig vor. Eigentlich hatte mich Willi, äh, Herr Fleischmann damals darauf gebracht. Wir hatten einen dieser Stars und Sternchen in der Praxis, eine, die extrem echauffiert

163

war, noch mehr als die anderen Sternchen, die sich bei uns in der Praxis tagein, tagaus die Klinke in die Hand geben. Und da ist wirklich was Komisches passiert. Nicht im Sinne von lustig", entschuldigt sie sich. „Wir hatten einen Transfer angesetzt." Und sie erzählt, wie die Assistentin der Schauspielerin den Transfer versehentlich fast verhindert hatte. Und wie auf einmal alles zu Boden fiel und sofort zerbrach. Und wie sie gesehen hatte, dass Willi sich ins Labor geschlichen und den Doktor beobachtet hatte.

„Wieso ist das so interessant, wenn Herr Fleischmann den Herrn Doktor beobachtet? Ich denke, er ist einer der Laboranten in der Klinik."

„Ja, verstehen Sie denn nicht? Ein zweiter Transfer wäre doch mit diesen Embryos gar nicht mehr möglich gewesen, sollte man meinen, und dennoch fand dieser nach einer kurzen Unterbrechung statt. Der Doktor hatte sich vorher allein im Labor eingesperrt, damit keiner von uns was mitkriegen kann. Jetzt ergibt das alles einen Sinn! Mir war es davor gar nicht richtig bewusst gewesen. Oh Gott! Ich wusste gar nicht, dass ich zu dieser Sorte von Schwachköpfen gehöre und nicht eins und eins zusammenzählen kann! Wie konnte ich nur so blind sein? Willi hatte mich gefragt, ob ich was wüsste. Aber da war mir das gar nicht klar gewesen! Bis Sie das mit den vertauschen Samen erwähnt haben. Ach, du Schreck! Wo hat er sich hineinmanövriert und seine Nase reingesteckt? Das war sicherlich selbstmörderisch! Ich weiß jetzt gar nicht, wie ich mich von nun an in der Arbeit verhalten soll. Wissen Sie, Herr Dr. Spange hat so ziemlich selbstverständlich alles an sich gerissen und führt die Praxis weiter."

„Das haben wir schon mitgekriegt. Und wir werden es auch weiterhin im Auge behalten. Sie, ihrerseits, gehen morgen ganz normal in die Arbeit. Versuchen Sie, sich nicht zu auffällig zu verhalten. Und vor allem: V ersuchen Sie nicht, auf eigene Faust etwas in Erfahrung bringen zu wollen. Das könnte sehr gefährlich werden. Dafür sind wir verantwortlich. Versprochen?", spricht Nadja eindringend auf sie ein.

Lucias Augen füllen sich mit Tränen. „Ist Ihnen klar, dass es womöglich Hunderte von Frauen gibt, die vermutlich das Kind von jemand anderem großziehen, und das ohne ihr Wissen? Wie viele solcher Fälle wird wohl der Doktor auf dem Gewissen haben? Das ist ja furchtbar! Glauben Sie, dass das möglich ist? Wenn das stimmt, dann wundert es mich nicht mehr, dass er umgebracht wurde. Glauben Sie, dass es wahr ist? Und dann? Wo kommen diese ganzen Eizellen und Samen dann her?"

„Wir werden natürlich alle gelagerten Samen und Eizellen mit den Akten vergleichen müssen, bevor wir Tacheles reden können. Wenn wir Glück haben, ist die Zahl der getürkten Gläser nicht so hoch, wie wir befürchten! Aber das dürfen wir erst machen, wenn wir uns sicher sind, dass Dr. Spange mitmischt. Wir müssen alle einkreisen, damit wir alle involvierten Personen zu fassen kriegen. Wir nehmen stark an, dass Vassily Vassilievics, das ist der zweite Tote, der auch mit Menschenhandel in Verbindung gebracht wurde, damit zu tun hatte. Also reden wir hier von einer Organisation, die vor Mord nicht zurückschreckt. Und genau deshalb: Bitte versprechen Sie uns, dass Sie sich nicht einmischen und uns unsere Arbeit machen lassen. So halten Sie sich am besten aus der Gefahrenzone heraus. Gehen Sie Ihrer Arbeit ganz unauffällig nach. Bitte!", beendet Nadja ihr Plädoyer.

„Also glaubst du immer noch, dass Willi Fleischmann da mit drinsteckt?", fragt Maria erwartungsvoll, als sie Lucia verlassen haben.

„Ja, mehr denn je! Er liquidiert den Doktor …"

„Warum sollte er das tun?"

„Wahrscheinlich ist Willi auch Mitglied dieser Verbrecherbande und hat nur so getan, als würde er was beobachten und bis zu diesem Zeitpunkt nichts Weiteres gewusst. In Wirklichkeit beobachtet er aber nur den Doktor, wie dieser nachlässig wird und die Tür zum Labor offenlässt, wo jeder hinter sein Geheimnis kommen könnte. Damit gefährdet Dr. Koch die Bande. Dann, als der Doktor gieriger wird, denn schließlich riskiert er Kopf und Kragen mit seinen Machenschaften und Fehlern, die ihm offensichtlich immer öfter passieren, müssen sie ihn loswerden. Willi übernimmt die Drecksarbeit und tötet den Doktor", schließt Nadja ihre Ausführung ab.

„Und wieso sollte er dann Vassiliy töten?"

„Vielleicht wollte er ihn verpetzen? Was weiß ich? Wenn wir Herrn Fleischmann fangen, dann kann er uns die Antwort liefern."

„Und dann deponiert er die zweite Leiche in seine eigene Wohnung? Ich finde das abwegig. Damit würde er sich doch nur selbst belasten", argumentiert Lupus.

„Nein, eben nicht! Jeder würde davon ausgehen, dass er sich schließlich nicht selbst belasten will und ihn dann dafür freisprechen. Er liefert sich sozusagen selbst ein Alibi."

„Und wie passt Kastell da rein?"

„Der wirbelt zu viel Wind auf, also muss auch er verschwinden."

„Also, meinst du, wir müssen mit einer dritten Leiche rechnen?"

„Nein, nicht wenn wir ihm zuvorkommen. Vielleicht ist es noch nicht zu spät", meint Nadja, wenig überzeugt.

Währenddessen Willi ...

Der Draht schlingt sich immer enger um seinen Hals und um seine rechte Hand herum und schneidet wie ein frisch geschliffenes Messer in die Haut ein. Willi schreckt hoch und stellt fest, dass er kurz eingenickt war. Er versucht die Erinnerungen an jene Nacht, die ihn ohnedies Tag und Nacht heimsuchen, loszuwerden. Dann fährt er mit einem Finger über die noch nicht verheilten Stellen und bedankt sich zum tausendsten Mal beim Universum, dass er heil davongekommen war. Vorerst! Er richtet sich auf und bleibt im Bett sitzen. Der Fernseher läuft, aber er schenkt ihm keine Aufmerksamkeit. Der Ton ist abgestellt. Die Bilder ziehen an ihm spurlos vorbei. Willi starrt in die Leere. Vor ihm, auf dem Bett, liegt eine Zeitung. Sie ist gerade mal ein paar Stunden alt. Sein eigenes Gesicht lacht ihm entgegen. „GESUCHT!", lautet die Überschrift. Sein Name wird Im Zusammenhang mit zwei Leichen erwähnt: Dr. Koch, der laut DNA-Spuren mit 99,9%er Bestimmtheit in seinem Auto gelegen hatte, und Vassily Vassilievics, dessen Leiche in seiner Wohnung gefunden wurde. Beide mit einer tödlichen Menge von Digitalis getötet. Eine Substanz, die sie, natürlich, in ihrem Labor in der Praxis aufbewahren, sollte eine der Patientinnen Herzprobleme haben. Ein Mittel, das richtig dosiert Leben bedeutet und falsch angewendet den sicheren Tod mit sich bringt.

Als ob das die einzige Möglichkeit wäre, Digitalis zu besorgen!, denkt er sich voller Hohn. Ich brauche doch nur die Pflanze Roter Fingerhut in einem Topf zu züchten, und schon habe ich Digitalis in Unmengen. Die kann man sogar online bestellen! Was beweist das schon?

Im Nebenzimmer, im Bett, liegt zusammengekauert, wie in einer Fötus-Stellung, ein weiterer Mann. Ca. 45 Jahre alt. Er ist vollständig angezogen. Er trägt sogar noch seine Straßenschuhe und eine dicke Jacke. Er macht den Eindruck, als würde er schlafen, könnte aber genauso gut tot sein. Seine Handgelenke lugen unter den Ärmeln hervor. Beide weisen Druckspuren auf, so, als wären sie geknebelt gewesen. Er hat ein blaues Auge. Die Nase sieht gebrochen aus. Um die Nase herum klebt getrocknetes Blut.

Maria fasst sich ein Herz und wählt Denglers Nummer. Sie hat es schon ewig hinausgeschoben. Aber dann legt sie wieder auf. „Du feige Nuss!", schimpft sie mit sich selbst.

Sie würde gerne seine Nummer nochmals wählen, aber sie zögert und verschiebt es immer wieder. Mal braucht sie was zum Trinken, dann ist es ihr kalt, dann wiederum zu warm, um ein Gespräch zu führen. Sie fragt sich, ob es wohl daran liegt, dass sie Angst vor einer Absage hätte oder ob sie die Tatsache mehr fürchtet, dass sie ihm mit Haut und Haaren verfallen könnte. Was vermutlich eigentlich eh schon der Fall ist, stellt sie fest. Na also, macht sie sich selbst Mut: Das Zweite ist eh schon eingetreten, dann kannst du ihn auch anrufen und das Erste auch noch aus dem Weg räumen.

Sie nimmt das Handy erneut in die Hand. Ein nagelneues Handy, das sie sich besorgen musste, nachdem ihr das alte mal wieder kaputt gegangen war. Ein neues Handy, mit dem sie das erste Telefonat führen würde. Mit ihm. Mit Frank Dengler! Frank! Und dabei träumt sie schon von ihm. Bilder von einem weißen Kleid und roten Rosen tauchen vor ihrem imaginären Auge auf.

Dann starrt sie wieder aufs Handy. Die Hand wird feucht. Unangenehm feucht. Kalter Schweiß läuft ihr den Rücken runter.

„Sag mal", schimpft sie mit sich selbst, „nicht einmal beim Bearbeiten von irgendwelchen irrsinnigen Fällen wird dir so kribbelig zumute. Der Mann macht dich wahnsinnig! Na gut, ich versuche es! Er wird mich schon nicht fressen. Und mehr als Nein sagen kann er nicht", spricht sie sich selber Mut zu.

„Dengler", sagt die vertraute Stimme am anderen Ende. Vor Schreck drückt sie schnell auf irgendeine Taste und legt auf. Dann haut sie sich das Handy gegen die Stirn. Oh, nein, was habe ich gemacht, überlegt sie? Bin ich bescheuert! Er sieht doch meine Nummer im Display.

Zu spät … ihr Handy bimmelt schon. Denglers Nummer wird angezeigt.

Ohne Einleitung stottert Maria daher: „Äh, hallo, sorry, ich bin versehentlich auf die falsche Taste gekommen. Ich habe ein neues Handy."

„Auf welche Taste wollten Sie denn überhaupt drücken? Wollten Sie schon wieder jemand anderen anrufen?" Die Enttäuschung ist ihm anzuhören.

„Nein, nein, nein. Schon Sie! Ich wollte Sie anrufen! Haben Sie Lust, mit mir auf einen Drink irgendwo hin zu gehen?" Puh, geschafft, denkt sie sich.

„Nein."

„Wie bitte?"

„Äh, ich wollte nicht Nein sagen. Also, eigentlich wollte ich schon Nein sagen."

„Sind Sie besoffen?"

„Ist das eine Fangfrage? Hören Sie, was halten Sie von einem Abendessen? Ich koche!"

„Ich dachte, Sie wollen nicht mit mir was trinken."

„Ja, das stimmt."

Bevor Dengler noch was sagen kann, legt Maria auf. Sie ist total verwirrt. Der spielt doch mit mir. Was sollte das gerade?

Doch schon wenige Sekunden später bimmelt ihr Handy. Der bekannte Ton einer WhattsApp-Nachricht: „Ich möchte auf jeden Fall mit Ihnen was trinken gehen, aber nicht nur trinken, das wäre zu trivial. Ich möchte etwas mehr Zeit mit Ihnen verbringen, daher schlage ich ein Essen vor. Ich habe mich wie ein Idiot ausgedrückt. Sie bringen mich durcheinander. Ihr Frank Dengler"

Liebes Universum! Ist das peinlich!, denkt sich Maria. Ich bin so dooooof! Ich habe das vollkommen missverstanden. Aber er ist genauso doof! Wer sagt schon Nein, wenn er eigentlich Ja meint. ICH!, stellt sie voller Hohn fest und muss dabei lächeln. Die Bilder vom weißen Kleid und den roten Rosen drängen sich ihr erneut auf.

Als Maria Frank Denglers Nummer wählt, wiederholt sie immer wieder laut: „Zwei Trottel, Trottel, Trottel."

„Wie bitte?", fragt Dengler am anderen Ende.

Das ist jetzt nicht wahr, ich muss gleich sterben, denkt sie sich.

„Ich meine nicht Sie", schreit sie etwas zu laut in den Hörer und haut sich mit der Hand an die Stirn. „Ich habe nur mit mir selbst geschimpft!" Maria würde am liebsten im Boden versinken. Könnte es denn überhaupt noch peinlicher werden?

„Bevor wir noch mehr Nettigkeiten austauschen, wie wäre es heute Abend gegen sieben bei mir? Ich koche."

„Klingt gut."

„Gibt es irgendetwas, was Sie nicht essen?"

„Schaue ich so aus?" Jetzt halt endlich dein loses Mundwerk!, ermahnt sie sich selbst.

Pause.

„Ich gebe Ihnen meine Adresse durch."

„Nicht nötig, die habe ich schon!" Kaum dass die Worte ihren Mund verlassen haben, weiß sie es: Ja, es konnte noch peinlicher werden, stellte sie mit Entsetzen fest.

Eine neue kurze Pause entsteht.

„Dann bis später! Ich dekantiere schon mal den Wein."

„Ja, bis dann!" Maria würde jetzt am liebsten sterben. Kann sich der Boden nicht auftun und mich verschlingen? Ich verhalte mich wie ein Kleinkind, kritisiert sie sich selbst. Ich bin nicht in der Lage, einen vernünftigen Satz von mir zu geben. Er ist schuld! Ja, genau! Ich kann nichts dafür! Es ist alles seine Schuld! Ja! Genau! Und nach dieser Feststellung fühlt sie sich schon wesentlich wohler in ihrer Haut.

Maria schaut auf die Uhr. Ausreichend Zeit noch, um einen Wein zu besorgen. Cola oder Fanta kann sie schlecht mitbringen! Schließlich will sie auch was dazu beitragen, wenn Dengler für sie kocht. Ein Mann, der kocht! Nicht schlecht. Sie macht ihren eigenen Kühlschrank auf: Lauter Fertiggerichte stapeln sich darin. Schön aufgetürmt und alphabetisch sortiert. In den anderen Küchenschränken ist es auch nicht besser: Konserven über Konserven und eingelegtes Zeug. Allesamt Gerichte, die man auf die Schnelle in die Mikrowelle schmeißen kann. Obst und Gemüse sind in dieser Küche Mangelware.

Punkt sieben Uhr schlägt sie bei Dengler auf. Im Gegensatz zu ihr hat dieser ein eigenes Haus. Zwar eine Doppelhaushälfte, aber immerhin. Sie stellt fest, dass sie gar nicht weiß, ob er jemals verheiratet war. Wieso muss ich ausgerechnet jetzt an so was denken?, rügt sie sich.

Das Haus macht einen gepflegten, einladenden Eindruck. Es strahlt Wärme und Gemütlichkeit aus. Im Vorgarten wächst eine riesige Trauerweide. Kleine LED-Lampen hängen darin und verleihen dem Baum etwas Träumerisches, Feenhaftes. Die hellblauen Latten an den Fenstern lassen das Haus miniaturartig erscheinen. Wie in einer Märchenwelt. Wie schön! Hier kann man sich wohlfühlen, stellt sie mit Entzücken fest.

Als sie sich endlich aufrafft, um zu klingeln, wird die Tür sofort aufgerissen. Ein angenehmer Duft strömt ihr entgegen. Ein strahlender Dengler, leger gekleidet mit Jeans und T-Shirt, steht in der Tür und heißt sie willkommen.

Maria kriegt kein Wort heraus. Sie deutet nur auf die mitgebrachte Flasche Wein in ihrer Hand, während sie ihn wie ein verstörter Hund anhimmelt. Sie drückt ihm die mitgebrachte Flasche entgegen und setzt an, sich zu ducken, um ihre Turnschuhe auszuziehen. Dengler will sie daran hindern und bückt sich gleichzeitig mit Maria.

Ein lautes „Dong" ist zu vernehmen, als ihre Köpfe mit voller Wucht zusammenknallen. Geräusche wie von knacksenden Ästen sind zu vernehmen.

Der Zusammenstoß ist so heftig, dass Maria nach hinten geworfen wird und auf ihrem Hintern landet. Dengler kommt auch nicht glimpflicher davon. Blut spritzt aus seiner gebrochenen Nase, als er sichtlich k.o. geschlagen langsam zu Boden gleitet.

Für den Bruchteil einer Sekunde ist Maria von ihren Empfindungen und Selbstmitleid überwältigt. Dann erholt sie sich schnell von dem Schrecken, und, ganz der Profi, rennt sie zu Dengler. Sie legt ihm eine Jacke aus dem anliegenden Wandschrank unter den Kopf. Hätte sie ihren Trench angehabt, hätte sie den verwendet. Aber auf den hatte sie heute ausnahmsweise, aus feierlichen Gründen extra verzichtet. Und so musste sie behelfsweise eine seiner Jacken verschmutzen. Sie verspricht in Gedanken hoch und heilig, die Reinigungsrechnung dafür zu übernehmen, sollte Dengler jemals wieder mit ihr sprechen wollen. Aus der Küche vernimmt sie ein lautes Brutzel-Geräusch und herrlichen Bratenduft. Dann lässt sie seinen Kopf los, der unsanft neben der Jacke auf den Boden prallt. Ein lautes Stöhngeräusch ist zu vernehmen, als sein Kopf erneut auf dem Marmorboden knallt. Unschlüssig steht sie da: Soll sie in die Küche oder doch wieder zum Verletzten rennen? Aber die Küche siegt. Sie folgt dem Geruch und kommt in der Küche keine Sekunde zu spät an. In der Pfanne, auf dem Herd, liegen zwei Steaks. Das Öl in der Pfanne brennt mit lodernder Flamme. Und mit ihm zusammen auch das Essen. Maria schaut sich um. Neben dem Ofen sieht sie ein Geschirrtuch hängen. Sie nimmt dieses vom Haken runter und greift nach der Pfanne. Funken sprühen auf das Tuch über und verwandeln dieses in einen Flammenwerfer. Mit dem brennenden Inferno in der Hand steht sie unentschlossen mitten im Raum, während die Rußwolke alles benebelt und die Flammen verdächtig nah an ihre Hand herankommen. Dengler packt von hinten ihre Hand und schiebt sie unsanft Richtung Waschbecken, wo ihre Umklammerung die Pfanne loslässt. Eine Fontäne aus heißem Öl schießt nach oben an die Decke und hinterlässt eine Spur der Verwüstung, bevor Dengler das Chaos mit einem Feuerlöscher bändigen kann.

Dann dreht er sich um – Blut tropft ihm weiterhin aus der gebrochenen Nase, als er zu Maria sagt: „Ich hatte mir den Feuerlöscher schon zurechtgelegt. Sie sind mit Abstand der schusseligste Mensch, der mir je begegnet ist!" Und dabei küsst er sie.

„Essen bestellen? Mexikanisch, okay?", fragt er dann.

Nach dem Kuss schwebt Maria auf Wolke sieben. Und dann, mit einem dämlichen Grinsen im Gesicht, erwidert sie nur knapp: „Ja, okay."

Er zieht aus einer Schublade ein Tuch heraus, befeuchtet es und hält es fest an die Nase gepresst. Mit der anderen Hand holt er aus einer anderen Schublade ein Menü für mexikanisches Essen und hält es Maria hin. Dann versucht er, sie ins Wohnzimmer hineinzumanövrieren, während er überall die Fenster aufreißt, um den beißenden Geruch loszuwerden. Ein laues Lüftchen strömt von außen hinein. Dengler deutet Maria, sich zu setzen. Er starrt sie an. Zieht dabei die Stirn kraus und schüttelt nur den Kopf. „Sie sind mir eine!"

„Könnten wir das Sie durch du ersetzen?", fragt sie. „Immerhin habe ich versucht, dein Haus anzuzünden und habe dir deine Nase gebrochen. Maria", flüstert sie. Und dabei streckt sie ihm die Hand entgegen.

Er nimmt ihre Hand in seine. Und als er „Frank" sagt, ist es offensichtlich, dass er diese am liebsten nicht mehr loslassen würde. So sitzen sie da und grinsen sich gegenseitig dämlich an: das Lächeln der Verliebten.

Als Nadja nach einem wiederholt viel zu langen Arbeitstag nach Hause kommt, liegt ihr Mann bereits in den Federn und schnarcht fröhlich vor sich hin. Sie schaut ihn liebevoll an. Macht anschließend geräuschlos die Tür zum Schlafzimmer zu. Als sie sich umdreht, stolpert sie fast über den kleinen Hund, der sie seinerseits liebevoll anstarrt. Nadja bückt sich und streichelt den kleinen Hund: „Na, wollen wir noch eine Runde drehen? Ich möchte meinen Kopf frei bekommen, und du, süße Queeny, freust dich sicherlich über so einen gemütlichen Nachtspaziergang. Stimmt's, oder habe ich recht?", fragt sie lachend. Der Hund macht einen Luftsprung, als hätte er tatsächlich jedes einzelne Wort verstanden.

Als sie eine halbe Stunde später erfrischt nach Hause kommt, gibt sie dem Hund noch ein Leckerli, und sich selbst schenkt sie ein Glas Rotwein ein.

„Prost", murmelt sie und prostet in Richtung Schlafzimmertür. Natürlich, ohne wirklich eine Reaktion zu erwarten. Sie zieht ihren Schlafanzug an und macht den Fernseher an. Sie schaltet zwischen den Kanälen hin und her, aber nichts scheint ihre Aufmerksamkeit wirklich fangen zu können. Auf einem Sender läuft eine Wiederholung von „Sex and the city". Die Folge, in der Carries Freund mit ihr Schluss macht. Auf einem Post-it! Nadja lässt sich treiben. Die Abwechslung tut gut und lässt sie ihre Arbeit vergessen. Sie weiß, dass viele ihrer Kollegen ihre Arbeit in der Arbeit lassen können. Für diese ist zu Hause nur zu Hause. Manchmal gelingt es auch ihr, die Arbeit zu vergessen, aber nur manchmal.

Wie kann man mit jemandem auf einem Post-it Schluss machen?, überlegt sie. Früher, wenn wir uns nicht getraut haben, es unserem baldigen Ex ins Gesicht zu sagen, da haben wir noch angerufen, um dem ungeliebten Menschen einen Korb zu verpassen – ja, das stimmt schon, selbst das war feige. Mittlerweile sind so viele andere Alternativen hinzugekommen, wie man jemandem den Laufpass verpassen kann: Man kann es per E-Mail machen, per SMS, per WhatsApp oder über die ganzen Social Medias wie Facebook, Instagramm usw. Aber Post-it? Wer hat das schon mal gehört?

Apropos, fällt ihr ein: Auf Willi Fleischmanns Notebook waren keine Social Media Accounts zu finden. Und auch sonst ließ sich unter Willi Fleischmann nicht viel googeln. Selbst die Mails konnten nicht viel mehr hergeben. Die Leute, mit denen er regelmäßig chattet, sind nur Ex-Kommilitonen. Nichts Aufregendes in seinem Leben zu finden.

Und dann durchzuckt es sie. Es trifft sie wie ein Schlag ins Gesicht, und mit einem Mal ist sie da: die Gewissheit …

„Ach, du Scheiße!", schreit sie und drückt sich schon selbst die Hand auf den Mund, um ihren Mann nicht aufzuwecken.

„Bin ich bescheuert! Bescheuert, bescheuert, bescheuert! Nicht einmal Maria ist es aufgefallen! Oh Menno! Ich könnte mich ohrfeigen!" Der Hund, der an ihren Füßen liegt, hebt den Kopf und schaut sie fragend an. Nadja streichelt seinen Kopf und knuddelt ihn fest. „Schlaf schön weiter, du treue Seele! Ich wollte dich nicht aufwecken." Der Hund schaut sie erneut verständnisvoll aus großen leuchtenden Augen an, so, als hätte er ein Übersetzungsprogramm eingebaut und hätte jedes Wort ganz genau verstanden. Er legt den Kopf wieder auf die Pfötchen. Keine zwanzig Sekunden später schläft der kleine Scottish Terrier wieder ruhig an ihren Füßen.

Nadja kippt mit einem Zug den Rest des Weins runter und ist sich nicht schlüssig, was sie machen soll. Sollte sie Maria aufwecken, oder sollte sie lieber allein schon mal zu WillisWohnung vorfahren? Kann es wirklich sein, dass ein so – ehrlich gesagt, Nadjas Meinung nach – langweiliger Mann zum Mörder wird? Und wenn es nicht stimmt und sie hätte sich getäuscht? Oder die Ganoven wären auch schon darauf gestoßen? Sollten wir eventuell eine weitere Leiche zu verantworten haben, ja, sogar vielleicht zwei weitere auf dem Gewissen haben? Und das nur, weil wir zu dumm waren, um den Wink mit dem Zaunpfahl zu erkennen?

Was in jener Freitagnacht geschehen ist …

Willi sitzt auf dem Bett und lässt die letzten Tage Revue passieren. Er spult vor seinem inneren Auge immer und immer wieder die gruseligen Szenen ab: die kalten Hände, die in Dr. Kochs Büro seinen Hals umklammern und der Draht, der immer tiefer in seine rechte Hand und seinen Hals schneidet, als er mit seinem Auto durch die Nacht fährt. Und mit einem Mal ist alles wieder da, so, als würde es genau in dieser Sekunde passieren: Der Draht! Der Draht an seinem Hals schmerzt! Ein dicker Kloß bildet sich in seinem Hals. Er kann nicht atmen. Er hat das Gefühl, ohnmächtig zu werden. Aber dann kehrt sein Lebenswille umso stärker zurück. Die unendlichen Schmerzen! Er fühlt und spürt alles mit derselben Heftigkeit, so wie damals, so, als würde das alles jetzt noch mal passieren, so, als würde er es noch mal durchleben.

Er steigt mit voller Wucht auf die Bremse. Der Angreifer, der nicht damit rechnet, lockert für eine Nanosekunde den Griff, und Willi kann sich aus der Schlinge befreien. Er fährt mit quietschenden Reifen weiter. Der Verbrecher, der nicht damit gerechnet hatte, wird dadurch wieder nach hinten schleudert. Willi nutzt die

Gunst der Stunde und greift mit der linken Hand in das Seiten-
fach der Fahrertür. Dort steckt seit Langem ein nagelneues Werk-
zeug. Er hatte es mal bei einer Tombola-Ziehung gewonnen
und in das Türfach gelegt, man weiß schließlich nie, wann man
vielleicht eine Zange oder einen Schraubenzieher braucht. Die
Hand zittert, als er danach greift. Die verletzte rechte Hand ist
nicht von großem Nutzen, als er versucht, das Taschenmesser
aufzuklappen und gleichzeitig das Fahrzeug auf der Straße zu
halten. Und obwohl das alles nicht mehr als ein paar Sekunden
dauert, spürt Willi die zwei Hände bereits, die erneut nach ihm
zu greifen versuchen. Er lehnt sich so weit wie möglich nach
vorne, aber auch der Angreifer versucht nach vorne zu klettern.
Willi reißt das Lenkrad nach links, Richtung gegenüberliegende
Fahrbahn, um den Mann hinter sich aus dem Gleichgewicht zu
bringen. Er versucht den Sicherheitsgurt zu lösen, aber die Hand
schmerzt und der Gurt lässt sich nicht aus der Verankerung los-
lösen, was kein Wunder ist bei der Fahrweise! Vollgepumpt mit
Adrenalin, holt Willi mit der linken Hand aus, in der er das letztendlich aufgeklappte Taschenmesser festhält, macht eine halbe
Bewegung nach rechts unten und trifft den Angreifer mit voller
Wucht am Knie. Blut spritzt durch die Gegend, denn obwohl
nicht tief, steckt das Messer wohl direkt unter dem Knie, wo es
offensichtlich eine empfindliche Stelle getroffen haben muss.
Willi bremst, löst endlich den Gurt, nimmt den Schlüssel aus
der Zündung, rennt aus dem Auto und verschließt die Türen
mit der Fernsteuerung. Natürlich weiß er, dass ihm dieses nur
eine kurze Verschnaufpause verschaffen wird, denn obwohl zugesperrt, kann man die Türen von innen aufmachen. Aber nicht
die hinteren! Die hinteren Türen sind nach wie vor mit einer
Kindersicherung versehen, die Willi nach dem Kauf des Autos
nie raus gemacht hatte.

Der Verletzte wird eine gewisse Zeit benötigen, um sich nach
vorne zu manövrieren, was ihm mit dem blutenden Knie vermutlich sogar noch schwieriger fallen wird, überlegt Willi. Er
ist sich nicht schlüssig, ob er in der Dunkelheit verharren sollte,
um die weiteren Aktionen des anderen abzuwarten, oder ob er

lieber schauen sollte, dass er davonkommt, um Zeit zu gewinnen, bevor sie seine Spur wieder aufnehmen.

Ihm ist klar, dass ein Weiterkommen ohne Auto schier unvorstellbar ist, hier im Nirgendwo, wo sie sich gerade befinden. Und die Reagenzgläser in der kleinen Packung liegen noch auf dem Beifahrersitz oder darunter, je nachdem, wie sie durch die Gegend geschleudert wurden! Die braucht er aber so dringend! Er kann nicht darauf verzichten. Damit steht und fällt alles! Also beobachtet er aus dem sicheren Schutze der Dunkelheit heraus und sieht, dass sich der Angreifer nach einer Weile aus dem Auto befreien kann und bereits am Telefonieren ist. Sicherlich wird er seine Kollegen verständigen, die nicht allzu weit sein dürften. Willi muss rasch handeln, solange der Bösewicht mit seinem Telefonat noch beschäftigt ist. Er braucht das Auto so dringend! Also schleicht er sich von hinten an das Auto heran. Willi zittert am ganzen Körper. Das Hemd klebt vollgeschwitzt an seinem Rücken fest. Der kalte Schweiß macht selbst vor seinen Füßen nicht halt. Er hat das Gefühl, in seinen Schuhen zu schwimmen, als er sich an seinen Angreifer heranpirscht. Er versetzt diesem einen Fußtritt in die Kniekehle des unverletzten Beins und bringt diesen zu Fall. Ohne sich umzudrehen springt Willi ins Auto, trifft mit zittriger Hand gerade noch so die Zündung und fährt davon. Im Rückspiegel kann er beobachten, wie der Verletzte sich am Boden vor Schmerzen windet und der Abstand zu ihm immer größer wird.

Willi fängt hysterisch zu lachen an. Er kann es nicht fassen. Zum zweiten Mal in dieser Nacht war er dem sicheren Tod entkommen. Die Müdigkeit und die Anstrengung der letzten Stunden fordern ihren Tribut, und er muss sich eingestehen, dass er dringend eine Pause braucht. Abgesehen davon sollte er seine verletzte Hand behandeln lassen.

Ach du große Scheiße, wo bin ich nur da hineingeraten?, überlegt er während der Fahrt. In einer dunklen Gasse traut er sich dann endlich, den Wagen kurz anzuhalten, um den Verbandskasten

aus dem Kofferraum zu holen. Als er den Kofferraumdeckel aufmacht, bleibt ihm erneut die Luft weg. Er hat das dumpfe Gefühl, sein Herz wäre stehen geblieben und würde nie wieder
schlagen wollen: Er kann es nicht fassen! Er schließt die Augen
in der Hoffnung, dass das Bild, das sich ihm gerade darbietet,
verschwinden möge, sich wegblinzeln ließe. Die Aufregung der
letzten Stunden fordern ihren Tribut ein: Die Beine sacken unter
ihm zusammen, als er ohnmächtig wird.

Als er wieder zu sich kommt, schaut er sich um, ob er die
Aufmerksamkeit Vorbeifahrender auf sich gelenkt hatte und stellt
mit Erleichterung fest, dass das nicht der Fall war.

Er steht auf und linst in den Kofferraum hinein. Die aufgerissenen
Augen einer Leiche starren ihm entgegen. Die Augen des Doktors!
Dr. Koch! Vor Schreck steht er wie versteinert vor dem Auto,
dann haut er mit voller Kraft den Deckel wieder zu.

Denk, denk!, ermahnt er sich. Jetzt fängt alles an, einen Sinn zu
ergeben. Okay, okay, okay! Was kann ich jetzt machen? Eins nach
dem anderen! Zuerst sollte ich meine Wunden versorgen, und
dann muss ich schauen, dass ich die Leiche loswerde. Ich brauche
Schlaf. Ich halte es nicht mehr aus! Es ist zu viel! Ich kann nicht
mehr! Ich will nicht mehr! Ich will nur schlafen. Die Augen zu
machen, und wenn ich wieder aufwache, feststellen, es war alles
nur ein schlechter Traum. Zwick dich! Denk! Denk! Denk!

Er steht neben seinem Auto. Unschlüssig über die weiteren Schritte,
die er machen sollte. Er fürchtet sich davor, in seinem Auto Platz
zu nehmen. Der Gedanke an den Körper im Kofferraum lässt sein
Blut gefrieren. Er fühlt sich geschlaucht und gleichzeitig hellwach. Ein Zustand der Panik und Ausweglosigkeit macht sich
bereit. Wie konnte ich nur so tief hineinschlittern? Und wie viel
kann ein Mensch noch erdulden, bevor sein Körper den Dienst
verweigert?

Er muss sich beruhigen! Er weiß, er muss seinen nächsten
Schritt planen, aber die Furcht lähmt ihn. Die Leiche in seinem

Auto ist mehr, als er verkraften kann. Zu wissen, dass man tagein, tagaus mit diesem Menschen zusammengearbeitet hat und jetzt nicht mehr viel von diesem übrig ist, bis auf einen leblosen Körper in einem maßgeschneiderten Anzug, macht Willi Angst.

Und zu seiner Angst gesellt sich Traurigkeit hinzu und benebelt sein Denkvermögen.

Es hilft alles nichts!, ermahnt er sich selbst. Machtlosigkeit und Angst bringen dich nicht weiter! Also, gut! Eins nach dem anderen. Erstens: die Wunden versorgen! Hoffentlich sind keine Blutspritzer von mir auf der Leiche gelandet!

Im Mondscheinlicht betrachtet er seine Hände. Beide sind voller Blut. Die eine von den zugezogenen Verletzungen während der letzten Stunden und die andere, weil er mit dieser einen versucht hatte, die schmerzende Hand fest zu drücken, um die Blutung etwas in den Griff zu bekommen. Selbst im Dunkeln ist es erkennbar, dass seine Hose blutverschmiert ist. Nicht sehr stark, aber dennoch sichtbar. Das Hemd kann er nur bis zu einem gewissen Grade überblicken. Aber auch so kann er sich sehr wohl vorstellen, dass in der Kragengegend sicherlich mehr als nur ein paar Blutspritzer sichtbar wären. Er wischt sich die Hände behelfsmäßig im Gras ab und schließt den Kofferraumdeckel wieder auf, um Verband rauszuholen. Er strengt sich an, den übermäßigen Brechreiz zu unterdrücken, als er versucht, über die Leiche gebückt, in den hinteren Bereich des Kofferraums zu greifen, dort, wo das Verbandszeug steckt. Dabei gleitet sein Blick ungewollt über den Leichnam. Der Arzt ist adrett gekleidet, denkt sich Willi. Keine Spuren von fremder Einwirkung sichtbar. Zumindest nicht bei dem schwachen Mondlicht. Nur die Augen verraten die Angst und die Qual, die er in den letzten Sekunden seines Lebens erduldet haben muss.

Willi fasst einen Entschluss! An sich sind wir von gleicher Statur, überlegt er. Wer sagt denn, dass eine Leiche, die irgendwo herumliegt, unbedingt vollständig bekleidet sein muss? Ich könnte mir vorübergehend etwas borgen, damit ich weiterkomme. „Ich gebe die Sachen zurück, Ehrenwort!", verspricht er dem Toten. „Aber momentan muss ich schauen, dass ich meine eigene Haut retten kann. Dir bringt die Kleidung sowieso nichts mehr. Ich dagegen muss schauen, was ich sonst noch rauskriegen kann, jetzt, wo sie annehmen, dass ich geflüchtet bin …"

Er versorgt seine verletzte Hand, springt ins Auto und sucht im Navi nach einem geeigneten Ort, vielleicht einem See oder Fluss, wo er die Leiche entsorgen kann. Unweit der Stelle, an der er sich befindet, führt eine Weggabelung zu einer Sackgasse mit Zugang zu einem See. Was für ein Glück!, denkt sich Willi. Endlich mal Glück im Unglück! Er fährt die kurze Strecke und begutachtet aus dem Auto heraus den Pfad, der zum See führt: Hier lassen die Leute ihre Boote ins Wasser, denkt sich Willi, als er den Standort einer näheren Betrachtung unterzieht. Das ist die Stelle schlechthin! Aber zuerst brauche ich sein Hemd, seine Hose. M Seinen Schal und seine gepflegte Jacke auch. Ich muss einen annehmbaren Eindruck machen, wenn ich zu dieser Uhrzeit noch ein Hotelzimmer haben möchte. Man soll sich nicht über meine Erscheinung wundern, und wenn möglich, sollte man mich auch schnell wieder vergessen. Ob sich das wohl wirklich bewerkstelligen lässt, vor allem mit einer bandagierten Hand und einer Halswunde?, überlegt er wenig optimistisch.

Willi fährt wieder weg, Richtung benachbartem Wald. Hier will er dem Arzt die Kleidung entnehmen, und er braucht keine Augenzeugen für eine so perfide Tätigkeit! Er stellt den Wagen ab und schaut auf die Uhr: erst kurz nach zwei. Es ist erst ein paar Stunden her, dass der Alptraum begann. Er versucht seine Umgebung – die angsteinflößenden Bäume – zu ignorieren. Der vom Wind angekündigte Sturm lässt glücklicherweise noch auf sich warten. Er steigt aus, um seine Lunge mit frischer Luft voll zu tanken. Eine Eule fliegt knapp an seinem Kopf vorbei. Selbst in dieser Dunkelheit kann Willi noch erkennen, dass diese eine Beute im Schnabel trägt. Er spricht sich Mut zu. Okay, ich lebe noch, ich nehme Dinge noch wahr, ich werde es schaffen. Ich muss es schaffen. Ich habe mit ihren Machenschaften doch nichts zu tun. Während er mit letzter Kraft versucht, die Leiche aus dem Kofferraum zu hieven, stellt er mit Begeisterung fest – wie morbide ist das denn? –, dass noch keine Leichenstarre eingetreten ist, was es ihm leichter macht, sich der Kleidung zu ermächtigen.

Er überlegt, wann sie wohl die Leiche in seinem Wagen verstaut haben könnten. Er haut sich mit der flachen Hand an die Stirn! Na klar, als ich ins Gebäude gegangen bin. Sie können nicht gewusst haben, dass ich komme, schließlich hatte ich es mir auch erst kurz davor überlegt. Wahrscheinlich bin ich denen nur recht gewesen. Oder sie hatten mich schon auf ihrem Radarschirm und mich schon länger beschattet. Sie hätten somit einen Sündenbock gehabt: In meinem Wagen hätte man die Leiche des Doktors gefunden, und mich hätten sie irgendwo entsorgt, wo mich kein Mensch jemals gefunden hätte. Natürlich hätte die Polizei angenommen, ich wäre untergetaucht. Ich bin denen wirklich zum richtigen Zeitpunkt in die Hände gelaufen. Sie hatten nur nicht damit gerechnet, dass ich mich wehren würde, und das war zum Glück meine Chance. Nur deshalb konnte ich fliehen.

Während er, wie ferngesteuert, die Jacke des leblosen Körpers aufknöpft, überlegt er, wie alles anfing und lässt es noch mal und noch mal Revue passieren. Ohne hinzuschauen versucht er, die Hose des Opfers aufzumachen und runterzuziehen. Währenddessen übergibt er sich in eine Einkaufstüte, die er im Kofferraum hatte: „Umso weniger Spuren ich hinterlasse, desto schwieriger wird es sein, mich mit dir in Verbindung zu bringen", flüstert er der Leiche zu. Er schaut sich seinen Knöchel an. Den Knöchel, den er sich verletzt hatte beim Sturz aus dem Gebäude und stellt mit Zufriedenheit fest, dass dieser nicht geschwollen ist und auch nicht mehr weh tut. Er kann wieder ganz normal laufen. Aber halt, der tut wohl schon länger nicht mehr weh!, begreift er letztendlich. Ich habe komplett vergessen, daran zu denken! Und dabei muss er grinsen.

Dann muss er schnell handeln. Die Kleidung hurtig anziehen und den Leichnam loswerden. Oder andersherum! Ja, andersherum!

Erst die Leiche! Sonst mache ich die Kleidung gleich schmutzig! Mensch, bin ich doof!

Er schaut auf die Uhr. Was? So spät schon? Sollte ich tatsächlich so viel Zeit mit dem Ausziehen vertan haben? Auch egal! Zumindest habe ich mich gut ablenken lassen. Er fährt die kurze Strecke zurück zum Wasser. Er steigt aus und schaut sich um. Es ist nichts zu sehen und nichts zu hören. Ein paar Tiere rascheln irgendwo in der Nähe, ansonsten liegt alles in vollkommener Stille. Ein Uhu ist zu hören. Weiter hinten im Wald schreit ein Fuchs. Und dann wieder Stille. Nur das bläuliche Mondlicht! Ein schöner Mond, sinniert er noch.

Willi will Dr. Koch eine letzte Ehre erweisen und ihn nicht zum Wasser schleifen, so, als wäre dieser nur noch ein Sack Müll. Er krempelt seine Hose und seine Ärmel um und hebt dann den leblosen Körper aus seinem Kofferraum hoch. Er legt ihm Arme und Beine in eine angebrachte Stellung, so, als würde er ruhig schlafen, und trägt ihn in seinen Armen zum Wasser, wo er ihn sanft reinlegt. Irgendwie tut er Willi schon leid. Er war ein guter Arzt, ein angenehmer Chef und ein brillanter Kopf, da kann man sagen, was man will, trotz seiner bescheuerten Machenschaften!

Willi verharrt noch eine Zeitlang am Ufer, so, als würde er dem Doktor die letzte Ehre erweisen. Er beobachtet, wie die Leiche kurz an der Wasseroberfläche treibt und dann untergeht. Er hat das Gefühl, selbst der Tote zu sein. Er fühlt, wie das kalte Wasser seinen Körper berührt, umschließt und dann vollkommen überdeckt. Und zuletzt die Wangen, dann die Nase und schließlich das ganze Gesicht. An der Wasseroberfläche herumtreibende Blätter berühren sein Gesicht. Und dann kann er nur noch ihre Unterseite sehen. Leichte Luftblasen steigen nach oben, als er im Wasser versinkt. Und dann kehrt sein Geist in die Realität zurück. Natürlich weiß auch er, dass der leblose Körper nicht lange unentdeckt bleiben wird, aber das ist jetzt nicht mehr sein Problem.

Willi wäscht sich die Hände und das Gesicht mit dem kühlen Wasser des Weihers ab. Kühler als erwartet! Die Frische tut ihm gut und lässt die Müdigkeit etwas verfliegen. Im Licht des klaren

Sternenhimmels betrachtet er seine verletzte Hand. Die Überanstrengung beim Tragen der Leiche hat seiner verletzten Hand nicht gut getan. Der Verband hat sich mit Blut vollgesogen. Ein frisches Kompressionspflaster müsste her. Er müsste die Blutung stoppen, wenn er die frische Kleidung anziehen möchte. Aber zuerst fährt er mit dem Auto weg vom See, weg von der Leiche, und parkt es wieder an derselben Stelle, wo er dem Opfer die Kleidung abgenommen hatte. Das schwache Licht an der Sonnenklappe ist keine große Hilfe, als er versucht, die Verletzung an seinem Hals zu inspizieren. Nicht tief, aber auch diese blutet noch.

Er bringt frische Verbände an Hand und Hals an und schaut sich die Sachen, die vor ihm liegen, an. Er zieht diese mit Ekel an. Es widerstrebt ihm, aus dem Tod eines anderen sozusagen Profit zu schlagen. Und vor allem: E r findet es mehr als widerlich, die Kleidung eines Toten anzuziehen. Dennoch, es hilft nichts! Er muss schauen, dass er seine eigene Haut retten kann. Er braucht nur für diese eine Nacht eine Übernachtungsmöglichkeit, für die nächsten hatte er schon vorgesorgt. Er legt seine verschmutzten Sachen auf den Beifahrersitz. Er langt in die hintere Hosentasche: Aber das Handy steckt nicht mehr drinnen. Nein, das darf doch nicht wahr sein! Wann hatte ich es zuletzt? Er kann sich nicht mehr daran erinnern. Und die ganze Strecke noch mal abzufahren, das wäre erstens Wahnsinn und zweitens uferlos, vor allem in dieser vollkommenen Dunkelheit.

Am Montagmorgen geht Willi zum Kiosk und holt sich die Tageszeitung, ein Croissant und einen großen Kaffee. Er nimmt alles mit auf sein Zimmer und setzt sich gemütlich aufs Bett. Er überschlägt diese, kann aber keine Meldungen über einen toten Mann entdecken. Sein Name wird auch nirgendwo erwähnt. Aber wieso sollten sie denn auch?, fragt er sich. Und was ist mit dem Auto mit kaputter Scheibe? Kann das auffällig sein? Nein, macht er sich selber Hoffnung, das wird noch etwas dauern, bis sie es finden. Er überlegt, ob er es riskieren kann, kurz bei sich zu Hause vorbei zu schauen. Vielleicht später, am Abend, überlegt er. Das Mietauto, das er aus seinem Zimmerfenster sehen kann, steht fahrbereit, so, als würde es sagen: „Los, hopp! Lass uns eine Runde drehen." Dennoch ist sich Willi noch nicht ganz schlüssig, was er machen soll. Er betrachtet die untergehende Sonne, eine Sonne, die tiefrot wird und dann zu einem kleinen, dünnen Streifen am Horizont wird, bevor sie ganz verschwindet. Er trinkt seinen Kaffee gemütlich, schaut fern und merkt nicht, wie er sanft in einen tiefen Schlaf versinkt. Als er wieder aufwacht, ist es bereits früher Abend.

Etwas benebelt und schlaftrunken fasst er sich dann doch ein Herz, geht zum Auto und fährt Richtung Zuhause. Ein mulmiges Gefühl in der Magengrube sollte ihn eigentlich von diesem gefährlichen Unterfangen abhalten. Dennoch, das eigene Zuhause zieht ihn magisch an. Er weiß selber noch nicht, was er sich davon erwartet, aber das Gefühl lässt sich nicht abstellen.

Auf dem Parkplatz vor seiner Wohnungsanlage findet er sofort eine Parklücke. Genau groß genug, damit er den Wagen abstellen kann. Er sitzt unschlüssig da. Traut sich nicht auszusteigen. Menschen gehen an seinem Auto vorbei. Sie scheinen zu lachen und den angenehmen Sommerabend zu genießen. Sie nutzen diesen wunderschönen lauen Abend für ihre Spaziergänge. Nur Willi nicht. Er ist angespannt, wie ein Draht kurz vorm Zerbersten. Dann, wie von einem unsichtbaren Magneten angezogen, macht er sich auf den Weg zum Innenhof. Nicht geduckt, sondern aufrecht und so normal wie möglich, um keine Aufmerksamkeit zu erregen.

Dort angekommen, nimmt er zu seiner Wohnung den Weg über die Feuertreppe. Die Treppe ist alt und quietscht erbärmlich bei jeder Bewegung. Willi braucht für jeden Schritt, den er verrichtet, mehrere Sekunden. Er muss jedes Mal abwarten, ob es jemandem auffällt, dass die Leiter benutzt wird. Die meisten Leute haben bei diesen angenehmen Temperaturen ihre Fenster offen. Die laue Sommernacht, die Anstrengung und die Anspannung treiben den Schweiß auf seine Stirn. Er schaut nach oben, in den Himmel. Der Mond scheint wieder auf seiner Seite zu sein. Die wenigen Wolken können sein Leuchten kaum eindämmen, und so braucht er keine Taschenlampe, um dennoch jeden Tritt genau erkennen zu können. Drei Stockwerke nach oben, über eine quietschende Feuerleiter, können einem schon was abverlangen. Dabei wird ihm bewusst, dass er schon lange nicht mehr trainiert hatte. Und als er endlich vor seinem Fenster steht, ist er schweißgebadet und regelrecht erschöpft. Also gönnt er sich eine kurze Verschnaufpause.

Als er endlich durchs Fenster schaut, sieht er einen Schatten in seiner Wohnung. Das Licht im Zimmer ist nicht eingeschaltet, aber der Mond wirft ausreichend Licht hinein. Willi wartet regungslos ab, bis aus den leichten Konturen richtige Umrisse werden und dann die Gesichtszüge genau zu erkennen sind. Der bärtige Mann! Was macht der in meiner Küche? Das ist doch dieser Patient, der sich mit Dr. Koch gestritten hat. Wie hieß der noch mal? Burg? Schloss?

Willi sieht, wie der Mann den Raum wieder verlässt und ins benachbarte Zimmer geht. Irgendwie planlos.

Mit viel Fingerspitzgefühl macht Willi mit hilfe eines Tricks das Fenster auf. Auf den war er zufällig gestoßen, als er sich mal ausgesperrt hatte. Der Tennisball, den er dazu benutzt hatte, liegt sicher im Blumentopf. Er legt diesen auf das Fensterschloss und drückt mit viel Kraft darauf. Der Druck, der dabei entsteht, löst die Verankerung. Das Fenster lässt sich geräuschlos öffnen. Er klettert wie auf Samtpfoten hinein, lässt das Fenster einen Spaltbreit offen, greift nach einer Pfanne, die an der Wand hängt, geht auf Zehenspitzen ins andere Zimmer. Natürlich könnte er den ungebetenen Gast davonziehen lassen, aber Willi will es nicht hinnehmen, dass man in seine Wohnung einbricht. Abgesehen davon hat er noch so viele Fragen … Mit einem Satz ist er beim ungebetenen Besucher, holt aus und zieht ihm mit der Bratpfanne eins über den Schädel. Der Mann schreit wutentbrannt auf, bevor er zu Boden fällt und reglos liegen bleibt. Willi knipst das Licht an. Er kann sehen, dass der Mann aus der Nase blutet. Abgesehen davon sieht Willi, dass dieser ein blaues Auge hat. Ein Auge, das bereits grün und gelb sich zu verfärben beginnt. Es ist deutlich, dass diese Verletzung schon ein paar Tage alt sein muss und und dass diese nicht von dem Schlag mit der Bratpfanne herrühren kann. Er geht näher heran und betrachtet den Mann eingehend. Irgendwie ist da ein Wiedererkennungsmoment da, aber der verflüchtigt sich, so schnell er aufgekeimt war. Und dennoch … Könnte das der Mann sein, der mich in Doktor Kochs Büro angegriffen hat? Er hat schließlich ein blaues Auge. Nein! Zu abwegig! Das kann er sich woanders zugezogen haben. Oder? Oder doch nicht?, überlegt Willi. „Ha! Geschieht dir recht! Was hast du in meiner Wohnung zu suchen gehabt? Dreckschwein!", ruft er und holt aus, um diesen zu treten. Er führt die Handlung aber nicht aus. Denn noch bevor er seinen Triumph feiern kann, hört er, wie ein Schlüssel in das Schloss seiner Wohnungstür gesteckt wird. Er schafft es gerade noch, das Licht wieder auszumachen, bevor die Tür leise aufgeschlossen wird. „Nicht schon wieder", denkt sich Willi, als er mit einem Satz zum Fenster und aus der Wohnung springt und sicher auf dem Balkon mit der Feuerleiter stehen bleibt.

Willi klettert zwei Stufen nach unten, kauert sich bewegungslos auf der Leiter nieder, direkt unter dem Fensterbrett, und wartet ab, in der Hoffnung, dass diese nicht zu quietschen anfängt. Das Fenster über ihm ist noch offen. Hoffentlich kommt keiner auf die Idee rauszuschauen, denkt er sich.

Er traut sich kaum zu atmen. Er nimmt Geräusche wahr und sieht, dass das Licht eingeschaltet wird. Offensichtlich jemand, der nichts zu befürchten hat, jemand, der vermutlich stärker ist als ich. Er hört, wie die Schritte näherkommen und sich dann wieder entfernen, so, als würden sie ziellos in der Wohnung herumirren. Er zählt bis zehn, bevor er sich traut, mit einem Auge über das Fensterbrett und in die Wohnung zu linsen. Der Mann durchsucht die Schränke und die am Boden herumliegenden Unterlagen. Dann bückt er sich über den Bärtigen. „Na, da hat mir wohl jemand die Arbeit abgenommen", sagt dieser wie zu sich selbst. Er tritt leicht gegen den Schuh des Bärtigen, wie um sich zu vergewissern, dass dieser nicht fabuliert, sondern tatsächlich bewusstlos ist. U nd dann, mit einem Ruck, wendet er seinen Kopf Richtung Fenster. Willi schafft es knapp, sich in den Schutz der Nacht zu bringen. Dann hört er wieder Schritte, die sich nähern, jedoch nicht bis zum Fenster. Dann bleiben diese stehen. Willi fängt erneut zu zählen an. Dieses Mal wartet er bis zwanzig ab, bevor er den Kopf über den Fenstersims hebt. Er sieht, wie dieser Jemand dem Liegenden ein breites Klebeband über den Mund heftet. Willi vernimmt leises Stöhnen. Und dann, mit einem Ruck, wirft sich der zweite Einbrecher den immer noch leicht benebelten und nicht zappelnden Bärtigen über die Schulter. Der Laborant bildet sich ein, Geräusche wie das Platzen von Hemd- oder Hosennähten zu vernehmen, als der Ganove mit dem Bewusstlosen aus seiner Wohnung heraus spaziert. So, als wäre nichts passiert und als wäre es die selbstverständlichste Sache der Welt, einen Mann auf die Schulter zu hieven und zu tragen. Ein erneutes leises Stöhnen ertönt, aber Willi kann nicht identifizieren, um wessen Stöhnen es sich dabei handelt.

Auf dem Weg nach unten nimmt Willi zwei Stufen auf einmal, beachtet aber das Quietschen nicht mehr. Er weiß nur eines: Er muss vor dem anderen sein Auto erreichen. Er muss den Muskelprotz verfolgen und wissen, wo dieser mit dem bärtigen Mann hinfährt.

Willi weiß, wie hirnrissig sein Wagnis ist, vor allem: E r weiß nicht mal, wieso er das unbedingt will, aber irgendwie redet er sich ein, hinter die Wahrheit kommen zu müssen. Was hat der Bärtige damit zu tun? Ich hätte gedacht, der hätte den Doktor gehasst. Sollte ich mich doch getäuscht haben? Macht er doch mit denen, mit den Verbrechern, gemeinsame Sache? Ich bin verwirrt. Ich verstehe gar nichts mehr. Nicht, dass ich davor was verstanden hätte!

Willi folgt dem Muskelmann im sicheren Abstand. Als sie aus der Stadt herausfahren, bleibt Willi beabsichtigt ein gutes Stück zurück, und dann fährt er immer mal wieder ohne Licht, um nicht als Verfolger erkannt zu werden. Er macht es immer erst dann an, wenn sich eine Straßenbiegung auftut, aus der er rausgefahren sein könnte, blinkt immer mal wieder, wenn er anschließend die Scheinwerfer ausmacht. Aber er verliert den Vordermann keine Sekunde aus den Augen. Sie fahren durch mehrere Dörfer und einen Wald. Dann, unerwartet, bleibt das Auto vor einem Bauernhof stehen. Willi bleibt im sicheren Abstand stehen und macht den Motor aus. Die Entfernung zum anderen Auto ist recht groß, aber der Mond leuchtet weiterhin fröhlich vor sich her und erlaubt Willi, das Geschehen zu beobachten.

Der Muskelprotz steigt aus, geht ums Auto herum und versucht den bärtigen Glatzkopf herauszuziehen. Er sieht, wie sich dieser chancenlos zu wehren versucht.

Dann macht dieser mit den Verbrechern wohl doch keine gemeinsame Sache, denkt sich Willi. Er war wohl nur zur falschen Zeit am falschen Ort! Selbst schuld! Was hat er auch in meiner Wohnung zu suchen gehabt?

Willi weiß nicht, was er tun soll. Er hat die Wahl zwischen Not und Elend: Wenn er die Polizei anruft, tun die Ganoven dem Glatzkopf womöglich noch was an, um ihn schnell los zu werden. So, denkt er sich, lassen sie ihn vielleicht frei. Vielleicht! Auf der anderen Seite steckt er selbst noch ganz schön tief in der Klemme, und die Polizei würde ihn womöglich auch verhaften …
Dann schießt ihm ein Gedanke durch den Kopf, der ihn bis in seine Grundmauern erschüttert: Kann das sein? Nein, aber irgendwie vielleicht doch? Könnte es sein, dass der Glatzköpfige der Angreifer war? Wie komme ich darauf? Also, wenn der Glatzköpfige derjenige ist, der mich in der Praxis angegriffen hat, wer kann dann mit Sicherheit sagen, dass er nicht auch dem Doktor den Garaus gemacht hat? Er wollte mich schließlich auch töten! Willi ist hin- und hergerissen. Soll er helfen oder lieber schauen, dass er wegkam? Aber wem helfen, eigentlich? Was hatten all diese Menschen in seiner Wohnung gesucht? Wussten alle von der Existenz der entwendeten Reagenzgläser?

Willi entscheidet sich, noch etwas abzuwarten, bevor er sich näher heranschleicht. Sein Mund fühlt sich trocken an, aber er hat nichts zum Trinken dabei. Er hat das Gefühl zu verdursten. In geduckter Stellung entfernt er sich ein paar Meter von seinem Auto. Er kann sich selbst nicht erklären wieso. Es ist wie ein Zwang. Etwas in seinem Gehirn zwingt ihn zum Gehen.

Habe ich mich in Bewegung gesetzt, in der Annahme, irgendwo einen Automaten mit kühlen Getränken zu finden?, zieht er sich selbst auf. Mein Kopf sagt mir, dass es schwachsinnig ist, aber der Körper macht momentan, was er will.

Aber dann sieht er Scheinwerfer, die sich durch die Dunkelheit bohren und entdeckt, dass sich aus der anderen Richtung ein weiteres Auto nähert und vor dem Bauernhof stehen bleibt. Zwei Männer steigen aus. Einer davon humpelt bejammernswert. Willi ist sich sicher, in diesem Mann den Mann wiederzuerkennen, der versucht hatte, ihn in seinem Auto umzubringen. Die buschigen Augenbrauen und die stark hervortretenden Frontzähne im Unterkiefer geben diesem ein mehr als furchteinflößendes und absonderliches Erscheinen. Jemand, den man nicht vergisst! Willi wird dabei schwindelig. Er fängt zu zittern an. Trotz der hohen Außentemperatur fangen seine Knie zu schlottern an. Er schwitzt Blut und Wasser. Er hat das dumpfe Gefühl, sich übergeben zu müssen. Die Angst ist wieder da, diese unendliche Angst. Wie in Trance geht er die paar Schritte zu seinem Auto zurück und lässt sich daneben auf die Wiese fallen. Das kühle Gras tut gut. Er bleibt eine Zeitlang so regungslos liegen. Er hat das Gefühl, dass mittlerweile alles an ihm abgestorben sein muss. Er meint, keine Kontrolle mehr über seinen Körper zu haben. Er würde am liebsten das Denken abstellen können.

Wieso bin ich nur zu meiner Wohnung gefahren? Habe ich nicht schon genug Ärger und Probleme gehabt?, überlegt er. Was bin ich für ein blasierter Schwachkopf! Was habe ich mir davon erwartet? Wenn ich könnte, würde ich jetzt weinen oder am besten noch die Zeit zurückdrehen! Aber dann schimpft er mit sich selbst: „Du Waschlappen! Steh endlich auf! Hör auf, dich selbst zu bemitleiden! Das ist nicht zu ertragen! Da lachen ja die Hühner!" Widerwillig und kraftlos steht er wieder auf. Er hat das Gefühl, dass es Stunden her ist, seit er sich ins Gras fallen ließ. Stunden, in denen er überlegte, was als Nächstes passieren könnte und was bisher geschehen war. Er schaut auf die Uhr. Drei Minuten? Es sind erst drei Minuten vergangen? So viel zur Zeiteinschätzung, wenn es einem nicht gut geht, grübelt er.

Erfrischt durch das kühle Gras, macht er sich auf Zehenspitzen, und wie er mit Entsetzen feststellt, sogar zum zweiten Mal in dieser Nacht auf Zehenspitzen, Richtung Bauernhof auf. Dieser ist hell erleuchtet, aber Willi befindet sich im Schutz der Dunkelheit, was ihm einen gewissen Vorteil verschafft. Er schleicht sich von der straßenabgewandten Seite des Hauses näher an den Bauernhof heran. Er kann weder Hunde noch andere Tiere ausmachen. Das Anwesen scheint, abgesehen von den Gaunern, von Menschen und Tieren verlassen zu sein. Also springt er über den niedrigen Zaun. In seiner Aufregung übersieht er die zwei Tonnen dahinter und stößt eine mit dem Fuß an. Diese gerät ins Wanken und kippt um. Willi dreht sich wie elektrisiert um. Er bildet sich ein, einen Schatten gesehen zu haben. Er bleibt regungslos stehen und lauscht eine Zeitlang unbewegt, bis der Lärm abklingt. Jeder Muskel in seinem Körper ist angespannt. Aber als nichts passiert, schleicht er sich näher ans Haus heran und linst in eines der Fenster hinein. Zuerst kann er nur Bruchstücke einer sehr lauten Konversation vernehmen, denn die Augen müssen sich erst an das grelle Licht gewöhnen, bevor sich die Szene und das Gespräch zusammenfügen lassen. Wie der Zufall will, scheint der Kellerschacht die Stimmen sehr klar rüber zu Willi zu transportieren.

Der humpelnde Mann schreit den dunkelhaarigen Muskelprotz an: „Blödmann, das ist nicht Willi Fleischmann. Wie blöd muss man denn sein, um den falschen Mann anzuschleppen? Ich habe ihn damals genau gesehen, ihn und sein blödes Gesicht! Weißt du noch? Kannst du dich noch daran erinnern? An die genaue Beschreibung, die ich dir gegeben habe? Hatte der Bart? Oder Glatze? Schwachkopf! Einen einzigen Auftrag hattest du nur: Du solltest zu seiner Wohnung fahren und uns diesen herbringen. Und wen hast du uns hergeschleppt?"

Die Antwort des anderen kann Willi nicht hören, es ist mehr ein Winseln als ein richtiger Satz. Die Situation scheint grotesk, fast albern, aber Willi ist nicht zum Lachen zumute.

„Na, wenigstens hast du ihn betäubt! Hat er sich gewehrt?"

Die Antwort kann Willi wieder nicht hören, aber die kann er sich schon vorstellen.

Der humpelnde Mann fährt in einem lustigen Ton fort: „Zumindest hat er wenigstens keinen von uns gesehen. Abgesehen von dir." Die raschen Sätze werden von einem raschen Hieb in das Gesicht des Dunkelhaarigen begleitet. Dann fährt er fort: „Aber ein bisschen hast du damit schon übertrieben, oder? Wie viel hast du ihm gegeben?"

Willi sieht, dass der Muskelmann eine Spritze in der Hand hält. Er kann auch das dreckige Lachen hören.

„Die Menge würde einen Elefanten umhauen … Na, wenn es sein Herz nur mitmacht!! Sonst auch wurst! Um einen mehr oder weniger ist es auch nicht schade."

Was?, denkt sich Willi. Um einen mehr oder weniger ist es nicht schade? So viel ist denen ein Menschenleben wert? Seine Knie fangen zu zittern an. Aber er kann nicht wegsehen. Er muss wissen, was als Nächstes passiert. Ich müsste Hilfe holen. Aber wie?, überlegt er ganz hektisch.

Im nächsten Augenblick beobachtet Willi, wie der dritte Mann – der Mann, der bisher nichts gesagt hatte – den Kraftprotz unerwartet von hinten packt und dieser sofort bewusstlos zu Boden sackt.

Das ist ein Griff! Den müsste ich auch mal können, überlegt Willi mit echter Anerkennung. Er beobachtet weiter. Und dann schleicht sich die Angst erneut bis in seine Knochen und seine Fingerspitzen. Die Hände und alle Gliedmaße fangen zu zittern und gleichzeitig zu schwitzen an.

Dann sieht er, dass der humpelnde Mann eine Spritze bereit macht.

Der Mann, dessen Gesicht Willi nicht sehen kann, bemerkt spöttisch: „Solltest du die Stelle nicht desinfizieren, bevor du ihm den Todesstich verpasst?" Und beide lachen. Ein dreckiges überhebliches Lachen. Das Lachen der Starken, das Lachen derer, die sich für unbesiegbar halten.

Dann hebt der Mann, der weiterhin mit dem Rücken zu Willi abgewandt steht, den Arm des Muskelmannes hoch, und der Humpelnde verpasst ihm in der Achselhöhle die Todesspritze. Ein leises Stöhnen ist zu vernehmen, bevor dieser seinen letzten Atemhauch ausatmet und wie ein Sack Zement auf dem Boden landet.

Willi möchte schreien, er meint, in dieser Sekunde selbst gestorben zu sein. Mit aller Kraft drückt er sich die Hände auf den Mund. Wie viel kann ich noch ertragen?, fragt er sich. Die Zähne fangen ungebändigt zu klappern an. Steht dem Bärtigen etwa dasselbe Schicksal bevor? Doch noch bevor er den Gedanken zu Ende spinnen kann, sieht er, dass der Leichnam von dem stärkeren Mann hochgezerrt wird. Dieser legt sich den Toten über die rechte Schulter, genauso, wie es der Muskelprotz erst kürzlich mit dem Bärtigen gemacht hatte, und trägt ihn zum Auto, während sein Kumpan weiterhin im Haus bleibt.

„Was habt ihr vor?", spricht Willi leise vor sich hin.

Dann sieht er, dass der humpelnde Mann dem am Boden liegenden Glatzköpfigen einen Sack über den Kopf stülpt.

„Vielleicht kommst du doch noch davon, warum sollten sie sonst Wert darauf legen, dass du ihre Gesichter nicht erkennen kannst?", flüstert Willi dem Bärtigen in Gedanken zu und sieht, wie auch dieser vom zweiten Mann ins Auto verfrachtet wird. Er sieht auch, dass der humpelnde Mann sich Richtung Ausgang begibt und das Licht ausknipst. Das ist meine Chance, denkt sich Willi. Also springt er geräuschlos über den Zaun und läuft zurück zu seinem Auto, in dessen Schatten er sitzen bleibt. Er wundert sich darüber, wie leicht sein Körper ihm gehorcht. Die Zähne klappern zwar noch, und das Zittern schwächt auch weiterhin seine Bewegungen, aber alles in allem, stellt er mit Zufriedenheit fest, ist mein Körper noch gut funktionsfähig. Und in Gedanken bedankt er sich bei seinem Gehirn und seinem Körper, die trotz panischer Angst ihm den Dienst noch nicht versagen.

Willi macht sich Vorwürfe. Das ist alles meine Schuld, dass der eine so zugerichtet und der andere umgebracht wurde. Aber woher sollte ich das wissen? Was haben sie schließlich in meiner Wohnung zu suchen gehabt?

Er wartet ab, bis letztendlich das andere Auto an ihm vorbeifährt. Er zählt in Gedanken bis fünf, dann beobachtet er, über sein Auto hinweg, welche Richtung die anderen einschlagen, bevor er sich traut, sein eigenes Auto aufzusperren und einzusteigen. Adrenalin schießt durch seinen ganzen Körper. Die Hände zittern überhaupt nicht mehr, als er den Schlüssel ins Zündschloss steckt, stellt er fassungslos fest. Sein Kopf ist hellwach, als hätte er zehn Tassen Kaffee auf einmal geleert. Und nicht nur das, er hat das Gefühl, Berge versetzen zu können. Abgesehen davon scheint sein Sehvermögen geschärft zu sein, als er die Verfolgung ohne Scheinwerfer aufnimmt. Er fühlt sich wie eine Eule, wie er so durch die Nacht gleitet, auf der Suche nach dem nächsten Mäuschen, das irgendwo hinter dem nächsten Busch sich zusammengekauert hat und dem Jäger zu entfliehen versucht.

Dörfer und Wälder ziehen an ihnen vorbei, und nichts geschieht. Auf Willi wirkt es so, als würden die Gangster planlos durch die Nacht fahren, viel befahrene Straßen meidend und immer durch wenig beleuchtete Gegenden lenkend.

Ihr entkommt mir nicht, spricht Willi zu sich. Ich muss herauskriegen, was ihr vorhabt und wo ihr den Glatzkopf hinbringt. Ich muss das Rätsel lösen. Just in dieser Sekunde, in der sich Willi für unbesiegbar und unschlagbar hält, sieht er, dass die hintere Tür des voranfahrenden Autos geöffnet wird. Und bevor diese erneut geschlossen wird, wird ein Mann herausgestoßen. Willi kann aus der Entfernung nicht erkennen, um wen es sich dabei handelt und ob der Mann geflüchtet war, also die Tür selbst geöffnet hatte oder tatsächlich heraus geschubst wurde.

Er sieht, dass der Mann sich ein paar mal überschlägt und dann auf der Fahrbahn liegen bleibt. Aber das Auto fährt weiter, was nur eine Vermutung zulässt: Es muss der Bärtige sein, der da soeben unsanft rausgeschmissen wurde.

Der Abstand zwischen sich und dem Mann am Boden verkleinert sich nur langsam. Willi fährt im Schneckentempo, ganz auf der Hut, falls die anderen doch wenden sollten, um den Mann wieder einzusammeln. Und tatsächlich, nach einer kurzen Weiterfahrt kehrt das Auto um und fährt mit hoher Geschwindigkeit auf den Mann zu. Willi muss handeln. Er kann es nicht zulassen, dass eine neue Leiche auf seine Kappe geht, sollte dieser nicht eh schon tot sein, überlegt er. Er schaltet seine Scheinwerfer und anschließend sofort das Fernlicht ein und blendet den anderen, der darauf nicht gefasst war. Gleichzeitig gibt auch er Gas, um seinen Wagen zwischen dem Bärtigen und dem anderen Auto zu manövrieren, um zu verhindern, dass der Liegende überfahren wird. Er kommt vor den Ganoven zum Stehen. Er steigt nicht aus, sondern wartet ab. Das Fernlicht lässt er eingeschaltet. Außer ihnen befindet sich niemand auf der Straße. Da ist die Katze verreckt, denkt sich Willi, dabei ist es noch nicht mal so spät! Wenn mir jetzt was passieren sollte, kriegt es keine Sau mit. Dann sieht er, wie das andere Auto seinerseits auch stehen bleibt und das Fernlicht einschaltet. Für eine kurze Zeit wird auch Willi geblendet. Im letzten Augenblick kann er erkennen, dass jemand ausgestiegen ist und mit schnellen Schritten auf ihn zuläuft, bevor eine Kugel seinen Außenspiegel zerschmettert. Willi ist hin- und hergerissen: Sollte er seine Haut retten oder versuchen, das Leben des anderen zu retten? Und abgesehen davon – wie?

„Ich lasse mich nicht unterkriegen! Niemand schießt auf mich!“, schreit Willi, während er mit Vollgas auf das andere Auto zufährt. Wo kommt nur das ganze Adrenalin her?, scheint er sich zu fragen. Schemenhaft kann er erkennen, wie der Schießende zum Auto zurückrennt und einsteigt, während der Wagen erneut kehrt macht und mit quietschenden Reifen davonfährt. Als sich das Auto in der Dunkelheit verliert, hält Willi an, macht die Tür einen Spaltbreit auf und übergibt sich. Sterne flimmern vor seinem inneren Auge, als er das Lenkrad fest umklammert. Die nachlassende Wirkung des Adrenalinschubs fordert ihren Tribut. Schweiß schießt aus allen Poren. Perlen bilden sich auf seiner Stirn und tropfen von den Schläfen runter. Willi würde gerne aussteigen, aber seine Hände scheinen am Steuer festgeklebt zu sein. Er kann die Umklammerung nicht lösen. Seine Finger gehorchen ihm nicht. Es ist so, als würde er in einem fremden Körper stecken, und keine seiner Gehirnwindungen würde seine Gliedmaßen erreichen. Er weiß: S ollten die Verbrecher wiederkommen, wäre er ihnen hilflos ausgeliefert. Um sich wieder in die Realität zurück zu holen, verpasst er sich mal wieder eine imaginäre Ohrfeige, wie so oft in den letzten Tagen schon.

„Krieg dich ein!", befiehlt er sich. „Hinter deinem Auto liegt ein Mann am Boden. Jeder, der hier vorbeifährt, könnte annehmen, du hättest diesen überfahren. Dann würde dieser die Polizei benachrichtigen, und du wärst am Arsch."

Er braucht noch ein paar Minuten, bis sich sein schwacher Körper von den Strapazen und dem Stress erholt. Aber als er sich endlich wieder etwas beruhigt hat, möchte er schleunigst den am Boden liegenden Mann retten. Er würde am liebsten rückwärtsfahren, damit es so schnell wie möglich vonstattengeht, aber aus Angst, diesen zu überrollen, legt er den Vorwärtsgang ein, fährt ein Stückchen vor und wendet.

Kurz vor dem am Boden ausgestreckten Mann hält er dann an. Dieser bewegt sich immer noch nicht.

Willi überlegt: Was ist das für eine Gegend hier? Kein Mensch weit und breit. Trotz Schüssen lässt sich hier kein Mensch blicken! Und gerade als er sich für diese glückliche Fügung beim Universum bedanken will, hört er Motorengeräusche, die schnell lauter werden und die Stille der Nacht durchschneiden, und dann sieht er sie endlich: die leuchtenden Scheinwerfer in der Ferne, die sich mit großer Geschwindigkeit zu nähern scheinen, nur um im nächsten Augenblick die Richtung zu wechseln und im Nirgendwo zu verschwinden.

Wie viel hält ein Herz eigentlich noch aus?, fragt sich Willi. Wann ist es soweit, dass es nicht mehr weiter mag und einfach den Dienst verweigert? Ich halte das nicht mehr aus. Und eine ihn fast zu Boden erdrückende Müdigkeit ermächtigt sich seiner.

Mit gesenktem Kopf und hängenden Schultern, so, als würde die ganze Last der Welt darauf ruhen, schleift er seine Füße hinterher. Er bückt sich über den Mann. Er fühlt auf die Schnelle seinen Puls ab, bevor er mit Mühe und Not und mit allerletzter Kraft diesen ins Auto hievt. Er zieht ihm den Sack vom Kopf runter und stellt fest, wie bereits vermutet, dass es sich dabei um den bärtigen Ex-Patienten von Dr. Koch handelt.

Während der Fahrt zu seiner Ferienwohnung führt Willi einen Monolog mit seinem Beifahrer: „Was hast du in meiner Wohnung gesucht? Das hast du jetzt davon! Was sollen deine Frau und deine Kinder jetzt ohne dich machen? Mit wem hast du dich da nur eingelassen? Wolltest du dich an Dr. Koch rächen, und es ist stattdessen nach hinten losgegangen? Volltrottel! Hätte ich Familie, würde ich nicht so kopflos handeln! Hoffentlich hält uns unterwegs nur keiner an! Ich würde riesige Probleme bekommen, dich und deinen Zustand zu erklären … Weißt du was? Ich glaube, ich bin einfach im falschen Film gelandet. Ja, so muss das sein! Das kann doch alles nicht wahr sein, oder? So was passiert nicht im wirklichen Leben! Was meinst du denn dazu? Hast du gar keine Meinung? Du scheinst älter zu sein. Vielleicht hast du mehr Lebenserfahrung als ich. Obwohl, wenn ich dich so anschaue, muss ich das schon stark bezweifeln. Weißt du, früher fand ich mein Leben langweilig. Ständig habe ich mir gewünscht, dass sich mal was Aufregendes tun würde. Aber nicht so! Das sind ja Lichtjahre von dem entfernt, was ich als ‚aufregend‘ bezeichnen würde! Wieso wollte ich nur hinter das Geheimnis von Dr. Koch kommen? Wieso musste ich meine dämliche Nase überall reinstecken? Ich glaube, wenn meine Nase jedes Mal in die Länge gewachsen wäre, bei jeder Gelegenheit, wenn ich sie irgendwo ungebeten reingesteckt habe, würde ich Pinocchio nicht nur Konkurrenz machen, sondern dessen Nase schon längst übertroffen haben! Der würde mich beneiden! Das sage ich dir! Meine ganze Welt steht kopf! Ich wünsche mir mein langweiliges Leben zurück, in dem das einzige Aufregende die Frage war: Wie kriege ich Lucia? Kannst du das verstehen?“

Die Dunkelheit zieht an ihnen vorbei. Willi fühlt Ekel in sich aufsteigen. Um sich die Stille und die Einsamkeit zu vertreiben, führt er weitere Selbstgespräche: „Ich bin so verschwitzt. Ich hasse es, wenn ich so schwitze! Ich brauche dringend meine Dusche und einen starken Cognac. Ich freue mich schon auf mein sauberes Bett! Vielleicht kann ich von Lucia träumen und diese schrecklichen Tage vergessen. Aber vielleicht wache ich morgen früh auf und stelle fest, dass alles nur ein schlechter Traum war. Na gut, ich mache mir nur was vor! Das weiß ich schon! Halt die Klappe! Halt die Klappe! Halt die Klappe!"

„Walter, noch mal: Ich finde, deine Auslegung von ‚Problem Nummer zwei gelöst' nicht zufriedenstellend", betont der unangefochtene Boss lässig, mit der ihm eigenen, wohlklingenden und dennoch harten Aussprache. „Dass du Vassily in Fleischmanns Wohnung gekarrt hast, ist vielleicht gar nicht mal so schlecht gewesen, aber meiner Meinung nach, und das ist genau das, worum ich euch alle gebeten habe" – und dabei schreit er fast –, „läuft Problem Nummer zwei noch immer frei herum. Um ihn solltet ihr euch kümmern! Und nicht nur, dass er weiterhin frei herumläuft! Nein! Er scheint auch noch eure Drecksarbeit einzusammeln!" Er haut mit seiner Faust so kräftig auf die Tischplatte, dass sein Rotweinglas gefährlich umzustürzen droht. Selbst als es weiterhin wackelt, traut sich keiner der Anwesenden, sich zu rühren, um es am Umkippen zu hindern. Das Glas vibriert noch etwas, bleibt aber letztendlich doch stehen. Die paar Tropfen, die auf der weißen, gestärkten Tischdecke liegen bleiben, schauen wie vereinzelte Blutstropfen aus.

Drei Tage später sitzt Willi wieder auf seinem Bett, der Fernseher läuft. Die Nachrichten zeigen das Bild eines Mannes. Er erkennt darin den Muskelprotz, der vor seinen unbemerkten Augen seinen letzten Lebenshauch ausgeatmet hatte. Er starrt auf das Bild von Vassily Vassilievics, wie dieser in seiner verwüsteten Wohnung auf einem Berg von Unterlagen liegt. Mein Gott, denkt er sich, wie soll es nur weitergehen? Just in diesem Augenblick wird ihm die heutige Ausgabe der Zeitung durch den Türspalt durchgeschoben. Ein Mann wird vermisst, der Mann, der sich erst vor Kurzem diese unschöne Szene mit dem Doktor in der Praxis geliefert hatte. Der Mann, bei dem es um das kranke Kind ging … Und jetzt hat er auch einen Namen: Kastell!

„Ich wusste, der heißt irgendetwas mit Burg oder Schloss!", ruft er plötzlich aus und klatscht in die Hände.

Und dann lässt er weitere vergangene Geschehnisse der letzten Zeit Revue passieren: Sicher, auch das ist erst ein paar Wochen her, aber Willi kommt es vor, als lägen Ewigkeiten dazwischen, dass sich dieser Vorfall in der IVF-Praxis ereignete: Der Wutausbruch eines Mannes! Willi wurde Zeuge dieser unschönen Szene! Der Mann gestikulierte und schrie den Doktor an. Aus den Wortfetzen konnte Willi heraushören, dass seine Frau ein paar Jahre zuvor von Dr. Koch behandelt wurde. Aus dieser Behandlung entstanden Zwillinge. Im nächsten Moment drehte sich der Mann um, und Willi erkannte ihn wieder, aber an dessen Namen konnte er sich nicht erinnern.

Willi sah, wie Dr. Koch freundlich, aber bestimmt den schreienden Herrn in sein Büro komplimentierte, um keinen der anwesenden Patienten unnötig zu beunruhigen. Dennoch ließ sich nicht alles eindämmen, und Willi konnte einige Sätze erhaschen, bevor Dr. Spange eine weitere Tür zwischen sich, Willi und dem lauten Gespräch ins Schloss fallen ließ. Eines der Kinder wies gewisse Gendefekte auf, die weder in der Familie der Mutter noch in der Familie des Vaters jemals vorgekommen waren. An sich nichts Schlimmes, sollte man meinen. Nur dass dieser Gendefekt eine Nierenkrankheit mit sich brachte, die es nötig machte, dem Kind eine Spenderniere zu geben. Und so ließen sich natürlich beide Eltern untersuchen, um zu schauen, welches der Elternteile kompatibel wäre, um die benötigte Niere zu spenden. Umso größer war die Überraschung, als sie hörten, dass dieses Kind nur mit der Mutter verwandt war. Wohingegen das andere Zwillingskind sowohl mit der Mutter als auch mit dem Vater verwandt war.

Natürlich sollte das niemand mitkriegen, aber das, was Willi soeben vernommen hatte, fing an, sich wie ein Spinnennetz vor sein inneres Auge aufzubauen. Es fing an, Gestalt anzunehmen, alles fing an, sich zusammen zu fügen: Die hohe Prozentwahrscheinlichkeit, mit der die Patientinnen in dieser Praxis schwanger wurden, der missglückte und letztendlich dennoch erfolgreiche Transfer in Gretas Fall – und dann das soeben Gehörte: Es musste so sein. Ja, dachte Willi, jetzt weiß ich es.

Als Willi die Bruchstücke der Unterhaltung und das Selbsterlebte wie ein Puzzle zusammensetzt, versucht er widerwillig, sich weiterhin auf seine Arbeit zu konzentrieren. Aber die Gedanken schweifen immer wieder ab. Das muss es sein! Natürlich! Ich muss versuchen, den Patienten zu sprechen. Und dann werde ich Herrn Doktor Koch zur Rede stellen.

Als der wütende Patient sich umgedreht hatte und gehen wollte, sah er, wie Dr. Koch diesem nachging und ihm etwas zuflüsterte. Anschließend machte der Arzt den Eindruck, als versuche er, den Mann zu etwas zu überreden, was diesem widerstrebte. Dieser blieb zögerlich stehen, runzelte die Stirn und verließ die Praxis ohne ein weiteres Wort.

Dr. Koch aber kehrte strahlend zurück.

Willi kehrt mit seinen Gedanken in die Realität zurück: Er hält sich vor, die Unterredung mit Herrn Kastell verpasst zu haben. Sein momentanes Dilemma wird ihm mit einem Mal richtig bewusst. Er ist sich nicht schlüssig, was er machen soll. Würde ihm die Polizei glauben? Und die Schurken sitzen ihm auch im Nacken. Ob er sich wirklich trauen sollte, mit der Polizei Kontakt aufzunehmen? Aber wie kann ich ihnen alles beweisen? Der eine lag in meinem Auto, der andere in meiner Wohnung und der Dritte liegt im Nebenzimmer. Was kann ich der Polizei sagen, was mich entlasten würde? Ich habe kein Alibi für die Nacht, als der Arzt starb. Noch schlimmer, ich war in der fraglichen Nacht sogar in seinem Büro. Bei meinem Pech würde es mich nicht

wundern, wenn mich jemand beim Betreten des Gebäudes beobachtet hätte. Für den zweiten Mord habe ich auch kein Alibi.
Mensch, meine Situation ist ganz schön bescheiden, na ja, nennen
wir er beim Namen: BESCHISSEN!

Im Nebenzimmer liegt ein Mann, ausgestreckt auf dem Bett. Er
liegt immer noch zusammengekauert da, in derselben Position
wie schon Stunden zuvor. Er hat einen Vollbart und Glatze. Neben ihm auf dem Tisch steht ein halb volles Glas mit einer durch-
sichtigen Flüssigkeit. Vermutlich Wasser. Daneben, auch noch
halb voll, steht eine Schüssel. Vermutlich Suppe. Er trägt seine
Straßenkleidung. Aber die Schuhe hat er ausgezogen. Er macht
den Eindruck, als würde er ruhig schlafen. Das linke Auge ist
geschwollen. Unter dem Auge ist eine Verletzung sichtbar, eine
Verletzung, die nicht blutet. Man könnte ihn für tot halten, würde sich seine Brust nicht in regelmäßigen Abständen heben und
senken. Er scheint ruhig zu schlafen.

In diesem Moment stürmen Polizeibeamtinnen Willis Ferienwohnung. Zwei Kriminalkommissarinnen, um genau zu sein.
Willi fühlt sich wie in eine Polizei-Parodie hineinversetzt, denn
ein James Bond -Girl – wie hieß sie noch mal, die eine, die aus
dem Wasser kommt und eine Muschel in der Hand hat? – ist dabei. Auf jeden Fall eine Traumfrau: lange blonde, wallende Mähne, in einem körperbetonten roten Shirt und einer Skinny-Jeans
auf roten Schuhen mit dünnen Absätzen. Ihre Kollegin dagegen
erinnert an diese dicke Polizistin aus diesem lustigen Film mit
Sandra Bullock – wie hieß der Film noch mal? Pummelig, Hornbrille, in einem beigen Trenchcoat und abgetragenen Turnschuhen. Diese beiden stürmen die Ferienwohnung und bleiben mit
gezückten Pistolen vor ihm stehen. Willi weiß nicht, was er davon halten und wie er agieren soll. Er kriegt nur ein piepsiges
„Hallo?" heraus.

Kriminalkommissarinnen Erhardt und Lupus zücken wie auf
Kommando ihre Dienstausweise hervor, ohne den Verdächtig-

ten aus den Augen zu lassen: ein Mann von ca. Anfang dreißig, etwas spitzbübisch mit seinem herzförmigen Haaransatz, lässig gekleidet mit einem schwarzen Langarmshirt und der Vintage-Jeans, macht er einen erstaunlich angenehmen Eindruck – im Gegensatz zu den Fotos, die sie von ihm ergattern konnten, stellt Nadja mit Überraschung fest.

In der rechten Hand halten beide Beamtinnen weiterhin ihre Pistolen auf Willi gerichtet. Das Metall der Waffe fühlt sich abstoßend kalt an, überlegt Maria.

Der Anblick der Waffen und vor allem ihr Anblick aus nächster Nähe verfehlt nie seine Wirkung und lässt den Mann kurz innehalten. Erst jetzt bemerkt er, wie rasend schnell sein Herz schlägt. Er spürt es in seinem Hals, und es schnürt ihm die Kehle zu. Dennoch, der tiefe Ausschnitt von Kriminalkommissarin Erhardt zieht seinen Blick magisch an. Typisch Mann, denkt sich Lupus, verdreht ausgiebig die Augen und schüttelt den Kopf.

„Hallo, Freundchen, Blick nach oben!", sagt Nadja Erhardt barsch und zieht dabei die Stirn kraus.

Willi zuckt schmunzelnd mit den Schultern. Er ist jetzt der Mittelpunkt in diesem karg eingerichteten Zimmer. Er ist fasziniert und verschreckt zugleich und blickt sie weiterhin ungehalten an. Dennoch stellen sich ihm alle Haare auf, und dieses Gefühl der Machtlosigkeit, das Gefühl, das er in den letzten Tagen so oft durchlebt hatte, stellt sich wieder ein.

Marias Blick fällt auf die ausgebreiteten Tageszeitungen: „Na, stolz darauf? Wollen Sie sie alle einrahmen?"

Der herablassende Ton ist nicht zu überhören. Willi würde gerne was sagen, sich gegen Anschuldigungen wehren oder überhaupt was sagen, aber die Zunge scheint gelähmt oder gar nicht vorhanden zu sein. Sie will einfach nicht gehorchen.

„Was schauen Sie mich so entsetzt an?", versucht sie ihn aus der Reserve zu locken.

Sein Hals fühlt sich trocken und rau an. Nicht ein einziger Ton kommt heraus. Seine Augen bekommen einen leichten Glanz,

Tränen bilden sich in seinen Augenwinkeln, und dann fängt er an zu weinen.

„Ernsthaft?", fragt Nadja distanziert und verdreht dabei die Augen so sehr, man könnte meinen, sie wären irgendwo in der Hirngegend wiederzufinden. „Jetzt hören Sie mal mit dem Flennen auf!"

Maria schaut verständnislos von einem zum anderen, und dann fragt sie: „Wir nehmen an, Sie sind Willi Fleischmann. Habe ich recht?"

Der Mann nickt.

„Könnten Sie sich bitte dennoch ausweisen?"

Willi nickt wieder. Er deutet mit dem Zeigefinger auf den Geldbeutel, der auf dem Nachttisch liegt. Maria greift danach, lässt aber den Verdächtigen keine Sekunde aus den Augen.

Ein schrilles und lautes „AAAAAAAAAA!" folgt.

Nadja schimpft: „Mensch, Maria! Spinnst du? Was ist denn? Was schreist du so? Ich hätte ihn fast erschossen!" Sie steht mit gespreizten Beinen da und starrt Maria an, während die Mündung der Waffe Richtung Willi zeigt. Die linke Hand umklammert ihre Rechte, während der Zeigefinger der rechten Hand angespannt immer noch den Trigger des Schießeisens festhält. Sie scheint zu allem entschlossen zu sein.

Willis angsterschreckte Augen starren von einer zur anderen, aber er traut sich nicht, sich zu bewegen. Er überlegt nur: Ich bin echt im falschen Film! Was habe ich nur so Schlimmes angestellt, damit ich dafür die Rache des Universums so deutlich spüren muss? Er sitzt da und ist bereit zu sterben. Er kann einfach nicht mehr!

„Ich habe mich verbrannt! Aua! Die blöde Nachttischlampe hat keinen Lampenschirm. Ich habe versehentlich die Birne angefasst." Und dann schaut sie Willi an, lächelt entwaffnend und flüstert noch ein kurzes „Sorry!", während sie die Schulter hochzieht.

Nadja verdreht die Augen und schüttelt den Kopf. Krampfhaft versucht sie, sich ein Grinsen zu verkneifen.

Maria Lupus greift erneut nach dem Geldbeutel und macht diesen auf. Eine Menge Papier- und Plastikkarten fallen heraus. Sie versucht auf tollpatschige Art und Weise, ein paar davon wieder aufzufangen. Dabei bewegt sie den Geldbeutel, als wäre dieser ein Tennisschläger während eines Aufschlags und katapultiert die Karten in alle Himmelsrichtungen. Der Inhalt fliegt durch die Luft und verteilt sich im ganzen Zimmer. Nadja kneift die Augen zusammen, beißt sich auf die Lippen, versucht nicht zu lachen, auch nicht zu grinsen, während Maria am Boden auf allen Vieren herumkriecht und die Karten inklusive Ausweis einsammelt.

Willi schaut fassungslos zu. Dann will er aufstehen, um zu helfen.

„Sie bleiben schön sitzen!", befiehlt Nadja Erhardt, während sie ihn anstarrt.

Willis Bewegungen gefrieren mittendrin, als hätte ihn Medusa mit ihrem Blick versteinert.

Maria steht unter ächzenden Lauten vom Boden auf. Klopft sich imaginäre Staubfusseln von der Hose ab und versucht die verstreuten Karten, abgesehen vom Ausweis, wieder in den Geldbeutel zu stecken. Die verkrampften Bewegungen geben dem Ganzen den Eindruck eines sinnlosen Unterfangens. Sie scheint jedes erdenkliche Fach zu verfehlen. Es wirkt so, als würde sie versuchen, einen Kreis in ein Fach für Dreiecke hineinzuzwängen. Eine nach der anderen fliegen die Karten wieder auf den Boden.

Nadja versucht krampfhaft, die Lachtränen zurückzuhalten. Sie fasst sich an die Stirn und versucht wegzuschauen. Aber es ist wie mit einem Unfall: Man kann einfach nicht weggucken. Man muss einfach hinschauen! Und je länger sie hinschaut, desto mehr drängt sich ihr der Verdacht auf, dass sie sich gleich in die Hose, vor Lachen, machen muss. Es ist einfach typisch Maria! Und dann kann sie es einfach nicht mehr zurückhalten und fängt laut an zu lachen.

Willis aufgerissene Augen schauen von einer zur anderen. Und trotz der misslichen Situation, in der er sich befindet, stimmt er in Nadjas Lachen mit ein.

Maria ignoriert das Lachen, benimmt sich so, als wäre alles soeben Erlebte die natürlichste Sache der Welt, wären da nur nicht die leichten Lachfalten, die sich um ihre Mundwinkel herum gebildet haben. Sie versucht lässig zu wirken, als sie den Mann auf dem Foto und den Mann vor ihr vergleicht. Der Mann, der trotz Lächeln mit zusammengesackten Schultern vor ihnen sitzt. Er tut ihr leid. Nach wie vor ist Maria davon überzeugt, dass Willi unschuldig ist.

„Herr Fleischmann, Sie stehen unter Verdacht, zwei Männer getötet zu haben. Wir konnten Spuren der DNA der ersten Person in Ihrem Kofferraum festmachen. Die zweite Leiche wurde in Ihrer Wohnung gefunden." Willis Lachen gefriert augenblicklich. Die Aufregung schnürt ihm die Kehle zu. „Außerdem gibt es auch einen weiteren Vermissten, der auch irgendwie mit drinsteckt und eventuell auch auf Ihre Kappe geht. Wir nehmen Sie hiermit fest!", sagt Nadja mit selbstsicherer Stimme.

„Sie meinen den Doktor? Dann den anderen, der in meiner Wohnung lag, und letztendlich den Herrn Kastell, sicherlich? Sind das die drei Männer, die Sie meinen?" Sein Ton klingt voller Hohn. „Sie klopfen auf den falschen Busch!" Und als er das betont, wird seine Stimme unangenehm schrill und laut.

„Das ist nicht lustig, Bürschchen! Wie ich sehe, scheint Ihre Stimme auf einmal auch ganz gut wieder zu funktionieren."

„Was sind Sie denn für eine Zicke? Ihr schöner Ausschnitt passt nicht zu Ihnen!"

Stille folgt. Mit einem Mal fängt Maria hysterisch an zu lachen. Angesteckt von ihrer glucksenden Lache, fangen die anderen zwei auch an zu lachen. Beide Polizistinnen stecken ihre Waffen weg. Denn trotz der Tatsache, dass sie einen Verdächtigen vor sich haben, fühlt sich keine von ihnen wirklich bedroht. Jahrelange Erfahrung und gute Menschenkenntnis sind in ihrem Beruf schließlich eine der wichtigsten Grundvoraussetzungen.

„Was hätte ich schon für einen Grund gehabt, den Doktor zu töten?", fragt Willi und zuckt mit den Schultern. Sein Blick ist offen und ehrlich, als er von einer Dame zur anderen schaut.

„Frau Dumitru hat uns erzählt, Sie hätten etwas beobachtet, etwas, was Dr. Koch im Labor trieb. Und weil er verhindern wollte, dass Sie noch mehr in Erfahrung bringen, wollte er Sie rausschmeißen", antwortet Erhardt.

Willi fällt ihr ins Wort: „Und dafür soll ich zum Mörder werden?"

„Es haben andere aus weniger triftigen Gründen getötet."

„Stellen Sie mich nicht mit denen auf eine Stufe. Ich bitte Sie!"

„Oder er hätte Sie an die Ärztekammer melden können", fährt sie fort.

„Wegen was? Das wäre wohl eher andersherum: **Ich** hätte **ihn** melden können. Ich habe überhaupt keinen Vorteil durch seinen Tod! Hallo? Jemand zu Hause?"

„Vielleicht die Praxis übernehmen?"

Wutentbrannt ruft Willi aus: „Sie spinnen! So was Schwachsinniges habe ich schon lange nicht mehr gehört! Sorry! Aber jetzt mal ernst! Wie denn? Ich bin kein Arzt, sondern nur ein Laborant. Ich kann keine Praxis leiten!"

„Ein einfaches Nein hätte auch gereicht! Abgesehen davon könnten Sie mit einem der Ärzte gemeinsame Sache machen!"

„Jetzt machen Sie mal einen Punkt! Ich hätte wirklich keinen Grund gehabt, ihn zu ermorden!"

„Aber er war in Ihrem Auto", stammelt Maria.

„Weil man ihn mir reingelegt hatte! Mensch! Irgendjemand wollte die Leiche loswerden, und da kam ich demjenigen nur recht. Den anderen, diesen Vassily, habe ich nicht mal gekannt. Es sei denn, er war derjenige, der mich in der Nacht zu Samstag angegriffen hat – als ich mich in Dr. Kochs Büro geschlichen hatte."

„Sie geben also zu, in dessen Büro gewesen zu sein?"

„Ja, sicher! Sie haben sicherlich auch überall meine Fingerabdrücke gefunden! Oder nicht?"

„Das war ich! Ich habe Sie in jener Nacht im Büro des Doktors angegriffen", unterbricht sie Herr Kastell, während er im Türrahmen steht. Alle Blicke wenden sich in die Richtung, aus der die unbekannte Stimme kam.

„Wo kommen Sie denn jetzt her? Sie sind doch der vermisste Herr Kastell, nicht wahr?", erkundigt sich Lupus.

„Ach, auch schon wach? Und wieso, bitte schön, haben Sie mich töten wollen?", fragt Willi ehrlich entrüstet.

„Das wollte ich doch gar nicht! Ich dachte, Sie wären dieser verlogene Arzt. Das war wirklich ein Versehen. Ich wollte mir nur Unterlagen besorgen, um seine Schuld zu beweisen, und dann kamen Sie rein. Es war nachts! Tut mir ehrlich leid!" Und dabei sackt er wieder zusammen. Willi rennt hin und legt den erschöpften Herrn Kastell wieder aufs Bett.

„Ja, was haben Sie mit dem gemacht?", erkundigt sich Maria.

„Was ich mit dem gemacht habe? Was ich mit dem gemacht habe? Geht das schon wieder los? Ich habe mit dem nichts gemacht! Gesund gepflegt habe ich ihn!"

Marias Mundwinkel wandern nach unten. Sie fühlt sich wie ein Kleinkind, das was angestellt hat und von der Mutter geschimpft bekommt.

„Hinsetzten, und zuhören!", befiehlt Willi, jetzt ganz der Mann im Haus. Er erzählt ihnen von seinen Entdeckungen, von den Reagenzgläsern, die er vor Kurzem entwenden konnte und von dem nächtlichen Besuch in der Praxis. Ja, er gibt zu, dass dieser Besuch eigentlich ein Einbruch war, schließlich hatte er sich den Schlüssel auf nicht so ganz legale Art und Weise besorgt. Aber abgesehen davon hätte er keine Schuld am Tod der zwei Herrschaften. Er erzählt ihnen vom nächsten Attentat auf sein Leben, den Versuch, ihn während der Fahrt in seinem Wagen zu töten, und er zeigt ihnen die zugezogenen Verletzungen. Dann erzählt er ihnen von seinem Besuch in der eigenen Wohnung, wo er auf Herrn Kastell gestoßen war und auf Vassily beinahe auch noch gestoßen wäre. Atemlos erzählt er ihnen von Vassilys Ermordung und Herrn Kastells anschließender Rettung. Letztendlich erzählt er ihnen, dass er Herrn Kastell beobachtet hatte, wie er sich mit Herrn Koch in der Praxis mal eine heftige Auseinandersetzung geliefert hätte und was er in dessen Verlauf alles mitgekriegt hatte. Und dann erklärt er ihnen noch, dass er anschließend eins und eins zusammengezählt hatte und dass endlich alles einen Sinn ergeben hätte und dass er nur noch Beweise dafür sammeln wollte, um Gewissheit zu haben. Er erzählt ihnen, wie er die Leiche des Doktors im Kofferraum seines Wagens gefunden und ins Wasser gelegt hatte, nachdem er sich dessen Kleidung ermächtigt hatte.

„Wieso haben Sie uns nicht informiert, dass Sie Herrn Kastell hier haben?", fragt Nadja. Ihr Ton klingt wie eine Rüge.

„Weil ich seinen Namen nicht gekannt habe, bis heute. Da stand er groß in der Zeitung", erklärt er händeringend und deutet auf die Zeitung, die immer noch auf dem Bett ausgebreitet liegt. „Außerdem wusste ich nicht, in wieweit Sie mir meine Geschichte abkaufen würden. Hätten Sie es mir geglaubt, dass ich ihn nicht so zugerichtet habe, wenn er nicht zu sich gekommen wäre? Also musste ich erst Herrn Kastell wieder aufpäppeln, damit er mich entlastet."

„Was fehlt ihm denn überhaupt, und wie kann er Sie entlasten?", stöhnt Maria voller Mitgefühl.

„Entlasten? Na, dass er bestätigt, dass ich ihm nichts getan habe. Na ja, abgesehen von dem Schlag ins Gesicht, als er versucht hat, mich zu erwürgen – und dem Schlag mit der Bratpfanne, als er sich in meine Wohnung geschlichen hatte, aber das zählt nicht, oder? Und dass Dr. Koch ein Schwein war und krumme Geschäfte trieb." Und dabei schüttelt er sich. „Ach so, Herrn Kastell wurden irgendwelche Drogen und Halluzinogene verabreicht. Genaues weiß ich auch nicht. Ich hatte schon Angst, es würde einen dritten Toten in Verbindung mit mir geben."

„Wirklich?", entgegnet Nadja in einem sarkastischen Ton.

Willi neigt den Kopf zur Seite, dann sagt er: „Hören Sie, es gab Zeiten, da musste ich befürchten, sein Herz würde stehen bleiben. Dennoch habe ich ihn weitergepflegt und habe mich um ihn gekümmert. So gut es ging. Es hätte genauso gut eine dritte Leiche zu beklagen geben können, aber ich habe nicht aufgegeben. Und wie Sie sehen ist er recht stark, und meine liebevolle Verpflegung scheint ihm gut bekommen zu haben", erklärt Willi sichtlich stolz.

Nadja meint barsch: „Sie hätten einen Arzt verständigen sollen!" Ihr Ton klingt dabei besonders scharf.

„Und wie, bitte schön, hätte ich diesem seinen Zustand erklären sollen? Er ist jetzt über Berg! Oder?"

„Dann sollten wir kurz unterbrechen, ich muss Frau Kastell Bescheid geben, dass wir ihren Mann gefunden haben", erinnert Nadja die Anwesenden. Sie dreht sich um und verlässt das Zimmer mit großen Schritten.

Maria und Willi widmen sich in der Zwischenzeit Herrn Kastell. Dieser liegt wieder zusammengekrümmt auf dem Bett und schnarcht.

Als Nadja wieder zu ihnen stößt, macht sie einfach weiter, so, als hätten sie gar nicht aufgehört, die Ereignisse zu klären: „Also, wenn Sie den Doktor nicht getötet haben, was ist dann mit unserem Herrn Kastell? Der kann es schließlich auch nicht gewesen sein, schließlich hat er Sie töten wollen in der Annahme, Sie wären der Doktor. Außer, er versucht sich damit ein Alibi zu verschaffen."

„Für Herrn Kastell kann ich nicht sprechen. Aber, ja, als Herr Kastell nach meinem Leben trachtete, zu diesem Zeitpunkt, da lag der Doktor bereits in meinem Kofferraum. Tot! Was ich nicht verstehe ist, was Herr Kastell in meiner Wohnung zu suchen hatte und wie er auf meine Adresse gestoßen ist? Deswegen wollte ich ihn unbedingt aufpäppeln – und auch, weil er nämlich auch bestätigen kann, dass er von diesem Vassily niedergeschlagen und überwältigt wurde und nicht von mir. Und dass er anschließend zu diesem Bauernhof gebracht wurde. Und vor allem, dass Vassily noch am Leben war, als Herr Kastell betäubt wurde."

„Das heißt noch lange nicht, dass Sie Vassily nicht getötet haben könnten. Bisher haben wir nichts, was Sie wirklich entlastet, bis auf Ihr eigenes Wort", gibt Nadja schroff zurück. „Da, wo Sie sind, wächst kein Gras mehr! Sie hinterlassen eine Spur von Leichen, nicht nur Verwüstung, sondern Leichen!"

Maria beobachtet ihre Kollegin, als diese Willi weiterhin verhört. Sie stellt mit Zufriedenheit fest, dass die Sätze und die Bissigkeit in Nadjas Stimme ihrer Körpersprache vollkommen widersprechen.

„Geht das schon wieder los? Ich habe niemanden getötet, ich habe kein Alibi, das stimmt! Ich war allein. Das kann niemand bezeugen, denn das Wort ‚allein' schließt es wohl aus, oder? Und, ja, natürlich befinden sich meine Fingerabdrücke überall. Ich habe es Ihnen erst vor ein paar Minuten erklärt. Sie müssen mir aber vertrauen. Es stecken andere Köpfe dahinter: Ein Riesenapparat mit einem knarzenden Getriebe. Ich bin auf etwas gestoßen, das viele Menschen glücklich oder unglücklich gemacht hat. Ich war gerade dabei, das zu beweisen. Die müssen uns oder mich, was weiß ich, die ganze Zeit beobachtet haben. U nd natürlich mussten die Ganoven den Doktor eliminieren, damit er nicht ausplaudern kann, sollte ich mit der Geschichte an die Presse gehen." Er macht eine kurze Pause und starrt ins Leere. Dann nimmt er den Faden wieder auf: „Wer weiß, vielleicht hat Dr. Koch ihnen sogar erzählt, dass ihm Fehler unterlaufen wären, oder sie haben das selbst mitgekriegt. O der vielleicht ist er ihnen zu gierig geworden und wollte mehr Geld haben. Schließlich wurde die Gefahr für ihn groß, seine Approbation zu verlieren … Was weiß ich? Fakt ist, er ist tot, und diese Organisation muss, und da kommen Sie ins Spiel, mit Ihrer Hilfe zerschlagen und die Mörder gefasst werden. Wollen Sie dazu beitragen oder nicht?", beendet Willi seinen Monolog.

Und als Willi seine Erzählung abschließt, ist sich Maria sicher, dass er mit den Morden nichts zu tun haben kann. Anders verhält es sich aber mit Herrn Kastell, der ein Motiv und die Gelegenheit gehabt hätte, Herrn Dr. Koch umzubringen.

Und an Willi gerichtet: „Oh, Mann! Ich dachte, mein Leben wäre manchmal beschissen, aber your life is a train wreck!", betont Maria voller Mitgefühl.

„Übrigens, eine Frage hätte ich auch: Wie zum Kuckuck haben Sie mich gefunden?", fragt Willi.

„Sex and the City sei Dank!", erklärt Nadja.

„Wie bitte?"

„Ich konnte nicht schlafen. Sie bereiteten mir Kopfzerbrechen! Also habe ich mir spät in der Nacht eine Folge von ‚Sex and the City' angeschaut. Da hatte der Ex-Freund von Carrie mit ihr auf einem Post-it Schluss gemacht."

„Die Serie ist mir ein Begriff. Dennoch verstehe ich es nicht."

„Sie haben in der Küche einen Wandkalender."

„Vom Besitzer dieser Ferienwohnungsanlage", vervollständigt Willi den Satz. „Und da klebt schon ewig ein Post-it mit einer Notiz von ihm."

Nadja nickt nur.

„Oh, Menno! Und wenn es die Verbrecher auch gesehen haben?"

„Offensichtlich noch nicht! Aber wir wollen unsere Glückssträhne nicht überstrapazieren. Also, schnell packen und weg hier."

Als alle fertig zum Gehen sind, knurrt Willi: „Ach, und überhaupt, Herr Kastell, eine Frage hätte ich schon noch: Wie haben Sie mich gefunden? Ich dachte, Sie wissen nicht, wer ich bin?"
„Herr Fleischmann," antwortet dieser. „Ich bin ein Computerspezialist. Da ist es doch ein Leichtes, anhand Ihres Autokennzeichens die Polizeidateien anzuzapfen und Ihre Anschrift rauszukriegen. Aber Ehrenwort: Als ich zu Ihrer Wohnung gegangen bin, da wollte ich Ihnen nichts mehr antun. Ich wollte nur schauen, ob Sie mit denen gemeinsame Sache machen. Ich dachte, ich würde irgendetwas in Ihrer Wohnung finden." Eine bedeutungsschwangere Pause folgt.

„Übrigens, tut mir leid, dass ich Ihre Frontscheibe zerstört habe, ich komme für die Kosten selbstverständlich auf. Eigentlich hätte ich es mir schon denken können, dass der Doktor keine so billige Karre fährt!" Er grinst dabei.

„Ha, ha! Versuchen Sie, lustig zu klingen?"

Nachdem sie Herrn Kastell der liebevollen Fürsorge seiner Frau übergeben haben, machen sich die zwei Polizistinnen und Willi auf den Weg ins Revier. Das ist der einzige Ort, wo sie ihn momentan in Sicherheit glauben. Um Herrn Kastell, der eigentlich auch verdächtigt wird, wollen sie sich später kümmern. Momentan muss er seinen kritischen Gesundheitszustand auskurieren. Und wo ist man dabei am besten aufgehoben? Natürlich in den Händen einer liebevollen und fürsorglichen Ehefrau!, sinniert Maria.

Nadja scheint noch immer nicht ganz überzeugt zu sein, dass Willi unschuldig ist. Maria sieht es ihrer Kollegin an und erwidert daher: „Meine liebe Nadja, ich möchte dich an meinem reichen Erfahrungsschatz und meiner gesunden Menschenkenntnis teilhaben lassen. Und an meiner Intuition. Vertraue mir, der hat keinen Dreck am Stecken. So, und jetzt brauchen wir einen guten Plan."

„Da bin ich bei dir." Nadja willigt in den Plan ein und überlegt: Sollte Willi doch was mit den Morden zu tun haben, dann schlagen wir gleich zwei Fliegen mit einer Klappe und erwischen alle Beteiligten gleichzeitig. Außerdem muss er in nächster Zukunft sowieso immer in Radarnähe bleiben, um sich nicht noch verdächtiger zu machen.

Lupus und Erhardt sind sich einig. Sie benötigen einen Köder, jemanden, den sie einschleusen können, unter falschem Vorwand, versteht sich! Jemand, der sich in Behandlung bei Dr. Spange begibt.

Und um die Wahrheit zu sagen: Nadja muss in Wirklichkeit gar nichts vortäuschen. Sie leidet sehr unter der Kinderlosigkeit. Jahrelang fehlgeschlagene Versuche, ein Baby zu bekommen, hinterlassen ihre Spuren. Nadja erzählt Maria ihre Geschichte und ihren langen Leidensweg. Und genau diese Tatsache werden sie zu ihrem Vorteil nutzen. Das Problem wird ihnen die Türchen öffnen, die ihnen Zutritt zu dieser scheinbar perfekten Welt verschaffen. Aber Nadja ist allen aus dem Team bereits bestens bekannt, es muss also jemand anderes her, ein unbekanntes Gesicht.

Sie verwenden Nadjas Krankenakten, natürlich unter einem falschen Namen, um eine Behandlung beanspruchen zu können. Eigens dafür wird eine ihrer Kolleginnen und einer ihrer Kollegen trainiert: die Kowalskis entstehen.

Eine Woche später machen sich Frau und Herr Kowalski auf den Weg in die Privatpraxis des Dr. Luis Spange, ehemals Privatpraxis Dr. Ralf Koch. In einer Mappe haben sie ihre Krankheitsgeschichte: Unterlagen, die einen langen Leidensweg bezeugen. Dass diese nicht die eigene Unzulänglichkeit betrifft, braucht keiner zu wissen. Sie haben ihre Rollen perfekt einstudiert und kennen jedes der in der Mappe enthaltenen Dokumente auswendig.

Sie haben gelernt zu klagen und sich selbst zu bemitleiden, um einen relativ wahrheitsnahen Eindruck zu vermitteln. Versteckt an ihrer Kleidung sind Mini-Kameras und Mini-Hörgeräte angebracht. Nicht sichtbar für das ungeübte Auge. Dennoch, ein mulmiges Gefühl bleibt.

Die Behandlung wird sofort in Angriff genommen, denn das Ehepaar ist schlichtweg ungeduldig. Eine Verzögerung wird nicht akzeptiert, wie es Herr Kowalski immer wieder betont.

Aber im Gegensatz zu sonst übernimmt jetzt Frau Dr. Beeren das erste Gespräch. Die Überheblichkeit in ihrer Stimme über den sicheren Ausgang der Behandlung ist nicht zu überhören. Im Anschluss an das Gespräch werden den Kowalskis die weiteren Teammitglieder vorgestellt, allein schon, um ihnen mit ihrem fähigen Team zu imponieren und es wie auf einem Silbertablett zu präsentieren. Vielleicht aber auch, um die horrenden Summen, die sie im Verlauf der Behandlung aufbringen müssen, zu rechtfertigen.

Willi und die zwei Beamtinnen sitzen vor einem großen Bildschirm und beobachten das Geschehen: live.

„Ganz schön geschrumpft, das Team! Es sind aber auch neue Gesichter dabei. Wann hatten die denn Zeit, neue Leute einzustellen? Aber Lucia ist geblieben. Ist sie nicht eine Augenweide?", fragt er in einem schwärmerischen Ton, während er sich umdreht und den Polizistinnen ins Gesicht schaut. Maria lächelt ihn an. Nadja verdreht die Augen und schnauft dabei.

„Wir wissen, dass Frau Dumitru dabei ist."

„Sie bringen sie mit Absicht in Gefahr? Was sind Sie denn für Leute?"

„Nein, sie weiß nichts von unseren Plänen", erwidert Maria.

Nadja überhört den Vorwurf und seine letzten Fragen und erwidert nur: „Merken Sie sich bitte die Gesichter von den Leuten, die Sie kennen und die zu Ihrer Zeit dabei waren. Die Frage ist: Machen sie jetzt alle gemeinsame Sache, oder konnten sie in der kurzen Zeit nichts anderes finden?"

Die Kowalskis werden dann in den benachbarten Raum geführt, wo sie Dr. Luis Spange vorgestellt werden. Er erklärt Ihnen, dass die Entnahme der Eizellen und der Transfer von ihm bzw. seiner fähigen Kollegin Dr. Beeren durchgeführt wird. Von keinem anderen Arzt sonst.

„Aha!", ruft Willi aus. „Jetzt ist wohl klar, wer die Fäden zieht."

„Soll heißen?", fragen Maria und Nadja gleichzeitig. „Welcher davon ist es?"

„Beide vermutlich! Sie hatten schon ewig was miteinander. Sie dachten, das würde keinem auffallen. Bescheuert! Dabei wollten wir alle nur höflich sein und nichts sagen. Jetzt können sie es in aller Öffentlichkeit zur Schau tragen. Es ist seine Praxis, er macht die Regeln – oder beide. Keine Versteckspiele mehr! Haben Sie den überheblichen Ton von Dr. Beeren gehört? Wie kann sie so sicher sein, dass das Ergebnis positiv sein wird, nur weil sie weiterhin fremde Eizellen oder Spermien verwenden?"

Erhardt und Lupus überlegen, ob sie dem Ärzteteam einen erneuten unangekündigten Besuch abstatten sollten. Die Praxis verfügt laut Einnahmen neuerdings über dubiose Geldzuwendungen, die, den Namen nach, von irgendwelchen nicht existierenden Verwandten getätigt wurden. Das hatte Dengler in Erfahrung gebracht. Über mehr oder weniger gesetzliche Wege, versteht sich! Dennoch, Maria ist sehr stolz auf seine Errungenschaften, auch weil sie insgeheim weiterhin mit seinem Anruf rechnet oder ihn hofft.

„Weißt du was, Nadja? Weißt du, woran ich denken muss, wenn ich mir den Verlauf und die Entwicklung der Praxis anschaue?"

„An Sodom und Gomorra?"

„Nicht schlecht der Vergleich, aber nein, ich meinte eher Phönix."

„Was hat River Phönix damit zu tun?", fragt Nadja offensichtlich verwirrt.

Maria prustet los: „Nein, du Dummerchen, ich meinte den Phönix aus der griechischen Mythologie: der Vogel Phönix, wie er aus der Asche steigt. Die Praxis müsste komplett am Boden sein, jetzt, wo Dr. Koch nicht mehr da ist. D ennoch ist es so, als wäre nichts Schlimmes geschehen! Nichts! Im Gegenteil, es ist so, als würde etwas Totgeglaubtes noch mehr erblühen, noch schöner als je zuvor."

„Stimmt."

„Wie kann man in so kurzer Zeit alles übernehmen, so, als wäre nichts passiert, als hätte es Dr. Koch nie gegeben? Wie konnte der Alltag so schnell wiederhergestellt werden?"

„Ich weiß nicht, ich glaube, es gehört nicht viel dazu. Die Patienten waren da, die Behandlungen liefen bereits, und jeder hatte sein Aufgabenfeld. Ich denke, dass die Leute froh waren, einfach weiter machen zu können."

„Oder jemand hatte schon länger geplant, das Ganze zu übernehmen und hat im Vorfeld alles bestens organisiert", argumentiert Maria. „Ich meine, wir sollten der Praxis keinen Besuch abstatten. Die sollen nicht auf der Hut sein. Sollen die sich weiterhin in Sicherheit wiegen! Dann machen sie womöglich irgendwo einen Fehler. Übrigens, ich habe Hunger. Wollen wir was essen gehen?"

„Was sagt Dengler dazu? Darfst du denn überhaupt mit mir essen gehen?"

„Du bist doof! Den sollte ich vielleicht auch mal wieder anrufen. Aber erst nach dem Essen!" Sie grinst dabei. „Mit leerem Magen kann ich nicht denken und lasse mich womöglich noch auf eine Beziehung mit ihm ein!" Sie grinst erneut. „Obwohl, nach dem letzten Malheur wird er mich höchstwahrscheinlich meiden." Sie grinst noch mehr.

„Das musst du mir erzählen."

Maria und Nadja verabschieden sich von Willi, der momentan als Gast der Polizei in der Wache kampiert. Aus Sicherheitsgründen, versteht sich. Wobei Nadja es auch ganz gerne hat, zu wissen, was dieser zu jeder Tages- und Nachtzeit macht. Schließlich wird er weiterhin verdächtigt. Von ihr zumindest.

„Mongolisch?", fragt Nadja.

„Lecker!"

Nadja wählt mit Bedacht ein mongolisches Restaurant, das am Nächsten von der Privatpraxis von Dr. Spange gelegen ist. Die Fahrt dorthin verläuft mal wieder in vollkommener Stille. Etwas, das man den zwei Polizistinnen im Normalfall gar nicht zutrauen würde. Es ist so, als würden beide in brütendes Schweigen versinken, nur um noch mal all ihre Kräfte oder eher Gedanken zu sammeln, bevor die richtige Wortschlacht beginnt. Ein leichter Sommerregen trommelt gegen die Scheiben, aber Nadja schaltet den Scheibenwischer nicht ein. Maria kurbelt das Fenster runter: Der leichte Sommerwind und die leichte Regendusche, die ins Auto tröpfeln, beleben sie. Das leichte Plätschern von Wasser an einem benachbarten, aber nicht sichtbaren Ufer drängen ganz leicht an ihr Ohr.

Im Restaurant angekommen, geht Nadja voraus, um erstens den Weg frei zu schaufeln, bevor ihre Kollegin etwas umschmeißt, und zweitens: Sollte Maria was umschmeißen, hätte sie den Vorteil, nicht im unmittelbaren Chaosradius zu stehen und mit irgendetwas vollgekleckert zu werden.

Als sie endlich Platz nehmen, freut sich Nadja: „Wow, erste Hürde ohne Zwischenfälle überstanden!"

Maria schießt mit den Augen Giftpfeile Richtung Nadja, grinst aber dabei.

Nadja ihrerseits zieht eine Grimasse und tut so, als wäre sie mitten ins Herz getroffen worden. Sie greift sich mit beiden Händen Richtung Herz und täuscht einen Zusammenbruch vor. Dabei lehnt sie sich nach rechts und bemerkt den Ober hinter sich leider nicht. Dieser schafft es dennoch, sein volles Tablett an sie vorbei zu manövrieren. Maria lacht sich kaputt und haut mit den Händen auf die Tischplatte: „Ha, da siehst du mal! Das kann dir genauso gut passieren!", betont sie triumphierend.

„Ist aber nicht!"

Und während Maria sich darüber freut, schmeißt sie eines der aufgestellten Weingläser um. Dieses kullert verdächtig nah an den Tischplattenrand, bleibt aber kurz davor stehen. Maria Lupus schnauft erleichtert auf und gibt hiermit dem Glas versehentlich neuen Auftrieb. Dieses nimmt langsam, aber sicher seine Talfahrt wieder auf. Bevor Nadja danach greifen kann, fällt es auf den Boden und zersplittert in tausend Stückchen. Maria hält sich den Mund zu und läuft rot an, als ein netter Kellner aus dem Nichts auftaucht und das Chaos effizient entfernt. Das kaputte Glas wird durch ein neues ersetzt, und binnen zwei Minuten schaut es schon so aus, als wäre nichts gewesen.

Nadja Erhardt lacht und hält sich den Bauch fest, als sie sagt: „Auf ein Neues! Ich weiß nicht, was ich ohne dich machen würde! Mein Leben wäre so dermaßen langweilig!"

Maria schaut Nadja flehend an: „Nicht so laut! Die machen sich alle über mich lustig."

Eine weitere Bedienung nähert sich ihrem Tisch und nimmt ihre Getränkebestellung entgegen.

Erhardt steht auf, um sich ihr Essen vom Mittagsbuffet zu holen. Sie schaut ihre Freundin fragend an: „Was ist denn? Kommst du nicht mit?"

Diese fleht Nadja in einem kläglichen Ton an: „Kannst du mir was holen? Ich traue mich nicht zum Buffet vor …"

„Jetzt aber! Auf geht's!" Kaum dass sie die Worte ausgesprochen hat, dreht sie sich um und geht schon vor Richtung Buffet.

Dann, auf halbem Weg, bleibt sie stehen. Das Restaurant scheint auf einmal wie ausgestorben. Nicht ein Geräusch ist zu vernehmen. Vollkommene Stille! Kein Messer, das in ein Stück Fleisch schneidet, und am Tellerboden kratzt und keine Gabel, die gerade einen gierigen Mund verlässt! Nichts! Sie nimmt an, dass Maria mal wieder etwas Blödsinniges angestellt hat. Aber als sie in die Gesichter der Gäste schaut, erkennt sie nur blankes Entsetzen. Nadja stellt es alle Nackenhaare auf. Sie schaut sich um und sieht, dass alle Leute in eine Richtung starren.

Die Zeit scheint stehen geblieben zu sein, als sie sich umdreht und den Ursprung der Stille erkennt. Walter Bauer, den sie bereits aus ihrer Datenbank kennen – nachdem Dr. Rares auf dessen Fingerabdrücke gestoßen war –, ein unattraktiver Mann mit stark hervortretenden Zähnen, hält Maria ein Messer an die

Kehle gedrückt und befiehlt ihr sehr barsch, aufzustehen und ihn zu begleiten. Panik bricht aus. Mit einem Mal schreien alle Menschen durcheinander. Manche schmeißen sich auf den Boden, Schutz suchend, andere ziehen ihre Kinder zu sich unter den Tisch.

Walters Augen suchen Nadjas Augen. Er kann in ihren Augen die ohnmächtige Wut und gleichzeitig den kalten Hass darin erkennen. Nichts, was ihn aus der Ruhe bringen könnte, überlegt er, während sich sein Gesicht zu einer hässlichen lachenden Fratze verzieht. Seine Augen bohren sich regelrecht in die Augen der Polizistin hinein. Eine Schweißperle bildet sich auf seiner Stirn und kullert so lange, bis sie die Nasenspitze erreicht. Wie in Zeitlupe beobachtet Nadja, wie sich diese von seiner Nase löst und mit einem imaginären Knall den Boden berührt. Fauchend sagt er zu ihr: „Ich hasse es, hasse es, hasse es, wenn mir jemand dazwischenfunkt und zu viel Staub aufwirbelt!"

Nadja starrt ihn an, traut sich nicht, sich zu bewegen, während sie überlegt, wie sie mit einem solchen Choleriker umgehen soll, als dieser humpelnder weise versucht, die versteinerte Maria mitzuziehen. Maria ihrerseits starrt Nadja an, schließt die Augen kurz, so, als würde sie ihr ein Zeichen geben, rührt sich keinen Millimeter mehr und bleibt wie angewurzelt stehen, trotz der Versuche des Mannes, sie fortzuzerren.

Ein lauter Knall folgt, als ein Kellner nichts ahnend aus der Küche heraus spaziert und vor Schreck ein leeres Tablett fallen lässt. Walter ist für den Bruchteil einer Sekunde abgelenkt und duckt sich reflexartig. Das Messer gleitet ihm aus der Hand. Maria springt zur Seite. Nadja sieht ihre Chance, zieht gekonnt ihre Waffe aus dem Halfter und schießt Walter ins Bein. In das Gesunde. Dieser landet auf dem Boden, wo er sich windet und schreit vor Schmerz. Außer ihm schreien die anderen Anwesenden genauso hysterisch durcheinander und verlassen fluchtartig den Raum.

Als der Verbrecher mit Polizeigeleit und Krankenwagen abgeholt wird und wieder etwas Ruhe einkehrt, nehmen die zwei Beamtinnen erneut Platz und verhalten sich so, als wäre nichts passiert. Die Routine macht's möglich. Nicht so bei den anderen Restaurantbesuchern, die sich zwar der Reihe nach wieder einfinden und laut miteinander debattieren, sich in ihren Schilderungen der Beobachtungen und Geschehnisse gegenseitig überbieten oder hinter vorgehaltenen Händen miteinander tuscheln.

Maria holt sich jetzt in aller Seelenruhe, so, als wären sie erst im Lokal eingetroffen, alle möglichen Leckereien vom fast menschenleeren Buffet. Nadja folgt ihrem Beispiel.

„War das wieder nötig? Wie machst du das? Du ziehst ausweglose Situationen und Chaos magisch an!"

„Ja, frag mal! Glaubst du, mir macht es Spaß? Ich wollte dir noch die Geschichte mit Dengler erzählen. Aber zuerst mal: Danke! Danke, dass du mich gerettet hast!"

„Das hättest du für mich doch auch getan! Außerdem wollte ich nicht die Quelle meiner täglichen Belustigung versiegen lassen, oder? Hättest du doch auch nicht gewollt! Stimmt's?" Maria nickt und grinst.

„Also, wie hängt der jetzt mit unserem Fall zusammen?"

„Dr. Rares hat seine Spuren dingfest gemacht, und du hast ihn in unserer Kartei auch schon entdeckt."

„Menschenhandel? Reproduktion?", wirft Maria wie in einem Monolog noch in den Raum und beendet genüsslich ihr Mittagessen.

Kaum dass sie den Fängen von Walter entkommen ist und sie und ihre Kollegin das Mittagessen in aller Seelenruhe zu sich genommen haben, meldet sie sich bei Dengler, dem Computerspezialisten: „Und? Irgendwelche News über den stillen Teilhaber der Privatpraxis?" Während sie zuhört, nickt sie nur und lächelt, dann wiederum kraust sie die Stirn: „Das ist ja ein dickes Ding! Mein lieber Schwan! Das ist ja ein dickes Ding! Wie passt das da rein? Da bin ich jetzt aber baff. Das habe ich nicht kommen sehen!"

„Was?", unterbricht Nadja voller Ungeduld.

Maria legt die Hand auf die Sprechmuschel und sagt an ihre Freundin gewandt: „Gleich, ich erkläre es dir gleich!"

Anschließend bedankt sie sich bei Dengler und starrt ihre Kollegin an.

„Kannst du mir das mit der Behandlung und dem Menschenhandel nochmals erklären? Ich bin mir nicht sicher, ob ich das richtig verstanden habe, aber nachdem Walter sich die Mühe gemacht hat, mich zu bedrohen, scheinen wir einen Nerv getroffen zu haben."

„Willst du mir nicht zuerst sagen, was Dengler rausgefunden hat?"

„Das sage ich dir danach! Erkläre es mir bitte noch mal", bittet Maria.

„Also, eigentlich ist es gar kein Menschenhandel, um genau zu sein, sondern ein Handel mit Produkten, die der menschliche Körper produziert."

„Das hört sich jetzt aber eklig an", betont Maria voller Abscheu.

„Mensch, Maria!" Und dabei müssen beide schmunzeln. „Also, das Verfahren läuft folgendermaßen ab: Eine Frau oder ein Mann haben Probleme, ein Kind zu zeugen. Eine In-vitro-Befruchtung, auch künstliche Befruchtung genannt, könnte soweit Hilfe leisten, indem man der Frau eine heranreifende Eizelle aus dem Eierstock entnimmt, diese anschließend in einer Nährstoffflüssigkeit mit den Spermien des Mannes zusammenfügt und abwartet, dass sich diese befruchten lässt, also, dass die Spermien in die Eizelle eindringen. Normalerweise passiert so etwas direkt im Körper der Frau, die befruchtete Zelle wandert in die Gebärmutter, nistet sich ein, und nach neun Monaten kommt das Baby auf die Welt. Es gibt aber auch Frauen und Männer, bei denen der Lauf der Natur nicht so recht funktionieren will, und wiederum andere sind bereits zu alt, um auf natürliche Art und Weise empfangen zu können. Wenn aber die natürliche Art und Weise nicht funktioniert, dann entscheidet man sich möglicherweise für die IVF-Behandlung. Nur leider funktioniert es manchmal selbst im Reagenzglas nicht mehr, weil die Frau z. B. zu alt ist. In solchen Fällen werden Spenderzellen in Betracht gezogen, sprich: die Eizelle, die zur Entstehung des Embryos verwendet wird, ist nicht die eigene, sondern eine Fremdzelle, also ein Spender-Ei. Verstanden soweit?"

„Ja, also nicht die eigene Eizelle, sondern eine Zelle von einer anderen Frau wird verwendet."

„Genau! Und die Person, die diese spendet, ist meistens um einiges jünger – weil zu diesem Zeitpunkt die Eizellen wesentlich gesünder sind – und vom Typ her der zu behandelnden Person ähnlich. Das reicht aber natürlich erst dann aus, wenn sie die gleiche Haarfarbe, fast die gleiche Größe, die gleiche Augenfarbe und Blutgruppe hat. Die Wahrscheinlichkeit, eine passende Person, also eine Spenderzelle, zu finden, ist recht hoch, wenn die Frau eine gängige Blutgruppe wie A oder B hat, aber stell dir vor, du hast AB-negativ und bist extrem groß, dann sinkt die Wahrscheinlichkeit erheblich. Daher werden junge Frauen aus dem Osten genötigt, sich dieser schwierigen Prozedur mit anschließender OP zu unterziehen, und das für ein Butterbrot und einen Apfel. Sie werden sozusagen von ihren gesunden Eiern gemolken. Es ist nun mal nicht so einfach wie bei einem Mann, der seine Spermien auf einem Silbertablett präsentiert. Es vergehen Wochen, in denen die Frauen Spritzen in den Bauch kriegen und Hormonsprays einnehmen müssen. Verstehst du? Und da kommt unser Walter ins Spiel."

„Wart mal kurz! Das heißt, dass die Erfolgsquote deshalb so hoch war, weil jemand falsche Eizellen verwendet hat? Stimmt das?"

„… oder fremde Spermien, wie bei Frau Kastell. Wer weiß wie viele andere es noch gibt."

„Aber wieso auch Spermien?"

„Weißt du nicht mehr? Frau Kastell hatte es uns erzählt, und das war die Quelle allen Übels: Wenn die Spermien zu langsam sind, um eine Eizelle zu durchdringen, dann werden diese direkt in die Eizelle injiziert. Diese Behandlung nennt sich ICSI, nicht IVF. In diesem Fall können natürlich andere Spermien hinzugezogen werden, und die Patienten kriegen das nicht mit, es sei denn, sie hätten es angefordert …"

„Also: Man braucht einen gewissenlosen und geldgierigen Arzt, unfreiwillige Ei-Spenderinnen, die Walter und Co. besorgt haben, und einen stillen Teilhaber, und schon hat man das Erfolgsrezept zusammen. Wie krank ist das denn? Die armen Menschen!"

„Welche? Die Patientinnen und Patienten oder die malträtierten Frauen, die sich unfreiwillig dieser aufwendigen Prozedur unterziehen mussten?"

„Beide Seiten! Ich weiß nicht, wer mir mehr leidtut!", sagt Maria traurig.

„Was ist jetzt mit dem stillen Teilhaber?", bohrt Nadja erneut nach.

„Das erzähle ich dir später. Hab' Geduld und vertrau mir! Jetzt lass uns zahlen und gehen." U nd dabei stopft sie sich den Mund voll mit dem letzten Stück Melone, das auf ihrem Teller liegt, und lacht frech dabei. Sicher, es war nur eine Kleinigkeit, aber besteht nicht das ganze Leben aus Kleinigkeiten, die zusammen ein Ganzes ergeben und das Leben interessant machen?

Nach der ausgiebigen Mahlzeit und einer anschließenden ausführlichen Unterhaltung über Dengler und das versaute Abendessen machen sich die zwei Kriminalkommissarinnen mit vollgestopften Bäuchen nach einer mehr als nur ausgedehnten Mittagspause, die bis spät in den Nachmittag hinein geht, auf den Weg in die ehemalige Privatpraxis von Dr. Koch. Unangemeldet, versteht sich! Jetzt sind sie sich mehr als sicher, dass die Verbrechen der letzten Tage, der Menschenhandelsring und die Praxis zusammenhängen …

Die Frage ist nur: W ie können sie es ihnen beweisen?

„Hallo, Herr Doktor!", grüßt Nadja, als Dr. Luis Spange persönlich die Tür aufmacht und die zwei Polizistinnen äußerst freundlich, aber abwehrend in Empfang nimmt. Eine gespielte Freundlichkeit, die in Wirklichkeit die steigende Gereiztheit zu überspielen versucht und den Beamtinnen gleichzeitig die Wichtigkeit des Mannes bewusst machen soll.

Ja, ja, lach du nur, denkt sich Nadja und betrachtet den attraktiven Doktor, dessen starke Ähnlichkeit mit Orlando Bloom frappierend ist. Sie unterzieht auch diesen einer Mini-Musterung, so, wie sie es mit fast jedem Menschen in ihrer Umgebung macht. Dabei fällt ihr seine Brille auf: eine Brille, die er wohl aus rein narzisstischen Gründen aufgesetzt haben muss, nicht aus einer Notwendigkeit heraus. Denn als er den Kopf seitlich bewegt, erfolgt keine Vergrößerung der anliegenden Gegenstände, so, wie man das normalerweise erwarten würde. Und? Was täuscht du uns sonst noch vor? In ihrem Innersten regt sich ein warnendes Gefühl, ein Verdacht, der sich im nächsten Moment aber wieder verflüchtigt. Sie setzt dann ihr falschestes Lächeln auf und tritt dann beiseite, um auch ihrer Kollegin Platz zu machen.

Hinter der Hornbrille mustert Maria den Doktor, wie er seinerseits ihre Kollegin anstarrt. Na ja, kein Wunder, denn Nadja ist mal wieder eine Augenweide. Mit ihrem engen, leuchtend blauen Shirt, das selbstredend mal wieder einen zu tiefen Einblick gewährt, ihrer engen, hochgekrempelten Jeans und ihren hohen Jimmy Choos schaut sie eher wie ein Modell aus als wie eine Polizistin. Nur die Waffe in ihrem Halfter unter der leichten Jacke zeugt auf den zweiten Blick von einer taffen Person.

Dr. Spange weist ihnen den Weg in sein Büro. Nicht das Büro von Dr. Koch, wie Maria überrascht feststellt. Ich hätte gedacht, der will sofort den großen Chef markieren. Aber vielleicht ist er nur ganz einfach noch nicht dazu gekommen. Vielleicht wollte er nicht alle vor den Kopf stoßen, so unverhohlen! In zwei Wochen schaut höchstwahrscheinlich alles anders aus, überlegt sie.

Er deutet ihnen, sich zu setzen und bietet beiden Wasser und Säfte an. Als beide verneinen, nimmt er ihnen gegenüber Platz. Natürlich im Chefsessel.

Nadja verzichtet auf Höflichkeiten und sagt unverblümt: „Wir waren gerade in der Nähe eine Kleinigkeit essen und dachten uns, wir schauen auf einen Sprung vorbei. Wir wollten uns nur mal erkundigen, wie es Ihnen und den anderen Ärzten aus dem Team so ergangen ist, seit ..."

„Alles bestens", unterbricht er sie grob. Und in einem angenehmeren Ton gibt dieser sofort von sich: „Alles hat sich bestens eingefunden."

„Ja, das schaut wirklich so aus", deutet Nadja einen Tick zu sarkastisch an. „Abgesehen davon wollten wir nachfragen, ob

Ihnen eventuell noch etwas eingefallen sein könnte, ganz gleich was: interessante Tatsachen oder auch noch so belangloses Zeug. Egal was! Etwas, was uns bei unseren Ermittlungen weiterhelfen könnte?"

„Wegen Dr. Koch?"

„Nein, wegen Jesus Christus! Mit rhetorischen Fragen bringt man uns nicht so leicht aus dem Konzept", nuschelt Maria in ihren Bart hinein.

Dr. Spange schaut sie ungläubig an.

„Ich dachte, Ermittlungen und Tatsachen ins rechte Licht zu rücken wären wohl eher Ihr Aufgabenfeld!", bellt dieser patzig.

Maria denkt sich weiter: Der hat aber Haare auf den Zähnen!

Nadja betont, leicht aufbrausend: „Herr Doktor, Ihnen ist hoffentlich klar, dass auch Sie schwer verdächtig sind. Weiterhin! Sie sollten daher auch, so weit wie möglich, mit uns kooperieren."

„Meine lieben Damen, Sie wissen, ich habe ein wasserdichtes Alibi." Und während er „wasserdicht" phlegmatisch betont, deutet er Gänsefüßchen mit den Fingern an und lächelt überheblich. „Ich wäre daher gar nicht in der Lage gewesen, Herrn Dr. Koch was anzutun: Ich war bei einem Treffen mit Freunden. Das ganze Wochenende. Das können zig Leute bestätigen. Zweihundert Kilometer entfernt von hier."

„Und wenn ich Ihnen sage, dass Ihr Alibi stinkt und meiner Meinung nach sogar etwas zu wasserdicht ist? Und was sind schon zweihundert Kilometer? Nicht die Welt!", gibt Nadja Erhardt in einem strengen Ton zurück.

„Jetzt hören Sie aber mal auf! Natürlich könnte man meinen – wenn man die frühere Situation in der Praxis kennt –, ich hätte einen Grund gehabt, Herrn Koch was anzutun, aber ich hätte ganz sicher nicht den Nerv dazu gehabt. Ich bin ein eingefleischter Pazifist. Ehrenwort! Ich will nur Gutes tun!"

„Das ist keine Entschuldigung!", schmettert Nadja die Aussage des Doktors ab. „Bis vor zwei Stunden hätte ich das von mir auch behaupten können. Aber wer weiß? Und mit ‚frühere Situation' spielen Sie auf die Geheimniskrämereien des Doktors an, oder?"

Dieser nickt.

„Ja, aber abgesehen davon haben Sie jetzt eine eigene Praxis, was Sie vermutlich schon immer angestrebt haben als ambitionierter junger Arzt!", setzt Maria spöttisch hinzu.

„Ja, sicher! Das gebe ich ehrlich und offen zu. Da ist nichts dabei! Wer würde nicht gerne eine gut laufende Klinik übernehmen wollen? Die Patienten sind ja schließlich schon da. Und es ist nicht so, dass diese mitten in einer Behandlung aufhören möchten. Nein! Die Damen und Herren wollen weitermachen. Und ich helfe ihnen dabei, das Ganze mit so geringem Aufwand wie möglich zu überbrücken."

„Wie nobel von Ihnen!", verspottet sie ihn. „Und wo haben Sie das ganze Geld her, um die ganze Apparatur zu bezahlen?", fragt Erhardt weiter.

„Das geht Sie wohl nichts an! Ich habe mit dem Mord an Dr. Koch nichts zu tun, und damit basta."

Nadja fällt ihm ins Wort: „Was meinen Sie, warum hat keiner Ihrer Kollegen die Praxis übernommen?"

„Weil sie allesamt Feiglinge sind und sie das Geld nicht aufbringen konnten. Aber das sind natürlich nicht die einzigen Gründe: Ich gebe zu, ich habe auch Dr. Beeren auf meiner Seite, mit der ich mir die Praxis teile. Wer weiß? Allein hätte ich mir das vielleicht auch nicht angetan und auch nicht zugetraut … Aber wir mussten rasch handeln. Wir konnten nicht lange überlegen …"

Maria und Nadja wechseln Blicke miteinander.

Maria versucht den Arzt aus der Reserve zu locken, als sie unerwartet in den Raum wirft: „Und was ist mit Vassily Vassilievics?"

„Wollen Sie mir den zumindest anhängen, wenn Sie mich mit dem Mord an Dr. Koch nicht in Verbindung bringen können? Den habe ich nicht mal gekannt … Über seinen Tod habe ich erst in den Medien erfahren. Und nein, für den fragwürdigen Tag kann ich mich nicht erinnern, ob ich Ihnen ein glaubhaftes Alibi liefern könnte, da müsste ich erst nachschauen. Oder wissen Sie auf Anhieb, was Sie vor ein, zwei Wochen gemacht haben? Aber wie gesagt, den Mann habe ich nicht mal gekannt."

„Und was ist mit Walter Bauer? Kommt der Ihnen irgendwie bekannt vor?", fragt jetzt Maria Lupus. Sie beobachtet ihn eindringlich. Dr. Spange überlegt eine Zehntelsekunde zu lang, zwinkert ungewollt und zieht die Stirn kraus, bevor er endlich antwortet: „Wer soll das sein?" Maria weiß jetzt mit Sicherheit, dass die Antwort gelogen war, denn sein Gesicht hatte bereits Bände gesprochen.

Unverhofft kommt oft, denkt sich Maria, als Dr. Beeren sich plötzlich zu ihnen gesellt. Adrett gekleidet, in einem dunkelblau gestreiften Shirt mit passender Business-Hose unter dem leicht geöffneten Ärztekittel, dessen Kragen eine wunderschöne Rose ziert, macht sie einen fähigen und angenehmen Eindruck. Die Haare sind zu einem leichten Dutt geknotet, der die minutiös bearbeiteten Diamant-Ohrringe und ihre stechend blauen Augen zum Ausdruck bringt.

Nadja wendet ihren Kopf in Richtung Ärztin, nickt leicht, grüßt sie stillschweigend, während sie sich gegenseitig von oben bis unten mustern. Dr. Beeren bleibt in ihrer Nähe stehen, leicht Abstand haltend. Nadja schenkt sich von den auf dem Tisch bereitgestellten Getränken ganz gemächlich ein Glas Wasser ein. Während dessen sagt niemand was. Sie nimmt einen ausgiebigen Schluck und stellt das Glas etwas zu laut auf den Tisch. Beide Ärzte schrecken hoch. Nur Maria nicht. Sie kennt den Trick. Damit überspannt sie die zum Bersten gereizten Sinne der Anwesenden und sensibilisiert sie. Selbst wenn man nichts zu verbergen hat, dieser Trick verfehlt nie seine Wirkung, überlegt Maria und schmunzelt leicht. Aus dem Augenwinkel heraus kann sie erkennen, dass sie beobachtet werden. Es ist mehr ein Schatten als eine Wahrnehmung. Dennoch ist sich Maria sicher, dass jemand reglos die Szene beobachtet.

Maria zischt dann, aus einem Impuls heraus: „Und, Frau Doktor, wie hat es sich angefühlt, einen Menschen zu töten?"
Dr. Beeren steht wie angewurzelt da. Aber nicht nur sie, die anderen Anwesenden schauen auch etwas schockiert aus. Das Blut scheint der Ärztin aus dem Gesicht gewichen zu sein. Blass wie eine Leiche, schaut sie von einer Kriminalkommissarin zur

anderen. Dann fängt sie sich wieder, das Blut schießt ihr wieder in die Wangen und machen diese rosig, als sie lässig erwidert: „Jetzt haben Sie mich erschreckt! Das war nicht lustig!" Sie atmet künstlich und unüberhörbar laut auf. Ein spöttisches, raues Lachen folgt noch.

„Das sollte auch nicht lustig sein! Es ist mein voller Ernst! Sagen Sie es mir: Wie hat es sich angefühlt, einen Menschen, und vor allem, einen Kollegen umzubringen? Hat es Ihnen Spaß gemacht? Haben Sie das genossen?"

Nadja schaut rüber zu ihrer Freundin. Diese macht einen hartnäckigen Eindruck. Wie ein Bullterrier, der sich irgendwo verbissen hat und nicht mehr loslassen will.

„Sie spinnen wohl! Sind Ihnen die Verdächtigen ausgegangen und greifen jetzt mich an?", fragt sie mit einer unangenehm lauten und schrillen Stimme.

„Frau Dr. Beeren, können Sie uns ein glaubhaftes Alibi liefern? Nein! Kopfschmerztabletten und Schlafen sind nicht wirklich überzeugende Argumente, da müssen Sie mir doch recht geben, oder? Diese Behauptung lässt sich schließlich nicht überprüfen."

Die Ärztin fängt sich wieder, ein Panzer aus Arroganz scheint sie zu umgeben, und es ist mehr als deutlich, dass sie die Schrecksekunden überwältigt hat. Selbstbewusst funkelt sie sie wütend an und antwortet: „Ich wusste nicht, dass ich eins brauchen würde, sonst hätte ich mir eins zurechtgelegt."

„Oder Sie haben angenommen, wir würden Sie niemals in Betracht ziehen und niemals mit dem Mord in Verbindung bringen. Daher Ihre Sorglosigkeit!", sagt Maria.

Nadja grinst. Sie weiß, dass Maria Lunte gerochen hat und sicherlich auf etwas gestoßen war, etwas, das ihr erst in den letzten Minuten klar geworden sein könnte, sonst hätte sie es schon erwähnt.

„Das war jetzt aber ganz schön flach", meint die Ärztin barsch. „Sie halten mich wohl für geistig unterbelichtet ..." Und während sie das sagt, macht sie einen nachsichtigen Eindruck, so, als würde sie sich auf das Niveau eines geistig unterbelichteten Menschen begeben.

Maria schneidet ihr das Wort ab und gibt lässig zurück: „Und wenn ich Ihnen sage, dass wir etwas gefunden haben, wonach Sie in diese Geschichte verwickelt sind? Etwas, womit Dr. Koch nur in den letzten Sekunden seines Lebens in Berührung gekommen sein kann? Etwas, das ganz sicher Ihnen gehört hat?" Und dabei schmunzelt sie kaum merklich.

Dr. Beerens Augen wandern nach unten. Sie zieht die Stirn kraus, als sie überlegt, was es sein könnte bzw. was sie implizieren könnte.

Dann fängt sie sich erneut, und spöttisch lachend erwidert sie: „Sie lassen nur Sprüche vom Stapel …"

„Meinen Sie?", fährt Maria unbeirrt fort. Maria beobachtet die Ärztin voller Verachtung, als sie hinzufügt: „Wollen Sie es darauf ankommen lassen?"

Dr. Beeren blickt sie kalt an: „Sie können mir nicht beweisen, dass ich was damit zu tun hatte. Luis, sag auch was!", faucht sie Dr. Spange an, während sie die Polizistinnen mit einem giftigen Blick bedenkt.

Dieser schweigt. Man sieht es ihm an, dass die Gedanken rasen und sich zu einem Gesamtbild vor seinem inneren Auge formen. Er macht den Eindruck, als würde man ihm erst jetzt die Augen öffnen, als hätte er eine Idee. Er kneift diese immer und immer wieder zusammen. Dann schüttelt er den Kopf, so, als würde er einen unangenehmen Gedanken vertreiben.

„Ich habe es dir gesagt …"

„Halt die Klappe!", schreit sie wutentbrannt auf. „Du machst alles nur noch schlimmer! So, als würdest du mich beschuldigen! Du belastest mich nur!"

„Ich werde nicht mit dir untergehen!", stößt der Arzt krächzend hervor und macht dabei ein entsetztes Gesicht, ein Gesicht, das Maria nicht täuschen kann.

„Du sollst schweigen! Du Idiot!"

„Ich hatte mit deinen Machenschaften nichts zu tun!"

„Spinnst du jetzt völlig?"

„Ich wollte sein Geheimnis kennen, das Geheimnis von Dr. Koch, aber nicht seine unorthodoxen Methoden übernehmen. Aber nein, dir war's nie genug! Du wolltest immer mehr! Du wolltest nicht nur an seinen Erfolg anknüpfen! Nein! Das war dir zu lapidar! Du wolltest ihn sogar übertreffen!"

„ICH? Ich wollte das? Wenn ich untergehe, gehst du mit!", faucht jetzt Frau Dr. Beeren.

„Ruhe!", ruft Nadja plötzlich voller Verachtung und klatscht in die Hände.

Entwaffnend lächelnd, erwähnt Maria ganz nebenbei: „Na, gut, ich will Sie nicht länger auf die Folter spannen! Wussten Sie, dass sich an Fingernägeln ausreichend DNA befindet, um Sie damit zu überführen?"

Stille tritt ein. Eine Stille, als wäre man soeben taub geworden. Als hätten die Uhren aufgehört zu ticken und die Herzen zu schlagen. Eine ohrenbetäubende Stille.

„Wie bitte? Fingernägel? Ha!", lacht Dr. Beeren. Eine schrille, unsichere Lache. Sie weiß nicht, was Kriminalkommissarin Lupus andeuten mag und versucht verzweifelt, die Lage zu peilen.

Sie überlegt, was sie als Nächstes sagen oder tun soll. Ist das wohl alles nur eine Finte? Was könnte ich falsch gemacht haben?, fragt sie sich. Ich wollte doch nur den Leuten helfen!

Maria beobachtet sie und hat das Gefühl, dass die soeben noch strahlende Rose am Kragen der Ärztin zu verblühen anfängt, und dann liefert sie schon die Antwort auf die Frage, die sie in den Augen von Dr. Beeren deutlich zu lesen glaubt. Sie nimmt ihr den Wind aus den Segeln, als sie eine rhetorische Frage an diese richtet: „Sie haben ihn so lange gequält, bis Ihnen ein Nagel, einer Ihrer künstlichen Nägel, abgegangen ist, oder?" Und dabei schüttelt sie voller Widerwillen den Kopf.

„Aber ich habe gar keine künstlichen Nägel!", versucht diese sich zu verteidigen.

Aus dem Augenwinkel heraus sieht Maria, dass ihre Kollegin, Kriminalkommissarin Erhardt, ansetzt, ihre Handschellen aus dem Halfter zu lösen, aber auch, dass die schemenhafte Gestalt in ihrem Versteck abwägt, welche Richtung sie einschlagen könnte, um ihnen zu entkommen. Sie wagt einen fast lautlosen Schritt, bevor sie losrennt. Trotz ihres Hüftspecks kann Maria sie mühelos einholen und auf den Boden schmettern. Versehentlich streift sie dabei die verblüffte Dr. Beeren. Die Blume am Ärztekittel fliegt im hohen Bogen durch die Luft und landet anschließend unsanft auf dem glänzenden Boden. Die Blüten verteilen sich wie Konfetti auf dem fast sauber geleckten Fußboden. M anche davon schweben etwas länger, wie leichte Federn, die vom Wind herumgewirbelt werden, bevor sie zum Erliegen kommen. Ein kahler Stiel bleibt allein übrig. Dieser rollt noch etwas, dann bleibt auch er wie ein toter Ast am Boden liegen.

„Na, damit haben Sie wohl nicht gerechnet, dass ich so flink sein könnte?" In Marias Augen blitzt es kurz triumphierend auf, während sie sich selbst einen imaginären Schulterklopfer erteilt. „Man soll nie einen Menschen NUR auf grund seines Äußeren einschätzen", setzt Maria sichtlich zufrieden noch hinzu.

Nadja hält die Handschellen hoch, versteht den Zusammenhang noch nicht ganz, kann es sich aber dennoch nicht verkneifen zu sagen: „Sie werden endlich das bekommen, was Sie verdient haben! Für Leistungen, die weit hinaus reichen über die einfache Pflichterfüllung! Anstelle von Geld und Ruhm, bekommen Sie diese hier: Stahl und Gefängnis! Sie werden bald reichlich Zeit haben, um über Ihren miesen Charakter nachzudenken." Und während sie schelmisch lacht, deutet sie auf die silbernen Ringe in ihrer Hand, die sie lässig auf einem Finger balanciert. Und dann legt sie Lucia Dumitru, der Chemielaborantin, die Handschellen an. U nterdessen klärt sie sie über ihre Rechte auf. Maria macht dasselbe bei Dr. Spange. Dieser wehrt sich vehement gegen die Vorwürfe und betont immer wieder, er hätte mit den Machenschaften von Lucia Dumitru nichts zu tun. „Aber die Lorbeeren haben Sie schon gerne eingeheimst, oder?", betont Maria sarkastisch. Dr. Beeren steht wie angewurzelt da und kann nicht verstehen, was sich vor ihren Augen abspielt. Und dann, an die Laborantin gewandt, murmelt Maria Lupus: „Ich bin ein bisschen irritiert."

„Ach was?" Lucia mustert Maria abfällig von oben bis unten. Das, was sie sieht, scheint ihren Geschmack nicht im Mindesten zu treffen, dabei rasselt sie mit den Handschellen, als wären diese kostbare Armbänder.

Unbeirrt fährt Maria fort: „Wieso der Schnitt in der Zunge? Hat das sein müssen?"

Impertinent und verächtlich antwortet diese: „Ich fand es langweilig, ihn einfach nur loszuwerden. Es war viel spannender, sich vorzustellen, wie ihr alle darüber nachgrübelt. Es war prickelnd, sich auszumalen, wie ihr allesamt Informationen gesucht habt und euch keinen Reim darauf machen konntet." Und dabei fährt sie sich genüsslich mit der Zunge über die Lippen. „Ihr habt sicherlich gedacht, dass wohl ein Ritual dahintersteckt oder dass es ein Zeichen einer Organisation sein könnte, oder? Abgesehen davon hat es euch den Zusammenhang zwischen den Opfern verdeutlicht, oder nicht? Ich dachte, wenn die Polizei erst mal eine Leiche findet und einen Verdächtigen hat, dann würdet ihr daraus schließen, dass das zweite Opfer das Handwerk desselben Täters wäre, und ich wäre da fein raus. Übrigens, nur so zwischen uns Freundinnen …" Und dabei starrt sie beide Beamtinnen voller Hohn an. „Mit dem zweiten Leichnam habe ich nichts zu schaffen. Nicht, dass Sie meinen, ich würde das erste Verbrechen zugeben, aber den anderen Mann kannte ich nicht mal."

„Das ist ein Widerspruch in sich, oder hören Sie sich selbst nicht zu? Hallo? Zusammenhang zwischen den Opfern? Langweilig, ihn einfach nur loswerden? Jemand zu Hause? Oder heute nur als leere Kleidung ohne Hirn unterwegs?" Maria ist sichtlich sauer, als sie diese Fragen in den Raum wirft.

Die Chemielaborantin erwidert voller Geringschätzung: „Zumindest lege ich Wert auf gepflegtes Aussehen! Heute schon mal einen Blick in den Spiegel riskiert? Aber nur so für mich: Wie sind Sie auf mich gekommen?"

„Es waren Ihre künstlichen Fingernägel!"

„Hä? Ich dachte, Sie hätten die Fingernägel von Dr. Beeren irgendwo entdeckt?"

„Na, heute schwer von Begriff? Wir haben IHRE DNA an ihm gefunden. Nicht die von Dr. Beeren!"

„Wie denn? Er hat mich nicht gekratzt." Und dann macht sie ein Gesicht, als würde sie sich ohrfeigen wollen, als ihr klar wird, was sie soeben angedeutet hatte.

„Wer hat Sie nicht gekratzt, Frau Dumitru? Wen meinen Sie? Dr. Koch etwa? Hat er sich gewehrt, als Sie ihn umgebracht haben?"

Stille! Niemand wagt etwas zu sagen. Was bleibt schon noch zu sagen? Die Luft ist erdrückend. Eine bedeutungsschwangere Luft, die man mit dem Schwert durchschneiden könnte.

In diesem Moment läutet es an der Praxistür: Willi stößt zur fröhlichen Runde dazu. Er hält die Reagenzgläser fest in der Hand. Dabei grinst er Dr. Spange und Lucia Dumitru an, bis er die Handschellen erblickt. Das fröhliche Gesicht wird zu einer Fratze der Enttäuschung. Dr. Beeren, ihrerseits, scheint innerlich zu kochen. Wütend versucht sie auf die erste Person, die in den Raum tritt, los zu gehen. Sie schlägt mit den Fäusten auf ihn ein und versucht ihm die Gläser aus der Hand zu reißen.

Nadja geht dazwischen und packt Dr. Beeren unsanft an den Handgelenken.

„Wollen Sie sich doch auch noch selbst belasten? Wir wissen, dass Sie in diesem Theaterstück nur eine Marionette waren. Es tut mir aufrichtig leid!" Die Traurigkeit in der Mimik der Ärztin ist so tief, sie scheint in den letzten 20, 30 Minuten um zehn Jahre gealtert zu sein. Sie tut Maria leid, aber manchmal spielt das Leben einem nun mal einen bösen Streich.

Maria Lupus sagt dann an Willi gewandt: „Aha! Noch einer, der nach Ihrem Leben trachtet und Ihnen den Garaus machen will. Ich korrigiere: In diesem Fall EINE!" Sie lacht ihn frech an.

Willi sagt durch zusammengekniffene Zähne: „Mann, die ist ja noch verrückter, als ich das jemals gedacht hätte."

Der Laborant steht mit zusammengesunkenen Schultern da. Er versteht die Welt nicht mehr: Wieso hat Lucia Handschellen an?

All die Pein, um die Angebetete für sich zu gewinnen … Und das nur, um herauszufinden, dass diese bereits vergeben ist – und sogar noch Schlimmeres …

„Was hat das alles zu bedeuten? Kann mich bitte jemand aufklären?", fragt er in einem kläglichen Ton. Seine Gedanken rasen: Zu oft passierte es, dass jemand etwas erfahren hatte, was er Lucia im Vertrauen erzählt hatte. Wie konnte ich nur so dumm sein?, fragt er sich. Bilder von einer strahlenden, ihm ins Gesicht lächelnden Lucia drängen sich ihm auf, während sie auf der anderen Seite alles verraten hatte. Wut und Enttäuschung geben sich abwechselnd die Hand, als ihm klar wird, dass die Laborantin mit den Bösewichten unter einer Decke steckte.

„Später!", schneidet ihm Nadja kurz angebunden das Wort ab.

Aber dann sprudeln die Worte nur so aus ihm heraus: „Du, Schlange! Du hast mich verraten! Du hast uns alle hinters Licht geführt mit deiner unschuldigen Art …" Und dabei wandern seine Schultern immer tiefer, und er fällt traurig in einen Patientenstuhl. Mit leeren Augen starrt er sie an, unfähig, seinen Blick abzuwenden.

Abfällig erwidert diese nur: „Selbst schuld!"

„Du hast geblufft, oder?"

„Klar!" Und dabei macht Maria ein zufriedenes und selbstgefälliges Gesicht. „Ja. Weißt du? Von Anfang an kam mir diese Lucia komisch vor. Und die ganze Zeit hatte ich das Gefühl, des Rätsels Lösung zu kennen, aber ich konnte nicht darauf kommen. Ich hatte sie regelrecht vor Augen und konnte nicht darauf greifen. Kennst du das? Und dann, vorhin, als ich Dr. Beeren sah und dann die Gestalt, die zusammengekauert im Schatten saß und gelauscht hat, ist mir die Szene eingefallen. Weißt du noch, das mit dem Lausen?"

„Wage nur noch, zu sagen, dass ich meinem Mann unterwürfig bin", gibt Nadja offen zu und grinst dabei.

„Na ja, als die Ärztin damals die Fusseln von Dr. Spanges Kittel entfernt hatte, sind mir ihre Fingernägel aufgefallen. Und dann hatte ich auf einmal die Hände von Lucia Dumitru vor Augen, wie sie uns Getränke eingoss … Aber ich hatte den Zusammenhang immer noch nicht gesehen. Abgesehen davon hätte ich nie gedacht, dass sie die Fäden zieht."

„Dito. Und dann? Was haben die künstlichen Fingernägel der Laborantin mit unserer Lösung zu tun?", fragt Nadja immer noch etwas unschlüssig.

„Na, in der Kehle des Doktors steckte ein kleines Stück Acrylkleber. Das nimmt man her, wenn man falsche Nägel befestigt. Er war in den letzten Sekunden seines Lebens so hellwach, dass er uns einen deutlichen Hinweis hinterlassen hat: den Kleber von ihren künstlichen Fingernägeln …"

„Verstehe immer noch nicht!"

„Er hatte ihn verschluckt! Weißt du nicht mehr? Der klebte am Gaumen fest! Ich habe das in Verbindung mit Dr. Beeren erwähnt, weil ich mir sicher war, dass wir Lucia damit aus ihrem Versteck herauslocken und festnageln könnten. Ha, ha! Nageln und Festnageln!" Und dabei haut sie sich auf die Schenkel und lacht sich kaputt über ihren eigenen Witz.

„Mann, bist du gut!", betont Nadja voller echter Bewunderung. „Und übrigens, wir haben zwei Fliegen mit einer Klappe geschlagen!", ruft sie noch euphorisch aus. „Dann hat sie in jener Nacht nur deshalb nicht abgehoben – als Willi sie anrief –, weil sie damit beschäftigt war, Dr. Koch zu quälen. Apropos: Von wegen Dr. Koch und Koryphäe: Der war einfach nur ein mieser Betrüger! Der hätte sich sein Geheimnis sonst wo hinstecken können, wenn die Wahrheit vorher ans Licht gekommen wäre. Und ich hatte tatsächlich auch schon einen Termin bei ihm vereinbart …"

Maria nickt und quittiert die Aussagen mit einem leicht traurigen Lächeln – aber dann fällt ihr noch etwas ein: „Aber, weißt du was? Vermutlich hat die Laborantin das alles nur getan, um ihren Liebsten voranzubringen, alles nur aus Liebe. Irgendwie romantisch. Und er, der volle Kotzbrocken, versucht sich aus allem herauszureden und ihr die alleinige Schuld in die Schuhe zu schieben."

„Hast du getrunken? Liebeselixier vielleicht? Deine Sinne scheinen etwa benebelt zu sein! Und nein, das rechtfertigt noch lange nicht ihre Handlungen."

„Ja, ich weiß." Und dabei stöhnt sie leise. „Ich glaube, es hat eine tiefere Bedeutung, dass wir diesen Fall bearbeitet haben, so wie jedes Mal."

„Für mich ganz sicher!", behauptet Nadja. „Es hat sich ausgeträumt, der Traum vom eigenen Baby!"

„Das würde ich nicht sagen. Es gibt immer eine Alternative: Adoption zum Beispiel."

„Hm", murmelt sie und nickt traurig.

Und dann, als hätte sie mit einer Handbewegung die Wolken vertrieben, sagt Nadja an Maria gewandt: „Dir ist aber schon klar: Es fehlt der letzte Akt, und nur darauf kommt es an."

Maria lacht und nickt dabei.

Nach der Festnahme der zwei Hauptverdächtigen stellten sich weitere Erfolge ein: Die zwei Turteltäubchen, die sich auf der einen Seite immer mehr gegenseitig beschuldigten und belasteten, versuchten auf der anderen Seite, mit der Polizei zu kooperieren, um ihre bevorstehende Strafe zu mildern. Vor allem Dr. Spange. Dieser schwatzte drauf los und erzählte alles, was ihm einfiel, gab Namen und Adressen weiter, um nicht nur eine Strafe auf Bewährung zu kriegen, sondern auch in der Hoffnung, vollkommen straffrei davonkommen zu können.

So konnte die Polizei mit nachhaltiger Wirkung die Organisation zerschlagen und die Frauen, die sie in ihrer Gewalt hatten, befreien.

Bei der Durchsuchung des Labors wurden über 100 namenlose Reagenzgläser entdeckt, nur mit Haar-, Haut-, und Angaben der Augenfarbe, Blutgruppe und Körpergröße gekennzeichnet. Es hieß, die Polizei würde etwas Zeit benötigen, um diese und die dazugehörigen Unterlagen auszuwerten. Was mit diesen passieren soll, darüber würde ein Gericht befinden müssen.

Dann blieb die Frage zu klären, wie mit den Kindern und den behandelten Eltern zu verfahren wäre. Nach deutschem Recht ist eine Mutter die Person, die das Baby austrägt.

Das schlimmste Phänomen löste allerdings die Bekanntgabe der Machenschaften des Doktors aber sowieso schon aus: eine Welle von Gen-Untersuchungen wurde losgetreten.

Natürlich blieb auch Greta von den Zweifeln nicht verschont. O b sie das Baby auf grund von Stress oder Abtreibungspille verlor, ist nicht bekannt. Fakt ist aber, dass sie in der siebten Woche eine Fehlgeburt erlitt. Bei der genetischen Untersuchung des ungeborenen Babys stellte sich heraus, dass weder sie noch Gary genetische Eltern des Fötus gewesen waren. Als Gary anschließend aus dem Vaterschaftsvertrag entbunden wird, gesteht er Maria-Sophie endlich seine Liebe zu ihr.

Über Greta wird gemunkelt, sie hätte eine Engelmacherin besucht, um das Baby loszuwerden. Niemand wollte ihr die Geschichte mit der Fehlgeburt auf grund von Stress so recht abkaufen. Maria-Sophie ging eher davon aus, dass es das schlechte Gewissen war, Gary zu einer ungewollten Vaterschaft gezwungen zu haben, falls sie ein Gewissen haben sollte, das dazu beitrug, dass das Baby nicht herangewachsen war.

Kurze Zeit darauf verfiel der Star aber tatsächlich in tiefe Depressionen, als alle gleichzeitig aus seinem Leben verschwanden: Gary, Maria-Sophie und das ungeborene Baby. Die Assistentin und der Personaltrainer zusammen, versteht sich! Also entschied sie sich, in Zukunft den normalen, eventuell schwierigeren Weg zu nehmen, um ein Baby zu bekommen. Und als sie der Krankenschwester Tilda eine Festanstellung anbot, da nahmen alle an, dass Greta endlich zur Vernunft gekommen sein müsste oder komplett durchdrehte.

Und was den Inhalt der Tupperschüssel in Marias Gefrierschrank betrifft: E s stellte sich heraus, dass es sich dabei um ein Stück Schweinszunge gehandelt hatte.

„Bist du ein Masochist? Hast du noch nicht genug von mir? Was muss denn noch passieren, damit du die Finger von mir lässt?"

„Ich ... ich will nicht die Finger von dir lassen", stammelt Dengler.

„Du musst mir kurz mal zuhören!", befiehlt Maria, was so viel wie „Ich rede, du hast jetzt nichts zu melden" bedeutet. „Hast du keine Angst, dass ich dein Haus mal wirklich niederbrenne? Also, nicht nur die Decke in der Küche. Sondern so richtig!"

„Habe schon einen neuen Feuerlöscher besorgt."

„Oder dass ich dich versehentlich überfahre?"

„Ich werde dir Sensoren ins Auto einbauen."

„Du hast einen Knall!"

„Und das aus deinem Mund? Du bist eine wandelnde Katastrophe, und ich habe einen Knall?"

„Ja, eben! Das bin ich! Alles meine Schuld! Richtig erkannt! Mit mir kann man es einfach nicht gut haben. Ich bin so schrecklich chaotisch!" Aber ihr Ton verrät eine gewisse Melancholie. „Mit mir läuft man immer Gefahr, von einem Mast erschlagen zu werden, obwohl am Straßenrand keine aufgestellt sind – oder in die tiefste Grube zu fallen, wo es gar keine Gruben gibt."

„Jetzt verkaufst du dich aber unterm Preis. Außerdem macht es das Leben prickelnder, spannender!"

„Kann ich bei dir gar nicht ausreden?" Und sie wundert sich selbst über ihre eigenen Worte, die nur noch aus ihrem Mund sprudeln, ohne dass sie es verhindern könnte.

„Nö!"

„Mensch, du bist der unkomplizierteste und strapazierfähigste Mensch der Welt, den ich kenne! Also gut, wann und wo?", fragt Maria zum Schluss und grinst von einem Ohr zum anderen. Wären die Ohren nicht angewachsen, würde sie rundherum grinsen.

„Restaurant, fürs Erste! Dann bleibt mein Haus noch etwas länger verschont", scherzt Dengler und grinst seinerseits mindestens genauso breit wie Maria.

Die Autorin

Angelika Geier wurde 1968 in Temeschburg in
Rumänien geboren und lebt heute mit ihrem
Ehemann und Kind in Oberpframmern in Bayern.
Nach einer Ausbildung zur Zahntechnikerin nahm
sie verschiedene Jobs im Marketing-Bereich und
Personalwesen wahr. Die Autorin spricht vier
Sprachen fließend und absolvierte neben einer
Marketing-Fortbildung bei DIDACT in München ein
Journalismus-Fernstudium. Bisher veröffentlichte sie
hauptsächlich Beiträge für Computer-Zeitschriften.

novum VERLAG FÜR NEUAUTOREN

Der Verlag

Wer aufhört
besser zu werden,
hat aufgehört
gut zu sein!

Basierend auf diesem Motto ist es dem novum Verlag
ein Anliegen neue Manuskripte aufzuspüren, zu ver-
öffentlichen und deren Autoren langfristig zu fördern.
Mittlerweile gilt der 1997 gegründete und mehrfach
prämierte Verlag als Spezialist für Neuautoren in
Deutschland, Österreich und der Schweiz.

Für jedes neue Manuskript wird innerhalb
weniger Wochen eine kostenfreie, unverbind-
liche Lektorats-Prüfung erstellt.

Weitere Informationen zum Verlag und
seinen Büchern finden Sie im Internet unter:

www.novumverlag.com